GRöLS Verlage

„Bücher sind wie Fallschirme. Sie nützen uns nichts, wenn wir sie nicht öffnen."

**Gröls Verlag**

## Redaktionelle Hinweise und Impressum

Das vorliegende Werk wurde zugunsten der Authentizität sehr zurückhaltend bearbeitet. So wurden etwa ursprüngliche Rechtschreibfehler *nicht* systematisch behoben, denn kleine Unvollkommenheiten machen das Buch – wie im Übrigen den Menschen – erst authentisch. Mitunter wurden jedoch zum Beispiel Absätze behutsam neu getrennt, um den Lesefluss zu erleichtern.

Um die Texte zu rekonstruieren, werden antiquarische Bücher von Lesegeräten gescannt und dann durch eine Software lesbar gemacht. Der so entstandene Text wird von Menschen gegengelesen und korrigiert – hierbei treten auch Fehler auf. Wenn Sie ebenfalls antiquarische Texte einreichen möchten, finden Sie weitere Informationen auf www.groels.de

Viel Freude bei der Lektüre wünscht Ihnen das Team des Gröls-Verlags.

**Adressen**

Verleger: Sophia Gröls, Im Borngrund 26, 61440 Oberursel

Externer Dienstleister für Distribution & Herstellung: BoD, In de Tarpen 42, 22848 Norderstedt

**Unsere „Edition | Werke der Weltliteratur“** hat den Anspruch, eine der größten und vollständigsten Sammlungen klassischer Literatur in deutscher Sprache zu sein. Nach und nach versammeln wir hier nicht nur die „üblichen Verdächtigen“ von Goethe bis Schiller, sondern auch Kleinode der vergangenen Jahrhunderte, die – zu Unrecht – drohen, in Vergessenheit zu geraten. Wir kultivieren und kuratieren damit einen der wertvollsten Bereiche der abendländischen Kultur. Kleine Auswahl:

**Francis Bacon** • Neues Organon • **Balzac** • Glanz und Elend der Kurtisanen • **Joachim H. Campe** • Robinson der Jüngere • **Dante Alighieri** • Die Göttliche Komödie • **Daniel Defoe** • Robinson Crusoe • **Charles Dickens** • Oliver Twist • **Denis Diderot** • Jacques der Fatalist • **Fjodor Dostojewski** • Schuld und Sühne • **Arthur Conan Doyle** • Der Hund von Baskerville • **Marie von Ebner-Eschenbach** • Das Gemeindekind • **Elisabeth von Österreich** • Das Poetische Tagebuch • **Friedrich Engels** • Die Lage der arbeitenden Klasse • **Ludwig Feuerbach** • Das Wesen des Christentums • **Johann G. Fichte** • Reden an die deutsche Nation • **Fitzgerald** • Zärtlich ist die Nacht • **Flaubert** • Madame Bovary • **Gorch Fock** • Seefahrt ist not! • **Theodor Fontane** • Effi Briest • **Robert Musil** • Über die Dummheit • **Edgar Wallace** • Der Frosch mit der Maske • **Jakob Wassermann** • Der Fall Maurizius • **Oscar Wilde** • Das Bildnis des Dorian Grey • **Émile Zola** • Germinal • **Stefan Zweig** • Schachnovelle • **Hugo von Hofmannsthal** • Der Tor und der Tod • **Anton Tschechow** • Ein Heiratsantrag • **Arthur Schnitzler** • Reigen • **Friedrich Schiller** • Kabale und Liebe • **Nicolo Machiavelli** • Der Fürst • **Gotthold E. Lessing** • Nathan der Weise • **Augustinus** • Die Bekenntnisse des heiligen Augustinus • **Marcus Aurelius** • Selbstbetrachtungen • **Charles Baudelaire** • Die Blumen des Bösen • **Harriett Stowe** • Onkel Toms Hütte • **Walter Benjamin** • Deutsche Menschen • **Hugo Bettauer** • Die Stadt ohne Juden *und viele mehr….*

**Edgar Rice Burroughs**

# Tarzans Schatz von Opar

**Übersetzung von**

**Tony Kellen**

## Inhalt

## Belgier und Araber

Nur dem guten Namen, welchen er entehrte, hatte es Leutnant Albert Werper zu verdanken, daß er nicht schimpflich aus dem Dienste gestoßen wurde. Als man ihn nach dem gottverlassenen Posten am Kongo versetzt hatte, statt ihn vor ein Kriegsgericht zu stellen, wie er es eigentlich verdient gehabt hätte, war er in seiner damaligen, geknickten Stimmung dafür dankbar gewesen. Aber sechs Monate der Langeweile in der furchtbaren Einöde und Verlassenheit hatten seine Gefühle geändert.

Der junge Mensch brütete beständig über seinem Geschick. Daß er die Tage mit krankhaftem Beklagen seines Loses hinbrachte, schuf allmählich in seinem charakterschwachen Gehirne Haß gegen eben die Leute, welche ihn hergesandt hatten, obgleich er ihnen erst innerlich so dankbar gewesen war, daß sie ihn vor schimpflicher Degradierung gerettet hatten.

Er beklagte den Verlust seines lustigen Brüsseler Lebens, aber nie die Verfehlungen, welche ihn aus jener lebensfrohesten aller Großstädte hinweggerissen hatten, und mit der Zeit faßte er sogar einen immer wachsenden Haß gegen den im Kongo anwesenden Vertreter jener Behörde, die ihn verbannt hatte – gegen seinen nächsten Vorgesetzten, den Hauptmann.

Besagter Offizier war ein kalter, schweigsamer Mensch, der seinen unmittelbaren Untergebenen wenig Zuneigung einflößte, obgleich ihn die schwarzen Soldaten seines kleinen Kommandos verehrten, wenn auch fürchteten.

Wenn die beiden auf der Veranda ihres gemeinsamen Quartiers saßen, stierte Werper gewöhnlich stundenlang seinen Vorgesetzten an, während sie ihre Zigaretten rauchten, ohne daß einer von beiden Lust zu haben schien, das Schweigen zu brechen.

Der sinnlose Haß des Leutnants wuchs sich endlich zu einer Art Verfolgungswahn aus. Des Hauptmanns angeborene Schweigsamkeit wurde in Werpers Empfinden zum gesuchten Bestreben, ihn wegen seiner vergangenen Entgleisung zu demütigen. Er bildete sich ein, daß ihn sein Vorgesetzter verachte und stachelte sich selbst innerlich so lange auf, bis seine Narrheit eines Abends plötzlich mordlustig wurde.

Seine Finger suchten den Griff des Revolvers in der Hüftentasche, seine Augenbrauen zogen sich zusammen, und schließlich sprang er auf und schrie:

Jetzt haben Sie mich die längste Zeit beleidigt! Ich bin ein Ehrenmann und lasse mir das nicht länger gefallen, ohne Rechenschaft zu fordern! Du verdammter Kerl!! Der Hauptmann drehte sich überrascht nach seinem Leutnant um. Da er schon öfter Leute mit dem Tropenkoller gesehen hatte – eine Gehirnerkrankung, welche durch Einsamkeit, langes Grübeln, vielleicht auch durch Fieberanfälle entsteht – erhob er sich, wollte dem anderen beruhigend die Hand auf die Schulter legen und ihm gütlich zureden, aber er kam nicht mehr dazu. Werper legte die Bewegung seines Vorgesetzten als Versuch aus, ihn anzufassen. Er zielte mit dem Revolver nach des Hauptmanns Herz und, als dieser einen Schritt machte, drückte er ab.

Ohne einen Laut von sich zu geben, sank der Getroffene auf die rohen Dielen der Veranda und mit seinem Fall verzog sich der Nebel, welcher das Gehirn des unglücklichen Werper umhüllt hatte. Er sah, was er angerichtet hatte, und sah seine Tat im gleichen Lichte, in dem sie seinen künftigen Richtern erscheinen mußte.

Aus der Unterkunft der Mannschaften vernahm er erregte Rufe und hörte, wie Leute auf ihn zurannten. Sie würden ihn ergreifen, und selbst wenn sie ihn nicht gleich umbrachten, würden sie ihn den Kongo hinunterbringen, wo das Kriegsgericht das ebenso gründlich, wenn auch etwas formgerechter besorgen würde.

Werper hatte keine Lust zu sterben. Nie hatte er sich so nach dem Leben gesehnt als jetzt, da er das seine gründlich verwirkt hatte.

Die Leute kamen gelaufen. Was tun? Er sah sich nach irgendeiner Tatsache um, die sein Verbrechen berechtigt erscheinen lassen könnte, aber er sah nur die Leiche des grundlos erschossenen Mannes.

Verzweifelt vor den herannahenden Soldaten fliehend, rannte er quer über das Kampong, das Wohnlager, immer noch mit dem Revolver in der Hand, aber der Wachtposten am Tore rief ihn an. Werper hielt sich nicht mit Reden auf, noch wartete er ab, ob ihm sein Dienstgrad vorbeihelfen würde; er hob die Waffe und schoß den armen Schwarzen nieder. In einem Augenblick riß er Gewehr und Patronengurt des getöteten Wachtpostens an sich, stieß das Tor auf und verschwand in der finsteren Dschungel.

Werper floh die ganze Nacht, weiter, immer weiter in das Herz der Wildnis. Dann und wann brachte ihn das Brüllen eines Löwen zu einem kurzen Lauschen; aber er fürchtete die menschlichen Verfolger mehr als die Raubtiere vor sich und mit schußbereit gehaltenem Gewehr hetzte er wieder vorwärts.

Die Dämmerung kam herauf, aber immer noch quälte sich der Mann fürbaß. Die Angst vor Festnahme verscheuchte Hunger und Müdigkeit. Er konnte nur an Flucht denken. Ehe er nicht vor weiterer Verfolgung sicher war, wagte er nicht zum Ruhen oder zum Essen zu rasten, und so stolperte er vorwärts, bis er endlich fiel und das Aufstehen vergaß. Er wußte nicht, wie weit er gekommen war und machte sich keine Gedanken mehr darüber. Eine Ohnmacht infolge äußerster Erschöpfung verbarg ihm die Erkenntnis, daß er am Ende seiner Kräfte und seiner Flucht angelangt sei.

So fand ihn der Araber Achmed Zek. Achmeds Leute waren dafür, ihrem Erbfeind einfach einen Speer durch den Leib zu rennen, aber er hatte andere Gedanken. Er wünschte den Belgier zu befragen, und es war leichter, den Mann erst auszufragen und dann zu töten als umgekehrt.

Er ließ daher den Leutnant Albert Werper in sein eigenes Zelt bringen, wo seine Sklaven dem Gefangenen so lange Palmwein und feste Nahrung in kleinen Mengen eingaben, bis er wieder zu sich kam. Als er endlich die Augen aufschlug, sah er schwarze Gesichter um sich und einen Araber im Zelteingang stehen, aber nirgends war eine Uniform seiner Soldaten.

Der Araber drehte sich um und trat ins Zelt, als er in die geöffneten Augen des Gefangenen blickte:

Ich bin Achmed Zek, belehrte er ihn. Wer bist du und was bringt dich in mein Gebiet? Wo sind deine Soldaten?

Achmed Zek! Werper riß die Augen weit auf und fühlte seinen Mut sinken. Er war in den Krallen des berüchtigten Banditen, welcher alle Europäer und besonders solche in belgischer Uniform haßte. Seit Jahren führte die Militärmacht von Belgisch-Kongo einen erfolglosen Krieg gegen diesen Mann und seine Spießgesellen, einen Krieg, in welchem von keiner Seite Pardon gegeben oder auch nur um Gnade gebeten wurde.

Und doch, gerade in dem Haß dieses Mannes gegen alles, was belgisch war, erblickte Werper für sich einen Hoffnungsschimmer. Auch er war ja ein Ausgestoßener, ein Verbrecher. Insoweit wenigstens hatten sie gemeinsame

Interessen, und Werper war sofort entschlossen, diese Tatsache bis zum Äußersten auszunützen.

Ich habe von dir gehört, erwiderte er, und ich suchte nach dir. Meine Landsleute haben sich wider mich gekehrt. Ich hasse sie. Eben jetzt suchen ihre Soldaten nach mir, um mich zu töten. Ich weiß, daß du mich vor ihnen schützen wirst, denn auch du hassest sie. Ich bin ein tüchtiger Soldat, ich weiß zu kämpfen und deine Feinde seien meine Feinde!

Achmed Zek betrachtete schweigend den Europäer. Er überlegte hin und her und war im Inneren überzeugt, daß dieser Ungläubige log. Immerhin war es möglich, daß er doch nicht log, und wenn er wirklich die Wahrheit gesprochen hatte, war sein Vorschlag wohl der Betrachtung wert, denn streitbare Männer konnte man nie genug bekommen, besonders nicht Weiße mit der Schulung und Erfahrung, welche ein europäischer Offizier in militärischer Beziehung notwendig besitzt.

Achmed Zek machte ein finsteres Gesicht, und Werper bekam es bereits mit der Angst zu tun. Aber er kannte eben Achmed Zek nicht, der immer da, wo andere Leute lächelten, finster blickte und da lächelte, wo andere mit Blicken drohten.

Wenn du mich belogen hast, sagte er, kann ich dich jederzeit töten. Welchen weiteren Lohn außer deinem Leben verlangst du für deine Dienste?

Vorerst nur deinen Schutz, erwiderte Werper. Später, wenn ich dir mehr wert bin, können wir wieder darüber reden. Werper hatte ja im Augenblick nur den Wunsch, sein Leben zu retten. So einigten sie sich zunächst, und Leutnant Albert Werper ward Mitglied einer Bande von Elfenbein- und Sklavenjägern unter dem berüchtigten Achmed Zek.

Monate ritt der abtrünnige Belgier mit den wilden Kerlen. Er focht mit wilder Hingabe. Achmed Zek überwachte seinen Rekruten mit Adleraugen und sich steigernder Genugtuung, die schließlich in höherem Vertrauen zum Ausdruck kam und dahin führte, daß Werper größere Handlungsfreiheit bekam.

Achmed Zek zog den Belgier in hohem Maße in sein Vertrauen und enthüllte ihm endlich einen lange gehegten Lieblingsplan, zu dessen Ausführung sich aber nie eine Gelegenheit geboten hatte. Mit Hilfe eines Weißen würde sich die Sache indessen leicht ermöglichen lassen. Nun fühlte er bei Werper vor:

Hast du von einem Manne gehört, den die Leute Tarzan nennen? fragte er.

Werper nickte. Ich hörte von ihm, aber ich kenne ihn nicht.

Wenn er nicht wäre, begann der Araber wieder, könnten wir unser „Geschäft“ in Sicherheit und mit hohem Gewinn betreiben. Aber er bekämpft uns seit Jahren, vertreibt uns aus den besten Landstrichen, beunruhigt uns und bewaffnet die Eingeborenen, damit sie uns zurückschlagen können, wenn wir in unseren „Geschäften“ kommen. Nun ist er sehr reich. Könnten wir ihn daher irgendwie zwingen, uns viele Goldstücke zu zahlen, so würden wir uns nicht allein an ihm rächen, wir würden uns auch an ihm für alles das bezahlt machen, was wir an den Schwarzen unter seinem Schutze nicht verdienen konnten.

Werper nahm eine Zigarette aus seiner brillantengeschmückten Dose und zündete sie an.

Hast du einen Plan, der ihn zum Zahlen bringt? fragte er.

Er hat ein Weib, erwiderte Achmed Zek. Die Leute sagen, sie sei sehr schön. Weiter droben im Norden würde sie uns ein schönes Stück Geld bringen, falls es zu schwierig ist, von diesem Tarzan Lösegeld zu erhalten.

Werper ließ gedankenvoll den Kopf sinken, während Achmed Zek vor ihm stand und auf seine Entgegnung wartete. Das Gute, welches noch in Albert Werper geblieben war, empörte sich bei dem Gedanken, eine weiße Frau in die Sklaverei und Entwürdigung eines moslemitischen Harems zu verschachern. Aber als er aufsah und in die zusammengekniffenen Augen des Arabers blickte, da wußte er, daß der andere seine Abneigung gegen diesen Plan herausfühlte. Was hatte er, Werper, davon, wenn er sich weigerte? Sein Leben hatte dieser Halbwilde in der Hand, dem stand das Leben eines Ungläubigen kaum so hoch wie das eines Hundes. Und Werper hing am Leben. Was galt ihm überhaupt dieses Weib! Als Weiße war sie zweifellos ein Mitglied der zivilisierten Gesellschaft, er aber war ein Ausgestoßener. Jedes Weißen Hand war gegen ihn erhoben. Sie war also seine natürliche Feindin. Wenn er sich weigerte, die Hand zu ihrer Entführung zu bieten, würde ihn Achmed Zek einfach töten lassen.

Du zögerst, murmelte der Araber.

Ich erwog nur die Wahrscheinlichkeit eines Erfolges, log Werper. Und meine Belohnung? Ich als Europäer kann leicht Zutritt zu ihrem Heim finden und Einblick in ihre Lebensgewohnheiten bekommen. Du hast keinen anderen, der so viel tun kann. Aber das Wagnis ist groß. Ich müßte also gut bezahlt werden, Achmed Zek!

Ein beruhigtes Lächeln glitt über das Gesicht des Räubers.

Wohl gesprochen, Werper, sagte Achmed Zek und klopfte seinem Leutnant auf die Schulter. Du verdienst gute Bezahlung und du sollst sie haben. Komm, lasse uns zusammen einen Plan entwerfen, wie wir das Unternehmen am besten durchführen.

Die ganze Nacht hockten die zwei Männer miteinander in leiser Unterhaltung in Achmeds verschossenem, einst so prächtigem Seidenzelt. Sie waren beide groß und bärtig, und Sonne und Wind hatten dem Gesicht des Europäers ein fast arabisches Aussehen verliehen. Da dieser außerdem bis ins kleinste in der Bekleidung die Tracht seines Führers nachahmte, war er äußerlich ein ebenso echter Araber wie der andere. Als er sich endlich erhob, um in sein Zelt zu gehen, war es spät geworden.

Werper sah den ganzen folgenden Tag seine alte belgische Uniform nach und entfernte jede Kleinigkeit an ihr, welche die frühere militärische Bestimmung hätte verraten können.

Achmed Zek seinerseits suchte unter einem kunterbunten Haufen von Beute einen Korkhelm und einen europäischen Sattel heraus. Dann stellte er aus einigen seiner schwarzen Sklaven und Gefolgsmannen eine Abteilung von Trägern, Asakern und Dienern auf, so daß sie eine bescheidene Safari wie für einen Jagdzug auf schweres Hochwild bildete. An der Spitze dieser Jagdtruppe brach Werper aus dem Lager auf.

## Auf dem Wege nach Opar

Zwei Wochen später, als er gerade auf dem Heimritt von einer Besichtigungsreise über seine weitläufigen afrikanischen Besitzungen war, erblickte John Clayton, Lord Greystoke, die Spitze einer Karawane, welche die Ebene überschritt, die zwischen seinem Bungalow, seiner Dschungelbehausung, und dem Walde im Norden und Westen lag.

Er zügelte sein Pferd und bewachte die kleine Truppe bei ihrem Auftauchen aus einem sie verbergenden Stück Tiefland. Als seine scharfen Augen die Sonne auf dem weißen Helm eines Reiters leuchten sahen, war er überzeugt, daß ein wandernder europäischer Jäger seine Gastfreundschaft suche, und lenkte langsam sein Reittier dorthin, um den Ankömmling zu begrüßen.

Eine halbe Stunde darauf stieg er die Stufen zur Veranda seines Bungalows hinan und stellte der Lady Greystoke einen Monsieur Jules Frecoult vor.

Ich habe mich vollständig verirrt, erzählte M. Frecoult. Der Häuptling meiner Träger war noch nie in diesem Landstrich und die Führer, welche mich vom letzten Dorfe her begleiten sollten, wußten noch weniger von der Gegend als wir selbst. Vor zwei Tagen sind sie mir schließlich weggelaufen und ich bin froh, daß die Vorsehung Sie zu meiner Hilfe hingeführt hat. Ich weiß wirklich nicht, was ich hätte anfangen sollen, wenn ich Sie nicht gefunden hätte.

Es wurde nun ausgemacht, daß Frecoult und seine Leute einige Tage bleiben sollten, bis sie sich völlig ausgeruht hätten, dann wollte Lord Greystoke ihnen Führer besorgen und sie sicher bis in eine Gegend bringen lassen, in der sich Frecoults Häuptling wieder auskannte.

In seiner Verkleidung als Franzose aus guten Kreisen, der seinem Vergnügen lebte, fand es Werper leicht, seinen Wirt zu täuschen und sich bei Tarzan und seiner Frau beliebt zu machen. Aber je länger er blieb, desto weniger Hoffnung machte er sich auf eine leichte Durchführung seines Planes.

Allein ritt Lady Greystoke niemals weit vom Bungalow fort und die wilde Ergebenheit der trotzigen Wazirikrieger, welche einen großen Teil von Tarzans Gefolge bildeten, machte schon den Versuch einer gewaltsamen Entführung unmöglich. An etwaige Bestechung der Waziri war gar nicht zu denken.

Eine Woche verging, und Werper sah sich nach eigenem Eingeständnis seinem Ziele nicht näher als bei der Ankunft. Aber zu diesem Zeitpunkte gab ihm ein Vorfall erneute Hoffnung und ließ ihn sogar an noch größeren Gewinn als nur an das Lösegeld für die Frau denken.

Ein Bote mit der wöchentlich ankommenden Post traf im Bungalow ein, und Lord Greystoke verbrachte den Nachmittag in seinem Arbeitszimmer mit Lesen und Briefschreiben. Beim Abendessen schien er zerstreut und zog sich frühzeitig mit einer Entschuldigung zurück. Lady Greystoke folgte ihm bald nach.

Werper saß auf der Veranda allein und konnte an ihren Stimmen hören, daß sie in erregter Diskussion waren. Er dachte sich, daß etwas Außergewöhnliches los sei, deshalb erhob er sich und schlich im Schatten der üppig das Bungalow umwuchernden Sträucher unter das Schlafzimmerfenster seiner Gastgeber.

Er lauschte nicht ohne Erfolg, denn schon die ersten erhaschten Worte füllten ihn mit Erregung. Als Werper in Hörweite kam, war gerade Lady Greystoke am Sprechen:

Ich hatte immer meine Bedenken hinsichtlich der Zuverlässigkeit jener Aktiengesellschaft, hörte er sie sagen, aber ich kann mir nicht vorstellen, daß sie mit einer solch enormen Schuld in Konkurs geraten sein soll! – es müßte denn gerade sein, daß unsaubere Machenschaften vorliegen.

Das vermute ich auch, erwiderte Tarzan, aber wie die Sache auch sein mag, Tatsache ist, daß ich all mein Geld verloren habe, und es bleibt mir nichts weiter übrig, als nach Opar zu gehen und neues zu holen.

Oh, John! rief Lady Greystoke, und Werper merkte an ihrer Stimme, wie sie schauderte, gibt es keinen anderen Weg? Ich kann den Gedanken nicht ertragen, daß du noch einmal nach jener schrecklichen Stadt willst. Lieber möchte ich in Armut weiterleben, als daß du dich in die grauenvollen Gefahren von Opar wagst.

Du brauchst keine Angst zu haben, erwiderte Tarzan lachend. Ich kann ganz gut auf mich aufpassen, und selbst wenn ich es nicht könnte, habe ich immer noch die Begleitung meiner Waziri, die mich schon vor Unfällen schützen würden.

Sie liefen aber schon einmal in Opar weg und überließen dich deinem Schicksal, erinnerte sie ihn.

Das werden sie nicht wieder tun, entgegnete er. Sie schämten sich sehr vor sich selbst und waren schon wieder auf dem Rückweg zu mir, als ich sie traf.

Aber es muß doch auch einen anderen Weg geben, beharrte die Frau in ihr.

Kein anderer Weg ist auch nur halb so leicht, ein neues Vermögen zu erlangen, als der zu den Schatzkammern von Opar, antwortete er. Ich werde sehr vorsichtig sein, Jane, und wahrscheinlich werden die Bewohner von Opar es nie gewahr werden, daß ich wieder dort war, um ihnen noch einen Teil ihrer Schätze zu entführen, von deren Vorhandensein wie von deren Wert sie gleich wenig ahnen.

Das Endgültige in seinem Tone schien Lady Greystoke zu überzeugen, daß weitere Erörterungen nutzlos seien, denn sie verließen diesen Gesprächsgegenstand.

Werper lauschte noch kurze Zeit weiter. Da er aber sicher war, alles Nötige gehört zu haben und Entdeckung fürchtete, kehrte er zur Veranda zurück, rauchte noch eine große Anzahl Zigaretten hintereinander weg und ging dann zur Ruhe.

Am nächsten Morgen sprach Werper beim Frühstück die Absicht aus, nunmehr bald wieder aufzubrechen und erbat Tarzans Erlaubnis zur Jagd auf Großwild während seines Weges durch das Waziriland, eine Erlaubnis, die Lord Greystoke bereitwillig erteilte.

Der Belgier verbrachte zwei volle Tage mit nötigen Vorbereitungen, aber endlich rückte er mit seiner Safari ab. Ein von Lord Greystoke geliehener Führer begleitete ihn. Die Truppe hatte erst einen einzigen kurzen Tagesmarsch hinter sich, als sich Werper krank stellte und erklärte, er wolle bleiben, wo er sei, bis er sich wieder völlig erholt hätte. Da sie noch nicht weit vom Bungalow der Greystokes entfernt waren, entließ Werper den Waziriführer mit der Erklärung, er werde ihn holen lassen, wenn er wieder imstande sei, weiterzuziehen.

Als der Waziri gegangen war, rief der Belgier einen von Achmed Zeks schwarzen Vertrauten in sein Zelt und entsandte ihn, um aufzupassen, wann Tarzan aufbreche. Dann sollte er Werper davon Nachricht geben und die von dem Engländer eingeschlagene Richtung anzeigen.

Der Belgier brauchte nicht lange zu warten, denn schon am nächsten Tage kam sein Spion mit der Kunde, daß Tarzan mit einem Trupp von fünfzig Wazirikriegern früh am Morgen in südöstlicher Richtung ausgezogen sei. Werper schrieb einen langen Brief an Achmed Zek, rief seinen Safariführer zu sich und gab ihm das Schreiben.

Schicke sofort einen Läufer mit diesem zu Achmed Zek, befahl er dem Manne. Du wartest hier im Lager auf weitere Anweisungen von ihm oder mir. Sollte jemand aus dem Bungalow des Engländers hierherkommen, so sage, ich liege schwerkrank in meinem Zelte und könne niemand vorlassen. Jetzt gib nur noch sechs Träger und sechs Asaker – die kräftigsten und mutigsten der Karawane – denn ich will selbst hinter dem Engländer her und sehen, wo sein Gold verborgen ist.

So kam es, daß Tarzan, nackt bis auf das Lendentuch und in der primitiven Bewaffnung, die ihm am liebsten war, seine ergebenen Waziri nach der toten Stadt Opar führte, während der abtrünnige Werper seiner Spur den ganzen glühendheißen Tag folgte und nachts dicht hinter ihm lagerte.

Und während sie so weiterzogen, ritt Achmed Zek mit seiner ganzen Bande nach Süden auf die Greystoke-Farm zu.

*

Für den Affentarzan war dieses Unternehmen eine Art Sonntagsausflug. Seine Zivilisierung war bestenfalls ein Firnis, den er froh genug war, mitsamt seinen unbequemen europäischen Kleidern abstreifen zu können, sobald sich nur irgendein vernünftiger Vorwand dazu fand. Nur eines Weibes Liebe hielt Tarzan an einen Anschein von Zivilisation gefesselt, weil besseres Vertrautwerden mit der sogenannten Kultur ihn gelehrt hatte, sie zu verachten. Er haßte ihre Lüge und Heuchelei, denn mit der klaren Einsicht eines unbefleckten Geistes hatte er den faulen Kern in deren Herzen erkannt – die feige Sucht nach Frieden, nach Behaglichkeit und nach Sicherstellung des Besitzes. Er leugnete hartnäckig, daß die edlen Seiten des Lebens – Kunst, Musik, Literatur – auf solch entwertetem Gedankenboden entsprossen sein sollten und behauptete lieber, sie hätten sich trotz der Zivilisation erhalten. Zeigt mir doch den fetten, wohlhabenden Feigling, pflegte er zu sagen, welcher je ein hohes Ideal geschaffen hat! Im Klirren der Waffen, im Kampf um das Dasein, unter Hunger, Tod und Gefahr, im Angesicht Gottes, wie es sich in der schreckvollsten Entfesselung der Naturkräfte zeigt, da wird all das geboren, was edel und gut ist im menschlichen Herz und Gemüt.

Darum kam Tarzan immer wieder zur Natur zurück, wie ein treuer Liebhaber sich nach langer Haft hinter Kerkermauern wieder zum lange verzögerten Stelldichein einfindet. Im innersten Mark waren seine Waziri zivilisierter als er. Sie kochten ihr Fleisch, ehe sie es aßen, und sie verabscheuten viele Nahrungsmittel als unrein, die Tarzan sein Leben lang mit Genuß verzehrt hatte, und so wirksam ist das Gift der Heuchelei, daß selbst der trotzige Affenmensch sich scheute, vor ihnen seinen natürlichen Empfindungen nachzugeben. So aß er gebratenes Fleisch, obgleich er es lieber roh und unverdorben genossen hätte und er brachte seine Jagdbeute mit Pfeil und Speer zur Strecke, während er doch viel lieber aus der Lauer darauf gesprungen wäre, um ihr die Zähne in die Halsadern zu schlagen. Aber der Trieb, welchen er als Kind mit der Milch seiner wilden Nährmutter eingesogen hatte, wurde zuletzt doch unüberwindlich – er mußte das warme Blut einer frischen Beute haben und seine Muskeln sehnten sich danach, in jenem Kampf um das Dasein gegen das wilde Dschungelleben eingesetzt zu werden, wie es während der ersten zwanzig Jahre seines Lebens sein einziges Geburtsrecht gewesen war.

# Der Ruf der Dschungel

An der kleinen Boma aus Dorngestrüpp, das seine Leute einigermaßen vor den Angriffen der großen Fleischfresser schützte, lag der Affenmensch während einer der nächsten Nächte unter dem Eindruck dieser unklaren aber allgewaltigen Triebe wach. Neben dem Feuer, welches gelbe Augen draußen in der Dunkelheit vor dem Lager nötig machten, hielt schläfrig ein einzelner Krieger Wache. Das Heulen und Fauchen der großen Katzen vermengte sich mit den Myriaden anderer Geräusche von den kleineren Bewohnern der Dschungel, um die wilde Flamme in der Brust dieses grimmen englischen Lords noch zu entfachen. Eine Stunde lang wälzte er sich ruhelos auf seinem Graslager umher, dann erhob er sich geräuschlos wie ein Gespenst und, als der Waziri den Rücken drehte, sprang er vor den glitzernden Augen über die Hecke der Boma, schwang sich in einen großen Baum und war verschwunden.

Eine Zeitlang jagte er nur so durch die mittlere Terrasse der Zweige dahin, um seine animalische Stimmung auszutoben, wobei er sich über gefahrvoll weite Lücken zwischen den Dschungelriesen hinüberschwang; dann kletterte er höher in die federnden schwächeren Zweige der oberen Terrasse, wo der Mond voll auf ihn schien, wo ein leichter Windhauch wehte und griffbereiter Tod in jedem gebrechlichen Zweige lauerte. Hier machte er halt und erhob sein Antlitz zu Goro, dem Mond. Mit erhobenem Arm stand er, der Schrei des Affenbullen zitterte schon auf seinen Lippen, aber er blieb ruhig, um seine treuen Waziri nicht zu wecken, welchen der grauenvolle Kampfruf ihres Gebieters nur zu bekannt war.

Von hier ab ging er langsamer und mit größerer Vorsicht und Verstohlenheit weiter, denn jetzt suchte der Affentarzan Beute. Herunter auf den Boden in den rabenschwarzen Schatten der engstehenden Baumstämme und des überhängenden Grüns der Dschungel stieg er. Von Zeit zu Zeit bückte er sich und näherte seine Nase dem Boden. Er suchte und fand eine breite Wildspur und endlich belohnte die Witterung einer frischen Spur von Bara, dem Hirsch, seine Nüstern. Tarzan lief das Wasser im Munde zusammen und ein leises Knurren entwich seinen Lippen. Die letzte Spur von erkünsteltem Standesbewußtsein war abgestreift – er war wieder ganz der Urwaldjäger – der Urmensch – der reinste Vertreter der menschlichen Rasse. Sein Wahrnehmungsvermögen, mit dem er der trügerischen Spur unter Wind folgte, übertraf das eines gewöhnlichen Menschen in einem uns unbegreiflichen Maße. Durch alle

Gegenströmungen des schweren Geruchs der Fleischfresser hindurch verfolgte er die Spur von Bara; der süßliche, ekle Geruch von Horta, dem Eber, konnte die Witterung seiner Beute nicht übertäuben – den durchdringenden, weichen Bisamduft vom Huf des Hirsches.

Da! jetzt zeigte schon der körperliche Geruch des Hirsches Tarzan die Nähe seiner Beute an. Also wieder hinauf in die Bäume – auf die untere Terrasse, von wo er den Boden übersah und mit Ohr und Nase die ersten Anzeichen der greifbaren Nähe seiner Beute wahrnehmen konnte. Der Affenmensch brauchte nicht mehr weit zu streifen; da stand Bara wachsam an der Ecke der in Mondschein gebadeten Lichtung. Geräuschlos kroch Tarzan durch die Zweige, bis er gerade über dem Hirsch war. In der Rechten hielt er das lange Jagdmesser seines Vaters, im Herzen kochte die Blutlust des Raubtiers. Nur einen Augenblick schwebte er über dem ahnungslosen Tier, dann stürzte er sich auf den schlanken Rücken. Die Wucht seines Körpers brachte den Hirsch auf seine Knie, und ehe er sich wieder erheben konnte, fand das Messer den Weg zum Herzen. Als sich Tarzan auf dem Rücken seines Opfers aufrichtete, um dem Mond seinen schauerlichen Siegesruf entgegenzusenden, trug der Wind seinen Nüstern etwas zu, das ihn stumm und starr wie eine Bildsäule machte. Seine wilden Augen funkelten nach der Richtung, aus welcher ihm der Wind die Warnung zugetragen hatte, und eben jetzt teilten sich die Gräser am Rande der Lichtung: Numa, der Löwe, schritt majestätisch heraus in das Gesichtsfeld. Mitten auf der Lichtung hielt er, heftete seine gelbgrünen Augen auf Tarzan und blickte neidisch auf seinen Jagderfolg, denn Numa hatte diese Nacht nur Mißerfolge gehabt.

Von den Lippen des Affenmenschen kam ein rollendes Warnungsknurren. Numa antwortete ohne vorzurücken; langsam mit seinem Schweif hin und her peitschend blieb er stehen. Tarzan hockte sich auf seine Beute nieder und schnitt ein ordentliches Stück aus der Keule. Während der Affenmensch zwischen einzelnen Bissen sein warnendes Knurren ausstieß, beäugte ihn Numa mit zunehmender Verachtung und Wut. Da gerade dieser Löwe noch nie bisher mit dem Affentarzan in Berührung gekommen war, kam er sich gänzlich angeführt vor. Dies Ding da war doch nach Aussehen und Witterung ein Menschlein, und Numa hatte Menschenfleisch gekostet und festgestellt, daß es zwar nicht am besten schmeckte, aber dafür sicher am leichtesten zu haben war. Allerdings lag in dem tierischen Knurren des merkwürdigen Geschöpfes etwas, das ihn an irgendwelchen gefährlichen Gegner erinnerte. Er wartete daher noch ab, während ihn der Hunger und der Duft von Baras warmem Fleisch fast toll machten.

Tarzan erriet, was in dem kleinen Gehirn des Raubtieres vor sich ging und war ständig auf der Hut. Es war sein Glück, daß er das tat, denn Numa konnte es endlich nicht mehr aushalten. Als der Schweif senkrecht in die Höhe schoß, wußte der vorsichtige Affenmensch nur zu gut, was das Zeichen bedeutete. Er packte den Rest der Hirschkeule mit den Zähnen und sprang gerade auf den nächsten Baum, als sich Numa mit schnellzugsähnlicher Gewalt und sausendem Schwung auf ihn stürzte.

Tarzans Rückzug war kein Zeichen von Furcht. Das Leben in der Dschungel hat andere Gesichtspunkte wie wir, und andere Regeln gelten dort. Hätte Tarzan Hunger gehabt, er hätte zweifellos seine Stellung behauptet und wäre Numas Angriff begegnet. Er hatte das schon bei mehr als einer Gelegenheit getan, genau so wie er früher selbst auf Löwen losgegangen war. Aber heute nacht war er keineswegs sehr hungrig und die mitgenommene Keule hatte mehr Fleisch, als er essen konnte. Aber er sah doch nicht gleichgültig von oben zu, wie Numa sich das Fleisch von Tarzans Beute riß. Die Anmaßung dieses fremden Numa verlangte Strafe. Und Tarzan ging denn auch gleich daran, der großen Katze das Dasein zu verleiden.

Zahlreiche Bäume in der Nähe trugen große, harte Früchte und auf einen solchen schwang sich der Affenmensch mit der Gewandtheit eines Eichhörnchens. Und nun begann eine Beschießung, auf welche Numa mit markerschütterndem Gebrüll antwortete. Eine nach der anderen, so schnell er sie pflücken und schleudern konnte, sausten die harten Früchte hinab auf den Löwen. Unter diesem Hagel von Wurfgeschossen war es der gelben Katze unmöglich, zu fressen – sie konnte nur immer brüllen, knurren und beiseitespringen, und manchmal wurde sie gänzlich von Baras, des Hirsches, Körper weggetrieben. Brüllend und wutschnaubend wich der Löwe. Aber plötzlich erstarb seine Stimme mitten auf der Lichtung. Tarzan sah, wie sich der Kopf senkte und die Ohren sich breit stellten, wie der Körper sich duckte und der lange Schweif zitterte, als das Tier vorsichtig auf der anderen Seite drüben durch die Bäume schlich.

Sofort war Tarzans Aufmerksamkeit geweckt. Er hob den Kopf und zog das leichte Dschungellüftchen ein. Was hatte wohl Numas Spannung erregt und ihn auf so sanften Pfoten vom Schauplatz seiner Empörung weggebracht? Gerade als der Löwe jenseits der Lichtung unter den Bäumen verschwand, bekam Tarzan durch den Wind die Erklärung seiner neuen Absichten. Die Witterung eines Menschen wehte deutlich in seine empfindlichen Nasenflügel.

Der Affenmensch packte den Rest seiner Hirschkeule in eine Baumgabel, wischte die fettigen Handflächen an den nackten Schenkeln ab und schwang sich zur Verfolgung Numas davon. Von der Lichtung aus führte eine breite, stark ausgetretene Elefantenfährte in den Wald. Parallel zu ihr schlich Numa und über ihm zog Tarzan wie ein Schattengespenst durch die Bäume. Die wilde Katze und der wilde Mann sahen fast gleichzeitig Numas Beute, obgleich beide, schon ehe sie ihnen zu Gesicht kam, wußten, daß es ein Neger war. Ihr empfindlicher Geruch hatte ihnen soviel gesagt, aber Tarzan wußte außerdem, daß es die Witterung eines Fremden war und zwar eines alten Mannes, denn sowohl Rasse wie Geschlecht und Alter haben ihre unterschiedliche Witterung.

Es war ein alter Mann, der sich allein seinen Weg durch die düstere Dschungel brach, ein verschrumpeltes, ausgetrocknetes, altes Männchen mit häßlichen Schmarren und Tätowierungen. Dazu trug er einen merkwürdigen Aufputz, ein Hyänenfell hing ihm um die Schultern und der getrocknete Kopf davon war über seinen grauen Schädel gestülpt. Tarzan erkannte ihn an seinen Abzeichen als Zauberer und wartete mit befriedigtem Vorgefühl auf Numas Angriff, denn der Affenmensch hatte für die Zauberer nicht viel übrig. Aber eben als Numa vorsprang, fiel dem Weißen plötzlich ein, daß der Löwe ihm vor einigen Minuten seine Beute gestohlen hatte und Rache ist süß. Erst als Numa kaum zwanzig Schritte hinter ihm krachend durch die Büsche auf den Wildpfad herausbrach, merkte der Neger, daß er in Gefahr war. Als er sich herumdrehte, konnte er gerade noch bemerken, daß ein mächtiger, schwarzmähniger Löwe auf ihn losschnellte, aber noch im Herumdrehen packte ihn Numa auch schon. Gleichzeitig fiel der Affenmensch von einem überhängenden Zweig genau auf des Löwen Rücken. Als sich der Löwe aufrichtete, stieß er ihm sein Messer hinter dem linken Schulterblatt in das braune Fell, wühlte die Finger der rechten Hand in die lange Mähne, grub die Zähne in Numas Nacken und schlang seine kräftigen Beine um des Tieres Rumpf. Unter Schmerz- und Wutgebrüll stieg Numa hoch und fiel nach hinten über auf den Affenmenschen. Aber das mächtige menschliche Wesen hielt fest und tauchte wiederholt blitzschnell das lange Messer in seine Flanke. Numa, der Löwe, überkollerte sich, kratzte, biß in die Luft und versuchte unter schrecklichem Geheul das Ding auf seinem Rücken zu fassen. Tarzan fühlte sich mehr als einmal beinahe von seinem Griff losgerissen. Aber so zerbeult und gequetscht er war, mit Numas Blut und dem Schmutz der Wildfährte beschmiert, nicht für einen Augenblick ließ die Wildheit seines tollkühnen Angriffs oder das grimme Haften am Rücken seines Gegners nach. Wenn er auch nur einen Augenblick den Griff gelockert hätte, wäre er in den Bereich jener reißenden, schlagenden Fänge gekommen und die wilde Laufbahn des in der Dschungel aufgewachsenen englischen Lords hätte für immer ihr Ende gefunden.

Der Zauberer lag noch an derselben Stelle, wo er unter dem Löwen niedergestürzt war. Zerfleischt und blutend, war er nicht mehr imstande, sich wegzuschleppen und mußte bei dem schrecklichen Kampfe der zwei Dschungelbeherrscher Augenzeuge sein. Mit glänzenden Augen starrend murmelte er wirre Anrufungen der Teufel seiner religiösen Bräuche zwischen runzeligen Lippen und zahnlosen Kiefern.

Eine Zeitlang war er nicht im Zweifel über den Ausgang – der fremde weiße Mann mußte sicher dem schrecklichen Simba erliegen – wer hörte je, daß ein einzelner Mann nur mit einem Messer ein so mächtiges Tier erlegt hätte! Aber bald riß der Schwarze die Augen auf und bekam Zweifel und Besorgnis. Was war das für ein wunderbares Geschöpf, das Simba bekämpfte und sich gegen die riesigen Muskeln des Tieres behauptete? Langsam dämmerte in den eingefallenen Augen, die so hell aus dem runzeligen, vernarbten Gesicht hervorleuchteten, die Erkenntnis. Die Hand der Erinnerung griff zurück in die Vergangenheit, bis sie ein mit den Jahren verblaßtes und vergilbtes Bild faßte: Ein geschmeidiger, weißhäutiger Jüngling schwang sich in Gesellschaft einer Horde von Riesenaffen durch die Bäume. In die alten Augen trat große Angst, die abergläubische Angst des Menschen, welcher an Gespenster, an Geister und Dämonen glaubt. Und als dann der Zauberer über den Ausgang des Zweikampfes nicht mehr zweifelhaft war, denn entgegen seiner vorherigen Überzeugung wußte er nun, daß der Dschungelgott Simba töten würde, da hatte der alte Neger noch mehr Angst um sein bevorstehendes Geschick aus der Hand des Siegers als vorher vor dem sicheren und schnellen Tod, welchen ihm der Löwe bereitet hätte. Er sah, wie matt der Löwe vom Blutverlust wurde, wie die mächtigen Glieder zitterten und wankten und er sah zuletzt das Tier niedersinken, um sich nicht mehr zu erheben. Und dann sah er, wie der Waldgott oder Teufel sich von dem besiegten Gegner erhob: er setzte einen Fuß auf den noch zuckenden Körper, hob das Antlitz zum Mond und stieß einen schauerlichen Schrei aus, daß dem Zauberer das klopfende Blut in den Pulsen gefror.

## Prophezeiung und Erfüllung

Tarzans Aufmerksamkeit wendete sich nun dem Manne zu. Er hatte keineswegs Numa erschlagen, um den Neger zu retten – er wollte sich nur an dem Löwen rächen. Aber als er den alten Mann hilflos und sterbend vor sich liegen sah, rührte so etwas wie Mitleid sein rauhes Herz. In der Jugend hätte er den Zauberer ohne die geringsten Bedenken getötet. Aber die Zivilisation hatte ihre besänftigende Wirkung auf ihn so wenig wie auf von ihr berührte Rassen und Nationen verfehlt, obgleich sie noch nicht so weit gekommen war, ihn feige oder weichlich zu machen.

Er sah einen alten Mann unter Schmerzen sterben und er bückte sich, untersuchte dessen Wunden und hemmte das strömende Blut.

Wer bist du? fragte der Greis mit zitternder Stimme.

Ich bin Tarzan, der Affentarzan! erwiderte der Affenmensch mit vielleicht größerem Stolz als er gesagt haben würde: Ich bin John Clayton, Lord Greystoke.

Der Zauberer schüttelte sich krampfhaft und schloß die Augen. Als er sie wieder öffnete, zeigten sie Ergebung in das wenn auch noch so schreckliche Geschick, das ihn aus der Hand dieses gefürchteten Teufels der Wälder erwartete. Warum tötest du mich nicht? fragte er.

Weshalb sollte ich dich töten? forschte Tarzan. Du hast mir nichts getan und außerdem liegst du schon im Sterben. Numa, der Löwe, hat dich getötet.

Du würdest mich nicht töten?! Überraschung und Zweifel lagen im Tone der zittrigen, alten Stimme.

Wenn ich könnte, würde ich dich retten, erwiderte Tarzan. Aber das geht nicht mehr. Warum dachtest du, ich würde dich töten?

Der alte Mann schwieg einen Augenblick. Als er wieder sprach, hatte er anscheinend erst seinen Mut zusammengenommen: Ich kenne dich von früher, sagte er, von damals, als du in des Häuptlings Mbonga Gebiet in der Dschungel haustest. Ich war schon Zauberer, als du Kulonga und die anderen erschlugst und unsere Hütten und unseren Gifttopf beraubtest. Ich erkannte dich erst nicht. Aber jetzt weiß ich es – du bist der weißhäutige Affe, der unter den haarigen Affen lebte und das Leben in Mbongas Dorf zur Hölle machte, der Herr – der Waldgott – der Munango-Kiwati, welchem wir immer Opfer an Nahrung vor das Tor setzten und der dann kam und es aß. Sage mir, ehe ich sterbe – bist du Mensch oder Teufel?

Tarzan lachte: Ich bin ein Mensch!

Der Alte seufzte und schüttelte den Kopf. Du suchtest mich vor Simba zu retten. Ich will dich dafür belohnen. Ich bin ein großer Zauberer. Höre auf mich, weißer Mann! Ich sehe, daß dir böse Tage bevorstehen. In meinem eigenen Blut, das mir über die Hand läuft, steht es geschrieben. Ein Größerer als du selbst wird erstehen und dich niederschlagen. Kehre um, Munango-Kiwati! Kehre um, ehe es zu spät ist. Gefahr liegt vor dir, Gefahr lauert hinter dir; aber größer ist die Gefahr vor dir. Ich sehe ... Er machte eine Pause, und atmete lang und röchelnd. Dann krümmte er sich zu einem kleinen, schrumpeligen Haufen zusammen und starb. Tarzan hätte gerne gewußt, was er noch weiter gesehen hatte.

Als der Affenmensch die Boma wieder betrat und sich zwischen seinen schwarzen Kriegern niederlegte, war es ziemlich spät geworden. Keiner hatte bemerkt, daß er gegangen war und keiner sah seine Rückkehr. Im Einschlafen dachte er noch an die Worte des Zauberers und beim Erwachen waren sie sein erster Gedanke. Aber er hatte deswegen keine Absicht, umzukehren, denn er kannte keine Furcht. Hätte er allerdings geahnt, was der Frau bevorstand, welche er über alles in der Welt liebte, er würde wie auf Flügeln durch die Bäume an ihre Seite geeilt sein und das Gold von Opar hätte für immer verborgen und vergessen in seinem Schatzhause liegenbleiben können.

Und in dem Lager hinter ihm sann an jenem Morgen ein anderer weißer Mann auch über etwas nach, das er nachts gehört hatte, und wenig fehlte, so hätte er seinen Plan aufgegeben und wäre umgekehrt. Werper hatte in der stillen Nacht aus weiter Entfernung auf der Fährte einen Laut gehört, der seine feige Seele mit Schrecken erfüllte. Er hatte noch nie in seinem bisherigen Leben eine solche Stimme gehört und hätte nicht im Traume gedacht, daß die Lungen eines Gottesgeschöpfes solch fürchterliche Töne hervorbringen könnten. Er hatte den Siegesschrei des männlichen Affen vernommen, welchen Tarzan ins Angesicht von Goro, dem Mond, geschleudert hatte und Werper hatte zitternd sein Gesicht verhüllt. Noch jetzt im hellen Tageslicht zitterte er, wenn er daran dachte. Angesichts der namenlosen Gefahr, welche das Echo jener fürchterlichen Laute zu künden schien, wäre er am liebsten umgekehrt, aber er hatte vor seinem Befehlshaber Achmed Zek noch mehr Angst.

Während also der Affentarzan stetig seinen Weg nach Opars verfallenen Wällen weiterzog, schlich Werper wie ein Schakal hinterdrein und nur Gott konnte wissen, was die Zukunft für beide barg.

Tarzan hielt am Rande des öden Tales, von dem aus man die goldenen Kuppeln und Türmchen von Opar erblickte. Heute nacht würde er zur Erkundung allein nach der Schatzkammer gehen, denn er war entschlossen, daß die Vorsicht jeden seiner Schritte auf dieser Unternehmung bestimmen sollte.

Als die Nacht herniedersank, brach er auf. Werper hatte allein die Klüfte kurz nach dem Trupp des Affenmenschen erstiegen und sich tagsüber zwischen den rauhen Felsen des Berggipfels aufgehalten. Jetzt schlich er verstohlen hinter jenem her. Auf der felsenübersäten Ebene zwischen dem Talrand und dem mächtigen Granitkopje außerhalb der Stadtmauer, da wo der Eingang zum Stollen nach der Schatzkammer lag, fand Werper reichlich Deckung, während er Tarzan nach Opar folgte.

Er sah, wie sich der riesige Affenmensch behend über die glatte Fläche des großen Felsens hinaufschwang. Werper kletterte in Schweiß gebadet mit krampfhaften Griffen über den gefährlichen Aufstieg und war vor Angst halb gelähmt, aber die Habsucht spornte ihn an, zu folgen, bis er endlich auf dem Gipfel des Felshügels stand.

Tarzan war nirgends zu sehen. Eine Zeitlang hielt sich Werper hinter einem der kleinen Felsblöcke, mit welchem die Spitze des Hügels bestreut war, aber als er von dem Engländer nichts sah oder hörte, kroch er aus seinem Versteck hervor, um eine planmäßige Untersuchung der Umgebung zu beginnen. Der Belgier hoffte, die Lage des Schatzes rechtzeitig vor Tarzans Rückkehr festgestellt zu haben, um vorher zu verschwinden, denn er wollte nur den Ort des Goldes wissen, damit er nach Tarzans Abzug mit seinen Leuten ohne Gefahr kommen und soviel wie möglich wegschleppen konnte.

Er fand auch die schmale Kluft, welche zu den stark verwitterten Granitstufen in das Innere des Hügels hineinführte. Bis in die dunkle Mündung des Tunnels, in der er verschwand, rückte der Landstreicher vor, aber weiter wagte er nicht einzudringen aus Furcht, Tarzan könnte zurückkehren.

Der Affenmensch, weit vorausgedrungen, tastete derweil seinen Weg durch den Felsengang entlang, bis er an die alte Holztüre kam. Einen Augenblick später stand er in der Schatzkammer, in welcher die Hände längst Vermoderter vor vielen Jahrtausenden für die Herrscher des großen Kontinents, der nun unter den Gewässern des Atlantischen Ozeans versunken liegt, jene hohen Stapel aus kostbaren Gußblöcken errichtet hatten.

Kein Laut unterbrach die Stille des unterirdischen Gewölbes. Kein Zeichen deutete an, daß ein anderer die vergessenen Schätze entdeckt hatte, seit der Affenmensch ihr Versteck besuchte.

Befriedigt drehte sich Tarzan um und lenkte seine Schritte wieder nach dem Gipfel des Kopje. Werper belauschte ihn von der Deckung einer großen, vorspringenden Granitschulter aus, wie er aus dem Dunkel der Treppe heraufkam und nach dem Kamm des Hügels ging, welcher nach dem Talrande zu lag, wo die Waziri auf das Zeichen ihres Gebieters warteten. Jetzt schlüpfte Werper vorsichtig aus seinem Versteck, tauchte in den düsteren Schatten des Eingangs und verschwand.

Tarzan machte auf dem Kamm des Hügels halt und erhob seine Stimme zum donnernden Gebrüll eines Löwen. Zweimal wiederholte er den Ruf in regelmäßigen Abständen. Als das Echo des dritten Rufes erstorben war, lauschte er einige Minuten aufmerksam. Dann kam schwach von jenseits des Tales ein Brüllen als Antwort: – Einmal, zweimal, dreimal! Basuli, der Wazirihäuptling, hatte gehört und geantwortet.

Tarzan nahm wieder seinen Weg nach der Schatzkammer, weil er wußte, daß in wenigen Stunden seine Schwarzen bei ihm sein würden, bereit, ein neues Vermögen in Gestalt der merkwürdig geformten Goldbarren von Opar fortzubringen. Inzwischen wollte er schon von dem kostbaren Metall so viel wie möglich auf den Gipfel des Kopje schaffen.

In den fünf Stunden, bis Basuli das Kopje erreichte, hatte er den Weg sechsmal gemacht und am Ende dieser Zeit achtundvierzig Barren auf den Kamm des großen Felsens gebracht, wobei er bei jedem Gang ein Gewicht getragen hatte, das zwei normale Menschen zum Wanken gebracht hätte. Aber seine Riesengestalt zeigte keine Spur von Ermüdung, als er mit dem dazu mitgebrachten Seil half, seine Krieger auf die Bergspitze zu holen.

Noch einmal kam der Affenmensch und diesmal brachte er seine fünfzig Krieger mit, die sich nur aus Hingabe für ihn zu Lastträgern hergaben, aber er war der einzige Mensch auf der Welt, der von ihren feurigen und hochmütigen Naturen solche niedrigen Frondienste verlangen durfte. Abermals verließen zweiundfünfzig Barren das Gewölbe, um die Summe von einhundert Stück aufzufüllen, welche Tarzan mitnehmen wollte.

Als der letzte Waziri die Kammer verließ, wandte sich Tarzan zurück, um einen letzten Blick auf die fabelhaften Schätze zu tun, in welchen zwei Eingriffe keine merklichen Spuren hinterlassen hatten. Die einzige Kerze, welche Tarzan dazu mitgebracht hatte, warf mit ihrem flackernden Licht die ersten Strahlen in die undurchdringliche Finsternis der in Vergessenheit begrabenen Kammer. Ehe Tarzan die Kerze auslöschte, dachte er wieder an die erste Gelegenheit, bei welcher er die Schatzkammer betreten hatte, damals als er auf der Flucht aus den Tempelgewölben, in welchen ihn La, die Hohepriesterin der Sonnenanbeter, verborgen hatte, zufällig auf sie gestoßen war.

Er rief sich die Szene im Tempel zurück, wie er ausgestreckt auf dem Opferaltar lag, während La mit erhobenem Dolche über ihm stand, indes die Reihen der Priester und Priesterinnen in verzücktem Fanatismus auf den ersten Strom warmen Blutes warteten, um es in ihren goldenen Bechern aufzufangen und zur Ehre ihres Feuergottes zu trinken.

Dann zog die tierische und blutige Störung durch Tha, den tollgewordenen Priester, lebhaft vor Tarzans Erinnerung vorbei; er sah wieder die Flucht der Andächtigen vor dem irren Blutdurst der scheußlichen Kreatur, den brutalen Angriff auf La und seinen eigenen Anteil an der grausen Tragödie, als er mit dem wütenden Oparier kämpfte und ihn tot zu Füßen der Priesterin niederwarf, die er hatte entehren wollen.

Das und mehr zog durch Tarzans Erinnerung, als er auf die langen Reihen des mattgelben Metalls starrte. Ob wohl La noch in den Tempeln der zerstörten Stadt herrschte, deren verfallende Mauern sich auf den Felsen um ihn herum erhoben? War sie schließlich doch zu einer Ehe mit einem der grotesken Priester gezwungen worden? Für ein so schönes Wesen mußte das ein furchtbares Geschick sein! Kopfschüttelnd trat Tarzan zu der flackernden Kerze, löschte ihre schwachen Strahlen und wendete sich zum Ausgang.

Der Späher hinter ihm wartete auf seinen Aufbruch. Er hatte das Geheimnis, um dessentwillen er gekommen war, kennengelernt. Nun konnte er ohne Übereilung zu seinen harrenden Leuten zurückkehren. Nachher wollte er sie dann zur Schatzkammer herbringen, und sie sollten ihm so viel Gold wegschleppen, daß sie wankten.

Die Waziri hatten längst das äußere Ende des Tunnels erreicht und stiegen hinauf an die frische Luft und das willkommene Sternenlicht auf dem Berggipfel, ehe Tarzan die ihn zurückhaltende Hand der Träumerei abschüttelte und ihnen langsam nachging.

Noch einmal, wie er dachte, zum letzten Male schloß er das massive Tor der Schatzkammer. Hinter ihm in der Dunkelheit erhob sich Werper und reckte seine krampfmüden Muskeln, dann streckte er die Hand aus und liebkoste den Goldbarren auf dem nächsten Haufen. Er lüftete ihn von seiner uralten Unterlage und wog ihn auf den Händen, ja, er drückte ihn mit dem Entzücken des Geizhalses an die Brust.

Tarzan träumte von seiner bevorstehenden glücklichen Heimkehr, von liebenden Armen, die ihn umfingen, von einer weichen Wange, welche sich an die seine preßte. Aber um diesen Traum zu verscheuchen, erstand vor seinem Auge die Erinnerung an den alten Zauberer und seine Warnung.

Und im Zeitraum weniger Sekunden waren die Hoffnungen der beiden Männer zerschmettert. Der eine vergaß in Schreck und Angst seine Habgier – dem anderen schlug ein scharfes Felsstück eine tiefe Wunde in sein Haupt und stürzte ihn in völliges Vergessen aller Vergangenheit.

## Der Altar des Feuergottes

Gerade als sich Tarzan von der wieder geschlossenen Türe auf seinen Weg nach der Außenwelt machen wollte, geschah es. Der ganze Vorfall ereignete sich, ohne daß irgendeine Warnung vorherging. Eben war alles noch ruhig und standfest – im nächsten Augenblick schien die Welt zu wanken, die gepreßten Wände des engen Stollens barsten und splitterten, aus der Decke gebrochene Felsklötze stürzten sperrend auf den schmalen Weg und die Wände legten sich unter dem Druck nach innen.

Der Schlag eines aus der Decke fallenden Felsbrockens warf Tarzan an die Türe der Schatzkammer zurück, die sein Gewicht aufstieß, während der Körper hinein auf den Boden rollte.

Im großen Schatzraum hatte das Erdbeben weniger Unheil angerichtet. Einige Barren fielen von höheren Stapeln herab, ein großer einzelner Block löste sich aus der Decke und donnerte zu Boden und die Wände krachten, aber sie hielten.

Es blieb bei dem einen Stoß, denn es folgte kein weiterer, um das Unheil zu vollenden. Werper war durch die Plötzlichkeit und Gewalt der Erschütterung der

Länge nach zu Boden geschleudert worden. Als er sich unverletzt fand, raffte er sich wankend auf die Füße und tastete sich durch die Kammer nach der Kerze zu, welche Tarzan mit ein paar Tropfen ihres eigenen Wachses auf das herausstehende Ende eines Goldbarrens geklebt hatte. Nachdem er mehrere Streichhölzer angebrannt hatte, fand er sie, und als gleich danach ihre spärlichen Strahlen das stygische Dunkel erhellten, seufzte er erleichtert auf, denn das undurchdringliche Dunkel hatte die Schrecken der Lage noch erhöht.

Als sich seine Augen wieder an das Licht gewöhnt hatten, dachte er nur noch an Flucht aus diesem entsetzlichen Grab. Da sah er den Körper des nackten Riesen lang ausgestreckt auf der Schwelle liegen. Werper fuhr in plötzlicher Furcht vor Entdeckung zurück. Aber ein zweiter Blick sagte ihm, daß der Engländer tot sein mußte. Aus einer klaffenden Wunde in des Mannes Kopf hatte sich eine Blutlache auf dem Steinboden gesammelt.

Der Belgier sprang eilig über die ausgestreckte Gestalt seines kürzlichen Gastgebers, um sich in Sicherheit zu bringen, ohne auch nur einen Gedanken an Hilfe für den möglicherweise noch nicht ganz Leblosen zu hegen. Aber seine eben erwachten Hoffnungen waren bald erstickt. Schon bald jenseits des Tores fand er den Gang durch zersplitterte Felsteile völlig versperrt und abgeschlossen. Er ging wieder in die Schatzkammer zurück und begann mit der Kerze eine planmäßige Untersuchung des Raumes, bis er auf dem entgegengesetzten Ende eine andere Türe entdeckte, deren krächzende Angeln seinem Körpergewicht nachgaben. Hinter der Türe kam ein anderer enger Stollen. Werper fand eine Steintreppe, welche ihn zu einem neuen, zwanzig Fuß höher liegenden Gang brachte. Die flackernde Kerze leuchtete ihm auf dem Wege und er konnte von Glück sagen, daß er sie hatte, denn sie zeigte ihm gerade zur rechten Zeit einen gähnenden Abgrund, welcher anscheinend den Tunnel abschloß.

Vor ihm war ein kreisrunder Kamin. Er hielt die Kerze darüber und sah hinunter. Weit unten warf eine Wasserfläche das Licht zurück; er war auf einen Brunnen gestoßen. Nun hob er die Kerze über seinen Kopf und spähte in die Dunkelheit, bis er gegenüber die Fortsetzung des Tunnels bemerkte. Aber wie sollte er hinüberkommen?

Er schätzte eben noch die Entfernung bis dahin und war unschlüssig, ob er den Riesensprung wagen könne, als auf einmal ein durchdringender Schrei zu seinen Ohren drang, welcher schwächer und schwächer wurde, bis er endlich in einem klanglosen Stöhnen erstarb. Die Stimme klang wohl menschlich, aber so fürchterlich, daß sie ebensogut aus der gepeinigten Kehle eines Verlorenen im Höllenfeuer stammen konnte.

Der Belgier schauderte und sah voll Angst in die Höhe, aus welcher die Stimme zu kommen schien. Da erblickte er weit entfernt eine Öffnung, durch welche ein Stück Himmel und glitzernde Sterne herabsahen.

Sein halber Entschluß, um Hilfe zu rufen, war durch den schrecklichen Schrei wieder wankend geworden. Wo eine solche Stimme erscholl, konnten keine menschlichen Wesen hausen. Was auch für Wesen dort oben lebten, er durfte sich ihnen nicht bemerkbar machen. Er verwünschte seine Narrheit, solche Sendung zu übernehmen und wünschte sich am liebsten wieder in Achmed Zeks Lager zurück. Ja, er hätte sich sogar der Militärgerichtsbarkeit des Kongostaates gestellt, wenn er sich dadurch aus seiner schrecklichen Lage hätte retten können.

Angstvoll lauschte er, aber der Schrei wiederholte sich nicht, und endlich nahm er allen Mut zusammen, um den verzweifelten Sprung über den Abgrund zu wagen. Er ging zwanzig Schritte zurück, nahm einen Anlauf und sprang vom Rande des Brunnens in hohem Bogen ab, um die andere Seite zu gewinnen.

Der Luftzug des Sprunges löschte die flackernde Kerze in seiner Hand aus, er flog in völliger Finsternis durch die Leere und haschte mit den Händen nach vorwärts nach einem Halt, falls seine Füße den unsichtbaren Felspunkt verfehlen sollten.

Er schlug mit den Knien auf die gegenüberliegende Kante, rutschte ab, griff ein paarmal verzweifelt zu und hing schließlich halb im Kamin, halb lag er im Tunnel, aber er war gerettet. Einige Minuten lang wagte er nicht, sich zu rühren; schwach und in Schweiß gebadet blieb er in seiner Stellung hängen. Endlich zog er sich vorsichtig vollends in den Tunnel hinein, lag langgestreckt auf dem Boden und suchte seine verstörten Nerven wieder in die Hand zu bekommen.

Beim Aufschlag seiner Knie auf den Tunnel hatte er die Kerze fallen lassen. In der ziemlich aussichtslosen Hoffnung, sie könnte auf den Tunnelboden statt in den Brunnen gefallen sein, begann er auf allen vieren eine eifrige Suche nach dem kleinen Talgzylinder, der ihm jetzt unendlich wertvoller schien als der ganze fabelhafte Reichtum der Goldbarren von Opar.

Und als er dann schließlich die Kerze fand, da riß er sie an sich und sank schluchzend und erschöpft zusammen. So blieb er längere Zeit zitternd und fassungslos liegen. Aber zuletzt raffte er sich in sitzende Stellung auf, nahm ein

Streichholz aus der Tasche und zündete den verbliebenen Kerzenstumpf an. Im Licht hatte er seine Nerven besser in der Gewalt, darum ging er alsbald durch den Tunnel weiter auf die Suche nach einem Ausgang. Der schreckliche Schrei, welcher von oben durch den Brunnenschacht zu ihm gedrungen war, hielt ihn immer noch so sehr im Bann, daß er vor dem Geräusch seiner eigenen vorsichtigen Bewegungen erschrak.

Er war noch nicht weit gekommen, als zu seiner Enttäuschung eine Mauer sein weiteres Vordringen hinderte. Was sollte das? Werper war ein Mann von Bildung und Intelligenz und seine militärische Erziehung hatte ihn gelehrt, nach dem Zweck jeder Sache zu forschen. Als Sackgasse hatte dieser Tunnel keinen Sinn; er mußte jenseits der Mauer weiterführen. Irgend jemand hatte ihn früher aus persönlichen Gründen abgesperrt. Der Mann begann beim Licht seiner Kerze eine Untersuchung des Mauerwerks und fand zu seinem Entzücken, daß die Mauer nur aus dünnen, geglätteten Steinplatten bestand, welche ohne Zement oder Mörtel aneinandergepaßt waren. Er zog an einem Stein und fand, daß er sich leicht entfernen ließ. Er zog die Platten einzeln nacheinander heraus, bis die Öffnung groß genug war, um seinen Körper durchzulassen. Dann glitt er durch und fand sich in einer geräumigen, niedrigen Kammer. Gegenüber schloß wieder eine Tür den weiteren Weg ab, aber da sie nicht verriegelt war, gab sie seinen Angriffen nach. Ein langer, dunkler Korridor zeigte sich, doch ehe er ihn weit hatte verfolgen können, versengte ihm die heruntergebrannte Kerze die Finger. Mit einem Fluch ließ er sie zu Boden fallen, wo sie noch einmal aufflammte und verlöschte.

Nun war er in völliger Dunkelheit und erneut saß ihm die drückende Angst im Nacken. Er konnte nicht ahnen, was für weitere Fallgruben und Gefahren vor ihm lagen. Aber er glaubte sicher weiter als je von der endlichen Freiheit entfernt zu sein; so niederdrückend ist die Abwesenheit von Licht in fremder Umgebung.

Langsam tastete er seinen Weg entlang, fühlte mit den Händen die Wände des Ganges ab und betastete immer erst vor jedem weiteren Schritt den Boden vor sich. Wie lange er so weitergeschlichen war, wußte er nicht mehr; aber als der Tunnel gar kein Ende nehmen wollte, entschloß er sich, völlig erschöpft durch Anstrengung, Schrecken und Mangel an Schlaf, wie er war, sich niederzulegen und vor weiterem Vordringen auszuruhen.

Als er erwachte, hatte sich an der umgebenden Dunkelheit nichts geändert. Ob er einen Tag oder nur eine Sekunde geschlafen hatte, wußte er nicht. Aber die Tatsache, daß er sich erfrischt und hungrig fühlte, bekundete doch, daß er einige Zeit geschlafen haben mußte.

Er begann wieder sein tastendes Vordringen, aber diesmal kam er schon nach ganz kurzer Zeit an die Mündung des Tunnels in einen Raum, zu dem aus einem Lichtschacht eine Betontreppe auf den Boden herunterführte.

Durch die Öffnung oben konnte Werper sonnenbeschienene, weinumrankte Säulen sehen. Er lauschte, aber er hörte nichts als das Sausen des Windes in den belaubten Zweigen, den heiseren Schrei der Vögel und das Schnattern von Affen.

Kühner geworden stieg er die Treppe hinauf und fand sich in einem kreisrunden Hofe. Gerade vor ihm stand ein steinerner Altar mit rostbraunen Flecken. Werper gab sich über diese Flecken zunächst keine weitere Rechenschaft – nachher wußte er ihren schlimmen Ursprung nur allzu genau.

Abgesehen von dem Treppenschacht im Boden gerade hinter dem Altar bemerkte der Belgier noch mehrere Türen, welche in gleicher Höhe wie der Hof durch dessen Umfriedigung in das Freie führten. Oben rund um den Hof herum war eine Reihe von Balkonen. Affen trieben sich in den verlassenen Ruinen herum und bunte Vögel schossen zwischen den Säulen durch und über die Galerien, aber keine Menschenseele ließ sich sehen. Werper fühlte sich erleichtert. Er seufzte, wie wenn ihm eine große Last vom Herzen gefallen wäre.

Dann schritt er auf einen der Ausgänge zu, aber mit aufgerissenen Augen voll Staunen und Entsetzen blieb er stehen, denn zu gleicher Zeit öffneten sich ein Dutzend Türen in der Mauer des Hofes und eine Horde von scheußlichen Männern stürzte sich auf ihn.

Es waren die Priester von Opar, die gleichen zottigen, plumpen, schauerlichen Männer, welche vor Jahren Jane Clayton an demselben Fleck zum Opferaltar geschleppt hatten. Ihre langen Arme, die kurzen, krummen Beine, die engstehenden boshaften Augen und die niedrigen flachen Köpfe gaben ihnen ein so tierisches Aussehen, daß ein lähmender Anfall von Furcht die angegriffenen Nerven des Belgiers befiel.

Zwar wollte er mit einem Schrei in die eben erst verlassenen düsteren Gewölbe zurückfliehen, aber die schauerlichen Männer kamen ihm zuvor. Sie versperrten ihm den Weg, sie packten ihn, er warf sich auf die Knie und bettelte um sein Leben, aber sie banden ihn und warfen ihn auf den Boden im Inneren des Tempels.

Das weitere war nur eine Wiederholung von dem, was Tarzan und Jane Clayton durchgemacht hatten. Die Priesterinnen kamen mit der Hohepriesterin La an der Spitze, Werper wurde aufgehoben und auf den Altar gelegt. Als dann La das Opfermesser über ihm erhob, drang ihm der kalte Schweiß aus allen Poren. Der Todesgesang scholl marternd in seine Ohren und seine stieren Augen wanderten über die goldenen Becher, aus welchen die schauerlichen Andächtigen bald ihren unmenschlichen Durst mit seinem warmen Blut stillen würden.

Er wünschte schon, eine Ohnmacht möge ihm das Bewußtsein des endlich kommenden scharfen Dolchstiches ersparen, da scholl ihm ein fürchterliches Brüllen in die Ohren. Die Hohepriesterin ließ ihren Dolch sinken und öffnete vor Entsetzen weit die Augen. Die Priesterinnen schrien und flohen wild nach den Ausgängen, während die Priester je nach dem Grade ihres Mutes vor Grimm oder Angst brüllten. Werper reckte den Hals, um den Grund ihrer Flucht zu erkennen, und als er ihn endlich zu Gesicht bekam, überfiel auch ihn neue Furcht, denn vor seinen Augen stand ein riesiger Löwe inmitten des Tempels, und ein Opfer lag bereits zermalmt unter seinen grausamen Pranken.

Wieder brüllte der Beherrscher der Wildnis und richtete seine unheilvollen Augen auf den Altar. La taumelte vorwärts, drehte sich halb und fiel dann ohnmächtig über Werper.

## Der Überfall der Araber

Sobald sich der erste Schreck über das Erdbeben gelegt hatte, hastete Basuli mit seinen Kriegern in den Stollen zurück, um nach Tarzan und zwei gleichfalls fehlenden Leuten zu sehen.

Sie fanden den Weg durch zackige und verkeilte Felsblöcke völlig versperrt. Zwei Tage lang suchten sie sich einen Weg zu ihren eingekerkerten Genossen zu bahnen, aber als sie nach heroischen Anstrengungen erst zwei Meter des verschütteten Ganges freigelegt hatten und dabei die verstümmelten Reste ihres einen Gefährten entdeckten, mußten sie notwendigerweise zur Überzeugung kommen, daß Tarzan und der zweite Waziri ebenfalls weiter zurück unter den Felsmassen begraben lagen und längst über jede menschliche Hilfe hinaus waren.

Wieder und wieder in Arbeitspausen riefen sie ihren Herrn und ihren Kameraden beim Namen. Aber keine Antwort kam, um ihre lauschenden Ohren zu belohnen. So gaben sie endlich die Suche auf. Sie warfen einen letzten wehen Blick auf das Trümmergrab ihres Herrn, dann nahmen sie die gewichtigen Goldbarren auf, die ihrer geliebten, nun so verlassenen Herrin wenn auch kein Glück, aber wenigstens Behaglichkeit verschaffen sollten und machten sich auf ihren traurigen Weg durch das öde Tal von Opar und durch die Wälder nach dem fernen Bungalow. Aber noch während ihres Rückmarsches dahin traf dies friedliche, glückliche Heim ein trauriges Geschick.

*

Auf seines Leutnants Brief hin kam Achmed Zek von Norden her geritten und mit ihm kam seine Horde – teils gesetzlose Plünderer und Räuber arabischer Abkunft, teils ebenso schlimme Neger, die er auf seinen ungestraften Kreuz- und Querzügen aus den Dörfern der niedrigstehenden und unwissenden Kannibalen zusammengelesen hatte.

Mugambi, der ebenholzfarbene Herkules, der seit den Erlebnissen auf der einsamen Dschungelinsel des Ozeans alle Gefahren und Abenteuer seines geliebten „Bwana“, seines Herrn, bis zum Oberlauf des Ugambi geteilt hatte, bemerkte als erster das Eindringen der unheimlichen Karawane.

Ihm hatte Tarzan die Krieger unterstellt, welche er zu Lady Greystokes Schutz zurückgelassen hatte, und einen treueren und tapferen Wächter hätte er in keinem Lande gefunden. Ein Riese von Gestalt, ein wilder, furchtbarer Krieger, besaß Mugambi auch eine seiner Statur und Wildheit gleichkommende Seelengröße und Urteilskraft.

Nicht ein einziges Mal seit seines Herrn Abmarsch hatte er das Bungalow weiter als auf Sicht- oder Hörweite verlassen. Nur wenn Lady Greystoke der Eintönigkeit des Alleinseins müde über die Ebene ritt oder auf eine kurze Jagd ging, begleitete sie Mugambi auf einem zähen Araber wie ihr Schatten.

Die Räuber waren noch weit weg, als sie der Krieger schon mit seinen scharfen Augen entdeckte. Eine Zeitlang betrachtete er still prüfend die herannahende Schar, dann rannte er zurück zu den Hütten der Eingeborenen hinter dem Bungalow.

Er rief die müßig herumliegenden Krieger auf und gab schnell seine Befehle, denen zufolge die Leute zu den Waffen griffen. Einige eilten fort, um die

Feldarbeiter und die Hirten bei den Herden zu warnen. Die Mehrzahl folgte Mugambi an das Bungalow.

Die Staubwolke der Eindringlinge war noch weit weg. Mugambi konnte nicht sicher wissen, ob sie einen Feind in sich barg. Aber er hatte sein ganzes rauhes Leben im wilden Afrika verbracht und hatte schon früher solche Horden unangemeldet kommen sehen. Sie konnten in friedlicher, sie konnten in feindlicher Absicht kommen. Das ließ sich nicht vorhersagen. Es war besser, gerüstet zu sein. Die hastige Annäherung war jedenfalls auffällig.

Das Greystoke-Bungalow war wenig auf Verteidigung eingerichtet. Es hatte nicht einmal eine Palisadenwand, denn hier im Herzen des Wazirilandes hatte sein Eigentümer keinen feindlichen Angriff für möglich gehalten. Lediglich schwere Holzschalter konnten die Fenster gegen feindliche Pfeile sichern, und diese ließ Mugambi gerade herunter, als Lady Greystoke auf der Veranda erschien.

He! Mugambi! rief sie. Was ist denn los? Warum schließt du die Schalter?

Mugambi deutete auf die weißmänteligen Reiter, die sich jetzt deutlich draußen auf der Ebene zeigten.

Araber, erklärte er. In der Abwesenheit des „großen Herrn" kommen sie mit keiner guten Absicht.

Jenseits des sauberen Rasens und der blühenden Büsche sah Jane Clayton die glänzenden Körper der Waziri. Die Sonne leuchtete auf den Speerspitzen und den prächtigen Farben ihres Kriegsaufputzes aus Federn, auf die glatte Haut ihrer breiten Schultern bronzene Reflexe gießend.

Jane schaute mit ungemischtem Stolz und mit Freude auf sie. Was konnte ihr unter solchem Schutz weiter begegnen?

Die Räuber hielten kaum hundert Schritte entfernt auf der Ebene. Mugambi eilte hinab zu seinen Kriegern. Er trat einige Schritte vor sie und rief die Fremden an. Achmed Zek saß aufrecht im Sattel vor seinen Halsabschneidern.

Araber! rief Mugambi, was suchst du hier?

Wir kommen in Frieden, rief Achmed Zek zurück.

Dann gehe in Frieden, erwiderte Mugambi. Wir brauchen euch hier nicht. Zwischen Araber und Waziri gibt es keinen Frieden.

Mugambi, obgleich kein geborener Waziri, war in den Stamm aufgenommen worden, und es gab keinen, der eifriger auf dessen Ruf und dessen Tapferkeit gesehen hätte.

Achmed Zek zog sich auf eine Seite seiner Horde und sagte leise etwas. Einen Augenblick danach prasselte eine Salve ohne vorherige Warnung in die Reihen der Waziri. Einige Krieger fielen, die übrigen wollten sich auf die Angreifer stürzen. Aber Mugambi war ein ebenso vorsichtiger als tapferer Führer. Er wußte, wie nutzlos es war, flintenbewaffnete Gegner so anzugreifen; deshalb zog er seine Streitkräfte hinter die Büsche des Gartens zurück. Einige verteilte er auf verschiedene Stellen rund um das Bungalow, ein halbes Dutzend schickte er hinein mit dem Befehl, ihre Herrin drin zurückzuhalten und mit ihren Leibern zu decken. Achmed Zek wendete nun die Gefechtsart der Wüstenkämpfer an, von welchen er stammte. Er führte seine Mannen im Galopp als lange dünne Linie in einem großen, allmählich kleiner werdenden Kreise um die Verteidiger.

Aus dem den Verteidigern nächsten Bogen des Kreises regnete ein dauerndes Feuer auf die hinter den Büschen verborgenen schwarzen Krieger. Die ihrerseits sandten ihre schlanken Pfeile auf die nächsten Gegner. An diesem Tage brauchten sich die als gute Bogenschützen bekannten Waziri ihrer Leistung nicht zu schämen. Wieder und wieder warf einer der braunen Reiter die Arme hoch und stürzte, von einem tödlichen Pfeil durchbohrt, aus dem Sattel. Aber der Kampf war zu ungleich. Die Araber waren den Waziri an Zahl überlegen, und ihre Kugeln drangen in die Büsche und trafen selbst Ziele, welche die arabischen Schützen gar nicht gesehen hatten. Bald schwenkte Achmed Zek eine halbe Meile hinter dem Bungalow ein, riß einen Teil der Zäune nieder und führte seine Schurken hinein in die Farm.

In wilder Jagd hetzten sie querfeldein. Sie hielten nicht an, um weitere Zäune niederzureißen, geradewegs trieben sie ihre wilden Rosse und setzten so leicht wie beschwingte Möven darüber hin.

Mugambi sah sie kommen und schrie den übriggebliebenen Kriegern zu, sich direkt an das Bungalow zurückzuziehen. Auf der Veranda stand Lady Greystoke mit der Büchse, und mehr als ein Räuber erlag ihren festen Nerven und ihrem ruhigen Zielen. Mehr als ein Pferd lief reiterlos die Attacke der anderen mit.

Mugambi schob seine Herrin zurück in die Sicherheit der Innenräume und suchte mit seinen auseinandergezogenen Leuten dem Feind zum letzten Male Halt zu bieten.

Die Araber kamen mit Geschrei heran und schwangen ihre langen Flinten über den Köpfen. Sie jagten an der Veranda vorbei und sandten ein mörderisches Feuer in die Waziri, welche ihre Salve von Pfeilen kniend hinter ihren langen ovalen Schilden abgaben. Um einen Pfeil oder einen Speer abzuhalten, waren die Schilde gut genug, aber gegen die Bleigeschosse der Flinten waren sie wertlos.

Unter den halbgeöffneten Schaltern des Bungalows schossen die anderen Bogenschützen besser und gedeckter, deshalb zog Mugambi nach diesem ersten Angriff seine sämtlichen Leute in das Haus zurück.

Wieder und wieder griffen die Araber an, bis sie schließlich außerhalb der Tragweite für die Pfeile des Verteidigers im Kreise hielten und aus dieser neuen Stellung die Fenster beschossen.

Die Waziri fielen einer nach dem anderen. Weniger und weniger Pfeile antworteten auf die Gewehrschüsse der Räuber, bis Achmed Zek zuletzt einen Sturm für erfolgreich hielt.

Im Laufen weiterfeuernd, stürzte die Horde nach der Veranda. Ein Dutzend fiel unter den Pfeilen der Verteidiger, aber die Mehrzahl erreichte die Tür. Schwere Gewehrkolben schmetterten dagegen. In das Krachen des splitternden Holzes mischte sich der Knall des Gewehres, wenn Jane Clayton durch die Paneele auf den zähen Feind schoß.

Auf beiden Seiten der Tür fielen Leute, aber schließlich gab die schwache Trennungswand dem wilden Ansturm der Angreifer nach. Sie fiel nach innen, und ein Dutzend finsterer Männer brachen in den Wohnraum. Am anderen Ende stand Jane Clayton, umgeben vom Rest ihrer treuen Beschützer. Der Boden war mit Körpern derer bedeckt, welche bereits ihr Leben für sie gelassen hatten. Vorne vor allen anderen stand der riesige Mugambi. Die Araber hoben die Gewehre, um mit einer letzten Salve jeden Widerstand zu brechen, aber Achmed Zek schrie ein Verbot und die Zeigefinger am Abzug blieben lang.

Nicht auf das Weib feuern! schrie er. Wer sie verletzt, stirbt! Fangt das Weib lebendig!

Die Araber sprangen durch das Zimmer, die Waziri begegneten ihnen mit ihren Speeren. Schwerter blitzten, lange Doppelpistolen knallten todbringend dazwischen. Mugambi trieb seinen Speer dem nächsten Gegner durch den Leib, dann entriß er einem anderen die Pistole, faßte sie am Lauf und zerschmetterte jedem den Schädel, der seiner Herrin zu nahe kam.

Durch sein Beispiel angefeuert, fochten die wenigen Verbliebenen wie wahre Teufel, aber einer nach dem anderen fiel, bis nur noch Mugambi übrig war, um Leben und Ehre von des Affenmenschen Weib zu verteidigen.

Aus der anderen Ecke des Zimmers bewachte Achmed Zek mit seiner edelsteinbesetzten Flinte in der Hand den ungleichen Kampf und feuerte seine Häscher an. Jetzt hob er langsam die Flinte und wartete, bis Mugambi bei einer Bewegung so stehen würde, daß er, ohne das Weib oder einen Gefährten zu treffen, auf ihn schießen konnte.

Endlich ersah er den Augenblick, berührte den Abzug und der tapfere Mugambi sank ohne einen Laut von sich zu geben vor die Füße Jane Claytons.

Im Nu war sie umzingelt und entwaffnet. Ohne ein Wort schleppte man sie aus dem Bungalow. Ein riesiger Neger hob sie vor sich auf den Sattel und ritt mit ihr aus der Umzäunung, um auf seinen Herrn zu warten, während die Räuber Bungalow und Nebengebäude plünderten.

Jane Clayton sah, wie die Räuber die Pferde von der Koppel holten und das Vieh von den Feldern zusammentrieben. Sie sah, wie alles, was für die Araber nur den geringsten Wert hatte, aus ihrem Heim herausgeholt wurde, sie sah, wie Feuer angelegt wurde und wie die Flammen ergriffen, was übrig war.

Als dann zuletzt die Räuber ihrem Grimm und ihrer Habgier Genüge getan hatten, ritten sie mit ihr nach Norden davon, aber sie sah noch den Rauch und die Flammen zum Himmel steigen, bis der Weg ins Waldesinnere führte, wo das traurige Bild ihren Augen verhüllt wurde.

Als die Flammen den Wohnraum erreichten und schon mit gierigen Zungen die Leichen der Gefallenen beleckten, bewegte sich aus der stillen Versammlung einer, dessen Wunden seit einiger Zeit zu fließen aufgehört hatten. Mugambi, den die Araber für tot hatten liegen lassen, lebte noch.

Als ihn die sengenden Flammen schon erreichten, erhob er sich unter Qualen auf Hände und Knie und kroch langsam nach der Tür. Wieder und wieder fiel er zusammen, aber jedesmal raffte er sich auf, um seinen peinvollen Weg nach dem rettenden Ausgang fortzusetzen. Nach einer ihm unendlich scheinenden Zeit, während der die Flammen am anderen Ende des Raumes schon wie in einem feurigen Schmelzofen rasten, gelang es dem schwarzen Riesen, die Veranda zu erreichen. Er rollte sich die Stufen hinab und kroch in die sichere Kühle einiger nahestehender Sträucher. Dort lag er die ganze Nacht, bald bewußtlos, bald wieder bei schmerzvoller Besinnung. In solchen Augenblicken sah er mit wildem Grimm in die Flammen, die immer noch aus dem brennenden Stall und dem Heuschober aufstiegen. Ein herumstreichender Löwe brüllte in nächster Nähe, aber der riesige Schwarze wußte nichts von Furcht. In seinem wilden Herzen war nur Raum für einen Gedanken: Vergeltung! Vergeltung!

## Der Edelsteinhort von Opar

Auf dem Boden der Schatzkammer unter den Ruinen von Opar lag Tarzan lange Zeit auf demselben Fleck, auf welchen er hingestürzt war. Er lag wie tot, aber er war es nicht. Endlich regte er sich. Er öffnete die Augen und fand sich im Dunkel. Er faßte sich am Kopf und hatte klebriges, geronnenes Blut an der Hand. Er beroch seine Finger, wie ein wildes Tier das warme fließende Blut an einer verletzten Pfote beschnüffelt hätte.

Er erhob sich langsam in sitzende Stellung und lauschte. Kein Laut drang in die verschütteten Tiefen seines Grabes. Er raffte sich wankend auf die Füße und tastete sich an den Stapeln der Barren entlang. Wo war er? Der Kopf schmerzte ihm, aber sonst fühlte er weiter keine üblen Folgen des Schlages, welcher ihn gefällt hatte. An den Unfall selbst konnte er sich nicht mehr erinnern, wie ihm denn überhaupt die Erinnerung für alles, was dazu geführt hatte, völlig geschwunden war.

Seine Hände tasteten über seine Glieder, seinen Rumpf und den Kopf wie über etwas Fremdes. Er befühlte den Köcher auf dem Rücken, das Messer im Lendentuch. Irgend etwas in seinem Gehirn wollte sich eine Erinnerung erzwingen. Ah! Er hatte es. Er kroch über den Boden hin und fühlte mit der Hand nach dem Ding, dessen Fehlen ihm instinktiv bewußt war. Zuletzt fand er es – es war sein schwerer Kriegsspeer, welcher in den letzten Jahren eine so wichtige Rolle in seinem Leben gespielt hatte, daß er fast ein Stück von ihm bildete, so unzertrennlich war er bei jeder Tat mit ihm verwachsen, seit er in längstvergangenen Tagen seinen ersten Speer einem seiner Gewandtheit zum Opfer gefallenen Schwarzen entriß.

Für Tarzan war es sicher, daß noch eine andere Welt vorhanden sein mußte außer dieser einen dunklen zwischen vier Steinwänden. Er setzte seine Suche fort und entdeckte schließlich den Gang nach der Stadt und dem Tempel. Er verfolgte diesen Weg ohne jede Vorsicht, kam an die steinernen Stufen, welche zu dem oberen Gang führten, erstieg sie und ging nach dem Brunnen weiter.

Nichts stachelte seine Erinnerung an frühere Vertrautheit mit der Umgebung an. Er tappte so gedankenlos durch die Finsternis, als ob er eine Ebene unter dem Glanz der Mittagssonne durchstreifte, und so geschah plötzlich, was unter solchen Umständen kommen mußte. Er erreichte den Rand des Brunnens, trat ins Leere, fiel vornüber und schoß in die dunkle Tiefe hinab. Mit dem Speer in der Hand schlug er auf das Wasser auf und versank tief.

Vom Fall unverletzt, tauchte er wieder zur Oberfläche empor, schüttelte sich das Wasser aus den Augen und fand, daß er sehen konnte. Von der Öffnung weit droben über seinem Haupte drang Tageslicht in den Brunnen und erhellte schwach die Wände. Tarzan schaute um sich. In Höhe des Wasserspiegels sah er in der feuchten, algenbezogenen Wand eine weite Öffnung. Er schwamm dorthin und zog sich auf den nassen Rand eines Tunnels heraus.

Er folgte diesem Tunnel, aber jetzt ging er ganz langsam, denn der Affentarzan begann wieder zu lernen. Der unerwartete Abgrund hatte ihn Vorsicht bei Begehung dunkler Stollen gelehrt – einer zweiten Lektion bedurfte er nicht.

Für eine lange Zeit verlief der Gang gerade wie ein Pfeil. Der Boden war schlüpfrig, weil wohl gelegentlich das Wasser des Brunnens übertrat und hier durch abfloß. Schon dies allein verzögerte Tarzans Schritte, denn er konnte sich nur mit Mühe aufrecht halten.

Der Gang endete wieder am Fuße einer Treppe, die Tarzan hinaufstieg. Sie machte viele Windungen, bis sie ihn endlich in eine kleine, kreisrunde Kammer brachte, deren Düster durch schwaches Licht gebrochen wurde, das ein röhrenförmiger Schacht einließ. Dieser hatte mehrere Fuß im Durchmesser, stieg auf hundert Fuß oder mehr in die Höhe und endete in einem Steingitter, durch das Tarzan blauen, sonnenhellen Himmel erblickte.

Neugierde trieb den Affenmenschen zur Untersuchung seiner Umgebung. Der ganze Inhalt des Raumes bestand aus einigen metallbeschlagenen Kisten mit kupfernen Nägeln. Tarzan tastete mit den Händen darüber; er befühlte die Nägel, zog an den Scharnieren und hob schließlich zufällig an einer den Deckel.

Ein Ausruf des Entzückens brach über seine Lippen, als er den hübschen Inhalt sah. Glänzend und gleißend im Halbdunkel der Kammer stand da eine große Truhe voll leuchtender Steine. Tarzan hatte keinen Begriff vom fabelhaften Wert seines Fundes, weil er durch seinen Unfall im Denken wieder auf den Urzustand zurückgeworfen war. Für ihn waren es nur wertlose Kiesel. Er tauchte mit der Hand tief hinein und ließ sich die unbezahlbaren Juwelen durch die Finger laufen. Er untersuchte die übrigen Kisten und fand abermals große Mengen wertvoller Steine. Fast alle waren bereits geschliffen. Er suchte eine Handvoll heraus und füllte die Tasche an seiner Seite damit – die ungeschliffenen warf er in ihre Kisten zurück.

Ohne eine Ahnung davon zu haben, war der Affenmensch in den vergessenen Edelsteinort von Opar geraten. Seit Jahrtausenden hatte dieser unter dem Tempel des Feuergottes begraben gelegen, denn keiner der abergläubischen Nachkommen jener alten Sonnenanbeter hatte es gewagt oder auch nur Lust gehabt, die vielen, dunklen Gänge zu betreten.

Tarzan wurde zuletzt der Unterhaltung mit den Steinen müde und suchte weiter seinen Weg aus dem Juwelenraum, von wo ihn ein Gang mit scharfer Steigung aufwärts führte. In Windungen und Kurven, aber immer steigend, ging der Tunnel mehr und mehr an die Erdoberfläche und endete schließlich in einem flachen Gewölbe.

Über ihm am Ende einer Flucht von Stufen enthüllte eine Öffnung ein von der Sonne strahlend beleuchtetes Bild. Tarzan erblickte die weinumrankten Säulen mit stiller Bewunderung. Er zermarterte sein Gehirn in der Bemühung, sich an etwas Ähnliches zu erinnern. Er war seiner selbst nicht sicher und hatte das quälende Gefühl, daß ihm etwas entging, daß er viele Dinge hätte kennen sollen, von denen er eben nichts wußte.

Ein donnerndes Brüllen aus der Öffnung über ihm unterbrach plötzlich sein ernstes Nachdenken. Nach dem Brüllen hörte er Rufe und Schreie von Männern und Weibern. Tarzan packte seinen Speer fester und stieg hinauf. Als er aus dem Halbdunkel des Kellers in die helle Beleuchtung des Tempels kam, bot sich ein merkwürdiger Anblick seinen Augen.

Er erkannte die Geschöpfe vor sich wohl als das, was sie waren: Männer, Frauen und ein riesiger Löwe. Die Männer und die Weiber hasteten nach den rettenden Ausgängen, während der Löwe mitten im Tempel stand über dem Körper des einen, welcher weniger Glück gehabt hatte als die anderen. Gerade vor Tarzan stand ein Weib neben einem Steinwürfel, auf dessen Fläche ein Mann ausgestreckt lag. Tarzan überschaute die ganze Szene und sah, wie der Löwe seinen schrecklichen Blick auf die zwei im Tempel Verbliebenen richtete. Ein neues Brüllen brach aus dem wilden Rachen, das Weib schrie auf und fiel bewußtlos über den Körper des Mannes auf dem steinernen Altar.

Der Löwe kroch einige Schritte vor und kauerte sich nieder, während die Spitze seines geschmeidigen Schweifes nervös zuckte. Als er eben anspringen wollte, trafen seine Blicke den Affenmenschen.

Der hilflos auf dem Altar liegende Werper sah, wie sich das große Raubtier zum Sprunge anschickte, dann sah er, wie die Augen des Tieres nach irgend etwas auf der anderen Seite des Altars wanderten, wohin er nicht sehen konnte, und wie sich der gewaltige Körper zum Stehen aufrichtete. Eine Gestalt schoß an Werper vorbei, ein mächtiger Arm fuhr in die Höhe und ein starker Speer begrub sich in der breiten Brust des Löwen.

Der Löwe schnappte und schlug nach dem Schaft der Waffe, als – Wunder über Wunder – der nackte Riese, welcher den Speer geschleudert hatte, nur mit einem Messer bewaffnet das große, mit fürchterlichen Fängen und Pranken bewehrte Raubtier angriff.

Der Löwe wich etwas zurück, ehe er dem neuen Feind begegnete und knurrte fürchterlich, da hörten die angstvoll lauschenden Ohren des Belgiers, wie ein ganz ähnliches, wildes Knurren über die Lippen des Menschen brach, als er auf das Tier losschnellte.

Mit einem blitzschnellen Seitensprung vermied Tarzan den ersten fegenden Schlag der Löwentatze. Er schoß an die Seite des Löwen und sprang auf den lohfarbenen Rücken. Seine Arme umklammerten den mächtigen Nacken, seine Zähne gruben sich tief in das Fleisch der Bestie. Brüllend, springend, rollend und zappelnd suchte die Riesenkatze ihren grimmigen Gegner loszuwerden, während immer wieder eine große, braune Faust ihr ein langes, scharfes Messer in die Seite trieb.

La kam während des Kampfes wieder zu sich. Wie verzaubert stand sie und beobachtete das Schauspiel. Es schien unglaublich, daß ein Mensch dem König der Tiere im Einzelkampfe standhalten konnte und doch ereignete sich das Unwahrscheinliche gerade vor ihren Augen.

Endlich fand Tarzans Messer den Weg zu dem Herz und mit einem letzten krampfhaften Zucken rollte der Löwe tot über den Marmorboden. Der Sieger erhob sich, setzte einen Fuß auf den erlegten Körper, hob das Antlitz zum

Himmel und stieß einen so fürchterlichen, weit durch den Tempel hallenden Ruf aus, daß La und Werper zitterten.

Dann drehte sich der Affenmensch um und Werper erkannte den Mann, welchen er für tot im Schatzraum hatte liegen lassen.

## Das Entkommen aus Opar

Werper war entsetzt. Konnte diese Kreatur wirklich jener würdevoller Engländer sein, der ihn so liebenswürdig in seinem üppigen afrikanischen Heim bewirtet hatte? Sollte wirklich dieses wilde Tier mit leuchtenden Augen und blutigem Aussehen ein Mensch sein? War es möglich, daß der eben gehörte Siegesschrei aus einer Menschenkehle kam?

Mit einem verdutzten Ausdruck besah sich Tarzan den Mann und das Weib, aber er verriet nicht die kleinste Spur von Wiedererkennen. Ihm war es gerade, als wenn er eben eine neue Spielart von Geschöpfen entdeckt hätte und sich im Innern darüber wunderte.

La musterte die Züge des Affenmenschen und machte in langsamem Erstaunen große Augen.

Tarzan! rief sie und fuhr dann in der Sprache der Riesenaffen, welche durch das dauernde Zusammenleben mit den Menschenaffen die Mundart der Oparier geworden war, fort. Tarzan, du bist zu mir zurückgekommen! La hat die Gebote ihrer Religion mißachtet und immer auf Tarzan, ihren Tarzan, gewartet. Sie hat keinen Gatten genommen, denn in der ganzen Welt gibt es nur einen, den La zum Gatten wünscht. Und nun bist du wiedergekommen! O Tarzan! Sage nur, daß du um meinetwillen zurückkommst!

Werper lauschte auf das unverständliche Kauderwelsch und sah von La zu Tarzan. Verstand der letztere diese merkwürdige Sprache? Zu des Belgiers Überraschung antwortete der Engländer ihr augenscheinlich in der gleichen Mundart.

Tarzan! wiederholte er sinnend. Tarzan? Der Name klingt mir vertraut.

Dein Name ist es. Du bist Tarzan! schrie La.

Ich bin Tarzan? Der Affenmensch zuckte die Achseln. Nun schön; es ist ein guter Name – ich weiß keinen anderen, so will ich ihn eben behalten. Aber dich kenne ich nicht. Ich kam nicht deinetwegen hierher. Warum ich hierherkam, weiß ich selbst nicht. Ich weiß auch nicht, woher ich kam. Kannst du es mir sagen?

La schüttelte das Haupt. Das habe ich nie gewußt, erwiderte sie.

Tarzan wendete sich an Werper und stellte ihm die gleiche Frage, aber auch in der Sprache der großen Affen. Werper schüttelte den Kopf.

Ich kann diese Sprache nicht verstehen, sagte er auf Französisch.

Ohne Anstrengung und ohne es selbst zu merken, daß er einen Wechsel vornahm, wiederholte Tarzan seine Frage auf Französisch. Mit einem Male wurde sich Werper über den vollen Umfang von Tarzans Verletzung klar. Der Mann hatte das Gedächtnis verloren und konnte sich nicht mehr an die Vergangenheit erinnern. Der Belgier wollte ihn schon darüber aufklären, als ihm blitzartig der Gedanke kam, wenn er Tarzan – wenigstens eine Zeitlang – über seine Identität im Dunkel ließ, konnte er vielleicht des Affenmenschen Unfall zu seinem Vorteil ausnützen. Ich kann Ihnen nicht sagen, woher Sie kommen, sagte er. Aber das kann ich Ihnen versichern, wenn wir nicht bald aus diesem schauerlichen Platz herauskommen, dann werden wir beide auf diesem blutigen Altar getötet. Das Weib hier wollte mir eben das Messer in das Herz stoßen, als der Löwe die höllische Feier unterbrach. Kommen Sie schnell, lassen Sie uns aus diesem verfluchten Tempel einen Ausgang suchen, ehe sie sich von ihrem Schreck erholen und wieder zusammenkommen.

Tarzan wendete sich wieder an La.

Warum wolltest du diesen Mann töten? Bist du hungrig? Die Hohepriesterin stieß einen Schrei des Ekels aus. Wollte er euch töten? fragte Tarzan wieder.

Das Weib schüttelte den Kopf.

Warum wolltest du ihn denn dann töten? Tarzan suchte der Sache auf den Grund zu kommen.

La hob den schlanken Arm und deutete auf die Sonne: Wir wollten seine Seele dem Feuergott opfern.

Tarzan sah verständnislos drein. Er war wieder ein Affe, und Affen verstehen nichts von Seelen und Feuergöttern.

Haben Sie den Wunsch, zu sterben? fragte er Werper. Der Belgier versicherte ihm mit Tränen, daß er keine Lust dazu hätte.

Nun gut, dann sollen Sie es auch nicht, sagte Tarzan. Kommen Sie! Wir gehen. Dieses Weibchen wollte Sie töten und mich für sich selbst behalten. Aber hier ist kein Platz für einen Mangani. Unter diesen Steinmauern würde ich bald sterben.

Wir gehen jetzt, erklärte er La.

Das Weib sprang auf den Affenmenschen zu und nahm seine Hände in die seinen.

Verlasse mich nicht! schrie sie. Bleibe und du sollst der Hohepriester sein. La liebt dich. Ganz Opar soll dir gehören. Sklaven sollen dich bedienen. Bleibe, Affentarzan, und lasse Liebe deinen Lohn sein.

Der Affenmensch schob das kniende Weib beiseite.

Tarzan begehrt dich nicht, sagte er, trat zu Werper, zerschnitt seine Fesseln und winkte ihm, zu folgen.

Mit verzerrtem Gesicht, keuchend vor Wut, sprang La auf.

Du mußt bleiben, kreischte sie. La will dich haben, und wenn sie dich nicht lebend bekommen kann, will sie dich tot besitzen. Sie erhob ihr Gesicht zum Himmel und stieß den schauerlichen Schrei aus, welchen Werper einmal und Tarzan schon öfter gehört hatte. Alsbald kam als Antwort darauf ein Gewirr von Stimmen aus den umgebenden Räumen und Gängen. Herbei, schützende Priester! Die Ungläubigen haben das Allerheiligste entweiht. Herbei! Jaget Angst in ihr Herz, verteidigt La und ihren Altar, wascht den Tempel mit dem Blute der Schänder rein!

Tarzan verstand das alles, wenn auch nicht Werper. Der erstere sah, daß der Belgier unbewaffnet war. Mit einem schnellen Schritt an Las Seite faßte er sie in seine starken Arme und hatte sie rasch entwaffnet, obgleich sie sich wie ein wildgewordener Dämon wehrte. Das lange Opfermesser reichte er Werper.

Sie werden das brauchen, sagte er, während bereits aus jeder Tür eine Schar der mißgestalteten Männer von Opar in den Tempel strömte.

Sie waren mit Keulen und Messern bewaffnet und fühlten sich durch fanatische Wut und Tollheit ermutigt. Werper war voller Schrecken, aber Tarzan besah den Haufen voller Verachtung und ging langsam auf den Ausgang zu, durch welchen er den Tempel verlassen wollte. Ein plumper Priester vertrat ihm den Weg. Tarzan schwang seinen schweren Speer wie eine Keule, und der Bursche fiel zu Boden.

Wieder und wieder sauste die Waffe nieder, während sich Tarzan langsam seinen Weg nach dem Gange bahnte. Werper drängte sich dicht hinter ihn und warf angstvolle Blicke rückwärts nach dem schreienden, vor Wut tanzenden Haufen, der sie im Rücken bedrohte. Er hielt das Opfermesser für jeden bereit, der sich in seinen Bereich wagen würde, aber es kam keiner. Er wunderte sich eine Zeitlang, warum sie so mutig mit dem riesigen Affenmenschen kämpften, während sie sich an ihn, den viel Schwächeren, nicht heranwagten. Und er wäre doch schon ihrem ersten Angriff erlegen. Aber Tarzan hatte bereits über die Leichen der sämtlichen im Wege gewesenen Priester hinweg den Ausgang erkämpft, ehe Werper den Grund seiner Unverletzlichkeit erkannte. Die Priester scheuten das Opfermesser. Gerne wollten sie dem Tode ins Angesicht sehen und ihn in der Verteidigung ihrer Hohepriesterin und ihres Altars sogar willkommen heißen, aber augenscheinlich war Tod und Tod zweierlei. Irgendein merkwürdiger Aberglaube war mit der polierten Klinge verknüpft, so daß kein Oparier sich einem Tode durch sie aussetzen wollte, während sie sich doch kampfesfroh dem schrecklichen Affenmenschen entgegenwarfen.

Werper teilte dem anderen seine Entdeckung mit, sobald sie aus dem Tempel heraus waren. Der Affenmensch lachte und ließ Werper, die juwelengeschmückte Waffe schwingend, vorausgehen. Wie Spreu vor dem Wind stoben die Oparier nach allen Seiten auseinander, Tarzan und der Belgier fanden den Weg durch Gänge und Räume des alten Tempels offen.

Als sie durch den Raum mit den sieben massiv goldenen Säulen kamen, riß der Belgier die Augen auf. Mit schlecht verhaltener Habsucht besah er die uralten, goldenen Tafeln an den Wänden fast aller Räume und vieler Gänge, während dem Affenmenschen all dieser Reichtum nichts zu sagen schien.

Auf dem weiteren Wege kamen sie auf die breite Straße zwischen den ehrwürdigen Mauerresten der Ruinen von Opar und der inneren Stadtumwallung. Große Affen schnatterten auf sie herab und bedrohten sie, aber Tarzan antwortete ihnen in ihrer Art und gab Spott mit Spott, Schimpf mit Schimpf und Drohung mit Drohung zurück.

Werper sah, wie ein haariger Affenbulle sich von einer gebrochenen Säule herabschwang und mit gesträubtem Haar steifbeinig auf den nackten Riesen losging. Er zeigte die gelben Fänge und rollte drohend ein wütendes Schnarren und Bellen über seine dicken Hängelippen.

Der Belgier sah sich nach seinem Gefährten um und erblickte mit Schaudern, wie sich der Mensch bückte, bis die geschlossenen Fäuste gleich denen des Affen auf dem Boden ruhten. Dann umkreiste Tarzan steifbeinig genau wie der Affe den bogenschlagenden Affen. Aus der Menschenkehle kamen dieselben tierischen Bell- und Knurrlaute wie aus dem Affenmaul. Mit geschlossenen Augen hätte Werper keinen Unterschied zwischen beiden machen können; es war die gegenseitige Herausforderung zweier Affen.

Aber diesmal kam es nicht zum Kampf. Die Sache endete wie die Mehrzahl der Dschungelbegegnungen – der eine der Prahlhänse verliert die Nerven und interessiert sich plötzlich lebhaft für ein fliegendes Blatt, einen Käfer oder für die Tierchen auf seinem behaarten Leibe.

In diesem Falle zog sich der Menschenaffe in steifer Würde zurück, um eine unglückliche Raupe zu untersuchen, welche er schleunigst verzehrte. Für einige Zeit schien Tarzan Lust zu haben, den Gegenstand weiter zu erörtern. Er spazierte wild einher, warf sich in die Brust, brüllte und ging näher an den Bullen heran. Aber schließlich überredete ihn Werper mit vieler Mühe den Affen in Ruhe zu lassen und den Weg aus der alten Stadt der Sonnenanbeter fortzusetzen.

Soweit Werper beurteilen konnte, hatte Tarzan keine Ahnung mehr, wer er war und woher er kam. Er trollte ziellos auf der Suche nach Nahrung umher, die er unter kleinen Steinen oder im Schatten von Sträuchern fand.

Dem Belgier grauste es vor der Mahlzeit seines Gefährten. Käfer, Kriechtiere und Raupen wurden mit Vergnügen verspeist. Tarzan war in der Tat wieder ein Affe geworden.

Endlich gelang es Werper, seinen Genossen nach den fernen Hügeln am Nordrand des Tales zu führen, und zu zweien machten sie sich nach der Greystoke-Farm auf.

Welcher Grund den Belgier bestimmte, das Opfer seiner Verräterei und Habsucht nach seinem früheren Heim zu führen, läßt sich nicht erraten. Möglicherweise dachte er, daß ohne Tarzan kein Lösegeld für Tarzans Weib gezahlt werden könne.

Sie nächtigten in dem Tale jenseits der Hügel und saßen vor einem kleinen Feuer, an dem ein wildes Schwein röstete, das Tarzans Pfeil erlegt hatte. Dieser hockte ganz in Grübeln verloren. Anscheinend suchte er in einem fort einen Gedanken zu erhaschen, der ihm immer wieder entschlüpfte.

Zuletzt öffnete er die Ledertasche an seiner Seite und schüttete sich eine Anzahl glitzernder Edelsteine in die hohle Hand. Das Licht des Feuers rief darauf eine Unzahl leuchtender Strahlen hervor, und als die Augen des Belgiers sie erblickten, zeigte sein entzückter Gesichtsausdruck, daß nunmehr für ihn ein greifbarer Grund bestand, die Gesellschaft des Affenmenschen zu teilen.

## Der Diebstahl der Edelsteine

Zwei Tage lang suchte Werper den Trupp, der ihn vom Lager bis zu den Felsklüften begleitet hatte. Aber erst am Spätnachmittag des zweiten fand er eine Spur von ihrem Verbleib, und zwar in solcher Form, daß er sich vom Anblick völlig verstört fühlte.

Auf einer offenen Waldwiese fand er die schrecklich verstümmelten Leichen von dreien der Neger und brauchte keinen besonderen Scharfsinn, um deren Ermordung zu erklären. Nur diese drei aus der kleinen Gruppe waren keine Sklaven gewesen. Die übrigen hatten in der Hoffnung, sich von ihrem grausamen, arabischen Gebieter zu befreien, die Abwesenheit vom Hauptlager ausgenützt, um die drei Vertreter der sie in Sklaverei haltenden, verhaßten Gewalt zu erschlagen und in der Dschungel zu verschwinden.

Kalter Schweiß stand auf Werpers Stirn, als er daran dachte, wie knapp er dem gleichen Geschick entgangen war, denn wäre er gegenwärtig gewesen, als die Verschwörung losbrach, dann wäre er jetzt gut aufgehoben gewesen!

Tarzan zeigte bei der Entdeckung nicht die mindeste Erregung oder Überraschung. Gewaltsamer Tod war etwas ihm Vertrautes. Die Verfeinerung seiner neuerlichen Zivilisierung war durch die Wucht seines betrübenden Unfalls weggewischt, und nur die ursprünglichen Gefühle seiner kindlichen Schulung waren unauslöschlich seinem Gehirn eingeprägt.

Die Erziehung Kalas, die Beispiele und Anweisungen von Kerschak, Tublat und Terkop bildeten jetzt die Grundlage jeder Erwägung und Handlung. Eine mechanische Kenntnis der französischen und englischen Sprache war ihm geblieben. Denn als Werper zu ihm französisch sprach, hatte Tarzan ihm ebenso geantwortet, aber offenbar ohne das Bewußtsein, die Affensprache gegen etwas anderes vertauscht zu haben. Würde Werper englisch gesprochen haben, so wäre das Ergebnis das gleiche gewesen.

In jener Nacht saßen die zwei wieder am Lagerfeuer, und Tarzan spielte mit seinem glänzenden Spielzeug. Werper fragte ihn, was das sei und wo er es gefunden habe. Der Affenmensch erwiderte, es seien hübsche, farbige Kiesel, er habe sie unter dem Tempel des Feuergottes gefunden und wolle sich ein Halsband daraus machen.

Werper war voll Freude, daß Tarzan keinen Begriff vom Wert der Steine hatte. Das würde ihm ihre Erlangung leichter machen. Vielleicht würde der andere sie ihm auf seine Bitte schenken. Er streckte die Hand nach dem kleinen Häufchen aus, das Tarzan auf einem flachen Stück Holz aufgeschüttet hatte.

Lassen Sie mich einmal sehen, sagte er.

Tarzan deckte seine große Hand über den Schatz, zeigte seine Reißzähne und knurrte. Werper zog die Hand rascher zurück als er sie ausgestreckt hatte, und Tarzan nahm sein Spiel wieder auf, wie wenn nichts vorgefallen wäre. Er hatte nur den eifersüchtig schützenden Instinkt des Tieres für sein Eigentum gezeigt. Wenn er Beute machte, teilte er das Fleisch mit Werper, aber hätte dieser je aus Versehen mit der Hand Tarzans Anteil berührt, dann würde er die gleiche wilde und zornige Warnung hervorgerufen haben.

Seit dieser Begebenheit entstand in der Brust des Belgiers eine große Furcht vor dem wilden Gefährten. Er hatte die Veränderung in Tarzans Benehmen als einen durch den Schlag auf den Kopf verursachten Gedächtnisausfall aufgefaßt. Daß Tarzan in Wirklichkeit einst ein Tier der Dschungel gewesen war, wußte Werper nicht und konnte daher auch nicht erraten, daß dieser Mann auf den Stand seiner Kindheit und gereiften Jugend zurückgesunken war.

Werper betrachtete den Engländer nunmehr als gefährlichen Irrsinnigen, der sich beim geringsten unerwarteten Vorfall auf ihn stürzen würde. Auch nicht mit einem Gedanken suchte sich Werper einzureden, daß er sich erfolgreich gegen einen Angriff des anderen verteidigen könnte. Seine einzige Hoffnung lag darin, ihn zu täuschen und so rasch wie möglich nach Achmed Zeks fernem Lager zu entweichen. Aber mit dem Opfermesser als einziger Waffe fürchtete sich Werper vor der Wanderung in die Dschungel. Tarzan stellte einen keineswegs verächtlichen Schutz dar, selbst angesichts der großen Raubtiere, wovon Werper im Tempel zu Opar genügenden Beweis bekommen hatte.

Außerdem war seine gierige Seele von Habsucht nach der Tasche mit Edelsteinen erfüllt und schwankte zwischen Gier und Angst hin und her. Die Habsucht überwog schließlich insoweit, daß er lieber der Gefahr und den Schrecken der längeren Gesellschaft des vermeintlich Irrsinnigen trotzte, ehe er die Hoffnung aufgab, die ein Vermögen darstellende Tasche zu erlangen. Da Achmed Zek von ihr nichts wußte, würde sie Werper allein behalten können, und sobald er seine Pläne festlegen konnte, würde er nach der Küste fliehen und Überfahrt nach Amerika suchen, um sich dort unter anderem Namen zu verbergen und in gewissem Grade die Früchte seines Diebstahls zu genießen. Leutnant Albert Werper hatte sich alles so schön ausgedacht und lebte bereits im Vorgefühl das luxuriöse Leben eines reichen Müßiggängers. Er fand es sogar schon bedauerlich, daß Amerika so provinzmäßig war und daß sich nirgends in der neuen Welt eine Stadt seinem geliebten Brüssel vergleichen ließ.

Am dritten Tage ihres Marsches seit Opar hörten Tarzans scharfe Ohren die Tritte von Menschen in ihrem Rücken. Werper hörte nur das Summen der Urwaldinsekten und das Schnattern der kleinen Affen und Vögel.

Eine Zeitlang lauschte Tarzan so starr wie eine Bildsäule und erweiterte seine Nasenflügel bei jedem herankommenden Luftzug. Dann zog er Werper in einen dicken Busch ins Versteck zurück und wartete. Auf der Wildspur, der Tarzan und Werper den ganzen Tag gefolgt waren, kam ein geschmeidiger, schwarzer Krieger in Sicht, kühn und wachsam.

Im Gänsemarsch folgten ihm etwa fünfzig andere, von denen sich jeder zwei dunkelgelbe Barren auf den Rücken gehängt hatte. Werper erkannte in den Leuten sofort die Schar, welche Tarzan auf seinem Wege nach Opar begleitet hatte. Er blickte nach dem Affenmenschen; aber er las aus den wilden, wachsamen Augen kein Erkennen Basulis oder der anderen treuen Waziri. Als alle vorüber waren, erhob sich Tarzan und kam aus dem Versteck. Er sah in der Richtung der Abgezogenen den Wildpfad entlang und wandte sich zu Werper.

Wir wollen ihnen nachgehen und sie töten, sagte er.

Warum denn? fragte der Belgier.

Es sind Schwarze, erklärte Tarzan. Es war ein Schwarzer, der Kala erschlug; sie sind die Feinde der Mangani. Werper schätzte den Gedanken, sich mit Basuli und seinen wilden Kriegsmannen in Kampf einzulassen, nicht besonders. Und außerdem war es ihm lieb, sie auf dem Rückweg zur Greystoke-Farm vor sich in Sicht zu haben, denn er war schon im Zweifel, ob er seinen Weg nach Waziriland zurückfinden würde. Tarzan, das wußte er, hatte nicht die geringste Ahnung, wohin sie gingen. Wenn sie in sicherem Abstande hinter den schwerbeladenen Kriegern blieben, mußten sie ohne Schwierigkeit zu deren Heimat gelangen und vom Bungalow aus wußte Werper den Weg nach Achmed Zeks Lager.

Noch aus einem anderen Grunde wollte er den Waziri nicht in die Quere kommen – sie trugen ihm den Schatz in der gewünschten Richtung. Je weiter sie ihn schleppten, eine desto geringere Strecke würden ihn Achmed Zek und er zu schaffen haben.

Er bekämpfte daher des Affenmenschen Wunsch, die Schwarzen auszurotten und bewog ihn zuletzt dadurch zum friedlichen Nachfolgen, daß er ihm erklärte, sie würden sie sicher in ein reiches Gelände führen, in dem es von Wild wimmle.

Von Opar bis Waziriland waren viele Tagemärsche, aber endlich kam die Stunde, wo Tarzan und Werper die letzte Strecke beendet hatten und vor sich die breite Waziriebene, die Flußwindung und den fernen Forst im Norden und Westen erblickten.

Etwas über eine Meile vor ihnen kroch die Reihe der Krieger wie eine riesige Raupe durch das hohe Gras. Drüben grasten Herden von Zebras, und Antilopen belebten das Flachland, während in der Nähe des Flusses eine Büffelherde Kopf und Schultern aus dem Weidengebüsch streckte und auf die Schwarzen einen Blick warf, um sich sofort zu wenden und wieder in die Sicherheit ihres düsteren, dichten Verstecks zurückzuweichen.

Tarzan besah sich das ihm so vertraute Bild ohne die geringste Erinnerung in den Augen zu verraten. Er sah wohl das Wild und der Mund wässerte ihm danach, aber in die Richtung seines Bungalow blickte er gar nicht. Das tat aber Werper und höchste Überraschung zeigte sich in seinen Mienen. Er beschattete die Augen mit der Hand und sah lange und ernst nach dem Fleck, wo das Bungalow gestanden hatte. Er konnte seinen Augen nicht trauen! Kein Bungalow – keine Ställe – keine Nebengebäude –. Die Zäune, die Heuschober, alles war verschwunden. Was hatte das zu bedeuten? Und dann dämmerte Werper langsam eine Ahnung, welche Verheerung seit seinem Hiersein in dem friedlichen Tale angerichtet worden war. – Achmed Zek war dagewesen.

*

Basuli und seine Krieger hatten die Verwüstung erst bemerkt, als sie den Platz der Farm in Sicht bekommen hatten. Jetzt eilten sie mit erregten Vermutungen über Grund und Bedeutung der Katastrophe darauf zu. Als sie dann durch den zertrampelten Garten schritten und vor den verkohlten Resten von ihres Herrn Bungalow standen, wurden ihre schlimmsten Befürchtungen zur Wirklichkeit. Menschliche Reste, halb verzehrt von Hyänen und anderen Raubtieren faulten, die Luft verpestend, auf dem Boden, und ihre Kleider und Schmuckstücke erzählten Basuli das furchtbare Geschick, welches seines Gebieters Haus betroffen hatte. Die Araber! sagte er, als sich seine Leute um ihn scharten.

Die Waziri starrten einige Minuten in stiller Wut umher. Überall fanden sie weitere Beweise von der Ruchlosigkeit des grausamen Feindes, der in des „Großen Bwana“ Abwesenheit gekommen war, und seinen Besitz verwüstet hatte.

Was haben sie mit „Lady“ angefangen? fragte einer der Schwarzen. So hatten sie Lady Greystoke immer genannt.

Die Weiber haben sie wohl mitgenommen. Unsere und das seine, sagte Basuli.

Ein schwarzer Riese schwang seinen Speer über dem Kopfe und gab einem wilden Schrei voll Wut und Haß Raum. Die anderen folgten seinem Beispiel, aber Basuli brachte sie mit einer Geste zum Schweigen:

Dies ist keine Zeit, mit dem Munde nutzlosen Lärm zu machen. Der große Bwana hat uns gelehrt, daß man nur durch Handeln Dinge vollbringt, nicht durch Reden. Schont euern Atem – wir werden ihn brauchen, wenn wir den Arabern folgen und sie erschlagen wollen. Für den Fall, daß „Lady“ und unsere Weiber noch leben, müssen wir um so mehr eilen und mit leeren Lungen kann kein Krieger marschieren.

*

Hinter den deckenden Weiden am Ufer bewachten Werper und Tarzan die Schwarzen. Sie sahen, wie sie mit Messern und Fingern eine Grube machten, ihre gelbe Last hineinlegten und die ausgeworfene Erde wieder über die Barren häuften.

Nachdem ihm Werper versichert hatte, daß das Vergrabene nichts zu essen sei, zeigte Tarzan wenig Interesse mehr. Aber Werper war äußerst gespannt. Er hätte viel darum gegeben, seine Leute bei sich zu haben, um den Schatz nach dem Abzuge der Schwarzen wegzuholen, denn er war sicher, daß sie dieses Bild der Verwüstung und des Todes so bald wie möglich verlassen würden.

Als der Schatz vergraben war, schlugen die Schwarzen ein Stück über Wind des Leichengeruches ihr Lager auf, um vor der Verfolgung der Araber auszuruhen. Der Belgier war mit seinen Plänen für die nächste Zukunft beschäftigt. Er war sicher, daß die Waziri Achmed Zek verfolgen würden, denn er kannte die scheußliche Kriegführung und die Eigenheiten der Araber zur Genüge, um zu vermuten, daß sie die Waziriweiber in die Sklaverei geschleppt hatten. Das allein genügte, um die Verfolgung durch ein so kriegerisches Volk wie die Waziri nach sich zu ziehen.

Werper sagte sich, er müsse bei nächster Gelegenheit vorauseilen, um Achmed Zek vor Basulis Kommen zu warnen und ihm die Lage des Schatzes anzugeben. Was die Araber nun mit Lady Greystoke anfangen würden, nachdem ihr Gatte geistesgestört war, blieb Werper gleichgültig. Es genügte, daß der auf dem Bungalow vergrabene Schatz unendlich wertvoller war als jedes Lösegeld, das sich der gierige Sinn des Arabers errechnet haben konnte, und falls Werper den Räuber bewegen konnte, ihm einen Anteil daran zu lassen, durfte er zufrieden sein.

Das Wichtigste aber, wenigstens für Werper, war der unübersehbar wertvolle Schatz in Tarzans kleiner Ledertasche. Wenn er den nur bekommen konnte. Es mußte gehen! Es würde gehen!

Seine Augen wanderten nach dem Gegenstand seiner Habsucht. Sie maßen Tarzans riesige Gestalt und hafteten auf den runden Muskeln des Armes. Aussichtslos! Was hatte er, Werper, außer dem eigenen Tode zu erwarten, wenn er versuchte, dem grimmigen Eigentümer die Edelsteine zu entreißen?

Werper warf sich untröstlich auf die Seite. Sein Kopf ruhte auf dem einen Arm, den anderen legte er sich so über das Gesicht, daß der Affenmensch seine Augen nicht sah, obgleich er unter dem Schatten des Unterarmes hervorschielte. So lag er eine Zeitlang, spähte nach Tarzan und entwarf Pläne, ihm seinen Schatz zu rauben, die er ebenso schnell verwarf, wie er sie ausgeheckt hatte.

Tarzans Blick ruhte auf Werper. Der Belgier fand sich bewacht und lag ganz still. Dann heuchelte er das gleichmäßige Atmen des tief Schlafenden. Tarzan war am Nachdenken. Er hatte gesehen, wie die Waziri ihr Eigentum vergruben, und Werper hatte ihm gesagt, sie täten das, damit es kein anderer finde und wegnähme. Das schien ihm eine vorzügliche Art zu sein, Wertgegenstände zu sichern. Seit Werper seine Gier nach dem Besitz der glänzenden Kiesel verraten hatte, bewachte Tarzan sein Spielzeug, von dessen wirklichem Wert er keine Ahnung hatte, mit einem Eifer, als ob Leben und Tod davon abhinge.

Lange Zeit bewachte der Affenmensch seinen Gefährten. Endlich war er überzeugt, daß jener schlief, zog sein Jagdmesser und begann ein Loch zu graben. Er lockerte den Boden mit der Klinge und hob die Erde mit den Händen aus, bis das Loch einige Zoll breit und fünf bis sechs Zoll tief war. Da hinein versenkte er die Tasche mit den Juwelen. Werper vergaß beinahe, wie ein Schlafender weiterzuatmen, als er sah, was der Affenmensch tat – er konnte kaum einen Ausruf der Befriedigung unterdrücken.

Als Tarzan mit seinen scharfen Ohren den Wechsel im Ein- und Ausatmen seines Genossen bemerkte, hielt er sich plötzlich bewegungslos still. Er kniff die Augen zusammen und blickte gerade auf den Belgier. Werper fühlte, daß er verloren war, er mußte seine ganze Gewandtheit aufbieten, um die Täuschung weiterzuführen. Er seufzte, warf beide Arme auswärts und drehte sich murmelnd auf den Rücken, als ob er im Banne eines bösen Traumes sei. Einen Augenblick später atmete er wieder regelmäßig. Er konnte Tarzan jetzt nicht mehr beobachten, aber er war sicher, daß der andere ihn lange Zeit bewachte. Dann, ganz leise, vernahm Werper, wie die Hände des anderen in der Erde kratzten und sie festklatschten. Da wußte er, daß die Edelsteine vergraben waren.

Erst eine Stunde nachher wagte Werper sich wieder zu rühren, dann rollte er sich herum zu Tarzan und öffnete die Augen. Der Affenmensch schlief. Als Werper die Hand ausstreckte, berührte er den Fleck, wo die Tasche vergraben lag.

Lange Zeit saß er wachend und lauschend. Er bewegte sich hin und her und machte unnötige Geräusche, aber Tarzan erwachte nicht. Er zog das Opfermesser aus dem Gurt und stieß es in den Boden; Tarzan rührte sich nicht. Vorsichtig drückte der Belgier die Klinge durch die lose Erde, bis die Spitze das weiche, zähe Leder der Tasche traf. Dann drückte er auf das Heft. Langsam hob sich das Häufchen loser Erde und teilte sich. Ein Ende der Tasche zeigte sich. Werper zog sie heraus und steckte sie in sein Hemd. Nun füllte er das Loch wieder und preßte die Erde so sorgfältig fest, wie sie gewesen war.

Habsucht hatte ihn zu einer Handlung verleitet, deren Entdeckung seitens seines Gefährten für Werper nur die schrecklichsten Folgen haben konnte. Er fühlte schon, wie sich diese starken weißen Zähne in seinen Nacken gruben, und er schauderte. Weit draußen auf der Ebene schrie ein Leopard, und in den dichten Weiden hinter ihnen bewegte sich irgendein großes Tier auf weichen Pfoten.

Werper fürchtete sich vor diesen nächtlichen Herumstreifern, aber den berechtigten Zorn dieses menschlichen wilden Tieres an seiner Seite scheute er noch mehr. Mit äußerster Vorsicht stand der Belgier auf, aber Tarzan rührte sich noch immer nicht. Werper machte einige Schritte nach der Ebene und dem fernen Wald im Nordwesten, dann hielt er an und fingerte an dem langen Messer im Gürtel herum. Er sah zurück auf den Schläfer.

Warum nicht? dachte er. Dann wäre ich sicher.

Er ging zurück und beugte sich über den Affenmenschen. Das Opfermesser der Hohepriesterin hielt er krampfhaft in der Hand.

## Achmed Zek erblickt die Juwelen

Qualvoll schleppte sich Mugambi in seinem schwachen und leidenden Zustande auf der Spur der abgezogenen Räuber weiter. Nur langsam und mit häufigen Ruhepausen konnte er vorwärtskommen, aber grimmiger Haß und gleich wilder Wunsch nach Vergeltung ließen ihn durchhalten. Tage vergingen, seine Wunden verharschten und seine Kräfte kamen wieder, bis er endlich über die frühere mächtige Leistungsfähigkeit seines Körpers verfügte. Von da ab gelangte er rascher vorwärts, aber die berittenen Araber hatten schon eine weite Strecke zurückgelegt, während der verwundete Schwarze noch voller Pein hinterherkroch.

Sie hatten ihr verschanztes Lager erreicht und Achmed Zek wartete nun auf das Wiedererscheinen seines Leutnants Albert Werper. Während des langen, beschwerlichen Rittes hatte Jane Clayton mehr unter der Ungewißheit ihres Schicksals als unter den Mühsalen des Weges gelitten.

Achmed Zek ließ sich nicht herab, ihr mitzuteilen, welche Absichten er mit ihr hatte. Sie hoffte sehnlich, die Erwartung von Lösegeld möchte der Grund ihres Raubes sein, aber es gab noch die schreckliche Möglichkeit, daß ein anderes Geschick ihrer wartete. Sie hatte gehört, daß solche Banditen wie Achmed Zek viele Frauen – auch weiße Frauen – in die Sklaverei schwarzer Harems verkauft oder sie weiter nach Norden dem ebenso abscheulichen Leben türkischer Serail überliefert hatten.

Jane Clayton war von zu hartem Holz geschnitzt, um vor der Gefahr haltlos zusammenzubrechen. Solange noch nicht alle Hoffnung geschwunden war, gab sie sich nicht verloren und erst als allerletzten Ausweg vor Entehrung würde sie Hand an sich legen. Solange Tarzan lebte, konnte sie unbedingt auf Befreiung rechnen. Kein Mensch und kein Tier auf diesem wilden Erdteil kam ihrem Gatten und Herrn an Stärke und Überlegung gleich. Für sie war er in seinen Geburtslanden, in dieser Welt wilder Tiere und wilder Menschen, beinahe allmächtig. Tarzan würde kommen. Sie war sicher, befreit und gerächt zu werden. Sie errechnete sich den Tag, an dem er wieder von Opar zurück sein mußte und die während seiner Abwesenheit geschehenen Vorgänge entdeckte. Von da ab konnte es nur noch wenige Tage dauern, bis er die Verschanzung der Araber umzingelte und den bunten Haufen Übeltäter darin bestrafte.

Daß er sie finden würde, war ihr nicht im geringsten zweifelhaft. Keine noch so schwache Spur konnte seinen scharfen Sinnen entgehen. Er würde die Spur der Räuber so klar und deutlich lesen wie sie die Sätze eines Buches.

Aber während sie noch hoffte, kam einer aus der düsteren Dschungel zurück. Tag und Nacht im Banne eines beängstigenden Schreckens traf Albert Werper ein. Wohl ein dutzendmal war er nach eigener Ansicht nur durch ein Wunder den Krallen und Fängen der riesigen Fleischfresser entgangen. Mit dem Messer aus Opar als einziger Waffe hatte er seinen Weg durch das bis heute wildeste Land der Erde gefunden.

Nachts hatte er auf Bäumen geschlafen, tagsüber war er in ständiger Angst mehr vorwärtsgestolpert als geschritten und hatte sich alle Augenblicke in die Zweige geflüchtet, wenn Auge oder Ohr ihn vor der Nähe einer großen Katze warnten. Aber endlich erreichte er die Palisaden und gelangte zu seinen wilden Genossen. Fast gleichzeitig kam Mugambi vor dem umwallten Dorfe aus der Dschungel. Erkundend stand er im Schatten eines Baumes, als ein zerlumpter und erschöpfter Mann fast an seiner Seite ebenfalls aus der Dschungel auftauchte. Er erkannte sofort in dem Manne den Gast, welchen sein Herr vor dem Zuge nach Opar bewirtet hatte.

Der Schwarze wollte den Belgier schon anrufen, als ihn etwas zurückhielt. Er sah, wie der Mann vertrauensselig über die Lichtung auf das Dorf zuging. Kein vernünftiger Mensch in Afrika wagte das, wenn er nicht eines freundlichen Empfanges sicher war. Mugambi wartete, denn sein Argwohn war geweckt.

Er hörte Werper rufen, sah die Tore sich öffnen und war Zeuge des überraschten und freudigen Willkommens, der dem kürzlichen Gast von Lord und Lady Greystoke zuteil wurde.

Da ging Mugambi ein Licht auf: dieser Weiße war ein Spion und Verräter. Ihm hatten sie den Überfall in Abwesenheit des großen Bwana zu verdanken. Und zu seinem Haß gegen die Araber fügte Mugambi einen noch glühenderen Haß gegen den weißen Spion.

Werper schritt rasch durch das Dorf zu Achmed Zeks Seidenzelt. Der Araber fuhr bei seinem Eintritt auf und erstaunte über das zerlumpte Aussehen des Belgiers. Was ist vorgefallen? fragte er.

Werper erzählte ihm alles außer der kleinen Angelegenheit mit der Tasche Edelsteine, die er jetzt auf den Leib gebunden unter seinen Kleidern trug. Der Araber schaute gierig drein, als ihm sein Helfershelfer von dem Schatz erzählte, den die Waziri an der Stelle des Greystokeschen Bungalows vergraben hatten.

Es ist eine Kleinigkeit, ihn jetzt dort zu holen, sagte Achmed Zek. Erst wollen wir das Kommen der unklugen Waziri abwarten, und wenn wir diese erschlagen haben, können wir uns in aller Ruhe den Schatz holen. Keiner wird ihn mehr aufstöbern, denn wir werden alle töten, die darum wissen.

Und das Weib? fragte Werper.

Die werde ich nach dem Norden verkaufen. Das ist jetzt die einzige Möglichkeit. Es wird sicher gut für sie bezahlt werden.

Der Belgier nickte und überlegte rasch. Wenn er Achmed Zek bestimmen konnte, ihn als Führer der Abteilung mit Lady Greystoke nach Norden zu schicken, dann hatte er die ersehnte Gelegenheit, seinem Herrn auszurücken. Er wollte gerne seinen Anteil am Gold verlieren, wenn er dafür seine Edelsteine ungeschmälert fortbrachte.

Er kannte nunmehr Achmed Zek gut genug, um zu wissen, daß dieser kein Mitglied seiner Bande je wieder freiwillig entließ. Die meisten Ausreißer hatte man wieder gefangen und mehr als einmal hatte Werper ihr Jammergeschrei gehört, wenn sie vor der Hinrichtung erst noch gequält wurden. Der Belgier wollte sich auch nicht der geringsten Möglichkeit einer neuen Festnahme aussetzen.

Wer soll denn das Weib nach Norden bringen? fragte er, während wir das vergrabene Gold der Waziri holen? Achmed Zek dachte nach. Der Wert des vergrabenen Goldes war viel, viel größer als der Preis, den das Weib bringen konnte. Es war nötig, sie so schnell wie möglich loszuwerden und ebenso war es geraten, das Gold ohne Verzug zu holen. Von allen seinen Leuten eignete sich der Belgier am besten zu einem selbständigen Kommando. Ein Araber, welcher die Stämme und Wege so gut kannte wie er selbst, konnte den Preis für das Weib einziehen und damit nach Norden entkommen. Werper dagegen konnte sich schwerlich allein durch ein den Europäern feindliches Gebiet durchschlagen und er wollte schon die Auswahl der Begleiter so treffen, daß Werper unmöglich einen genügenden Teil davon zur Begleitung auf einer etwa ins Auge gefaßten Fahnenflucht überreden konnte.

Schließlich sagte er: Wir brauchen nicht beide nach dem Golde zu gehen. Du nimmst das Weib mit nach Norden und bekommst einen Brief für einen meiner Freunde, der immer den besten Absatz für solche Ware hat, während ich das Gold hole. Wir können uns dann nach Erledigung unserer Geschäfte wieder hier treffen. Werper konnte kaum seine Freude über diese für ihn so willkommene Entscheidung verhehlen, und es ist fraglich, ob sie dem scharfen, argwöhnischen Auge Achmed Zeks völlig verborgen blieb. Da indessen die Frage einmal entschieden war, besprach der Araber noch die nötigen Einzelheiten mit seinem Leutnant, bis sich dieser entschuldigte und in sein Zelt ging, um die langentbehrte Annehmlichkeit des Badens und Rasierens zu genießen.

Nach dem Bade band der Belgier einen Taschenspiegel an einen Strick der Zelthinterwand, setzte einen rohen Tisch unter den Spiegel, einen ebenso rohen Stuhl davor und begann sich die rauhen Stoppeln aus dem Gesicht zu rasieren.

Als er damit fertig war, räckelte er sich noch auf seinem wackeligen Stuhle, um sich vor der Ruhe dem Genuß einer Zigarette hinzugeben. Als er bequem das Gewicht der Arme mit den Daumen am Leibgurt abstützte, fühlte er das Band der Juwelentasche auf seinem Leib. Er zitterte vor Freude, als er an den Wert des Schatzes dachte, den er unter der Kleidung trug. Was würde Achmed Zek sagen, wenn er das wüßte! Werper grinste. Würde der alte Spitzbube Augen machen, wenn er einen Blick auf die funkelnden Prachtstücke werfen könnte! Werper hatte sich bisher noch nie längere Zeit an ihrem Anblick erfreuen können. Er hatte sie noch nicht einmal gezählt – nur ganz roh hatte er ihren Wert abgeschätzt.

Er löste seinen Gürtel und zog die Tasche aus ihrem Versteck. Er war allein. Die Besatzung des Lagers, außer den Wachen, war zur Ruhe gegangen – keiner würde sein Zelt betreten. Er befingerte die Tasche und befühlte die Form und Größe der kostbaren kleinen Knoten darin. Er wog den Beutel erst in der einen, dann in der anderen Hand, schließlich zog er seinen Stuhl leise an den Tisch heran und ließ die glitzernden Steine unter den Strahlen seiner kleinen Lampe über das ungehobelte Holz rollen.

Die gebrochenen Lichtstrahlen auf den Steinen verwandelten in den Augen des träumenden Mannes das schmutzige Segeltuchzelt in einen glänzenden Palast. Er sah die goldenen Tore des Genusses sich dem Besitzer all dieser Reichtümer auf der fleckigen, gespaltenen Tischplatte öffnen. Er träumte von Vergnügen, Luxus und Macht, Dingen, die stets jenseits seines Bereichs gewesen waren und hob den Blick aufwärts wie ein Träumer, schauend ohne zu sehen, hinauf zu dem weiten, hohen Ziel über dem niedrigen Niveau des irdischen Alltags.

Ohne hinzusehen starrten seine Augen in den Rasierspiegel, der immer noch an der Zeltwand hing, aber sie sahen ins Leere. Da bewegte sich ein Schatten auf der polierten Fläche, die Augen des Träumers fuhren zurück aus der Weite auf die Fläche des Spiegels und sahen das grimmige Gesicht Achmed Zeks im Rahmen der Zeltöffnung hinter Werpers Rücken.

Der Belgier erstickte ein Ächzen der Wut. Mit seltener Selbstbeherrschung ließ er seinen Schleier fallen, bis er auf den Juwelen lag. Dann schob er sie ohne Hast in die Tasche zurück, die er im Hemde barg. Gähnend reckte er die Arme über den Kopf und wandte sich langsam nach dem anderen Ende des Zeltes. Achmed Zeks Gesicht war verschwunden.

Zu sagen, daß Werper erschrocken war, wäre zu gelinde. Er war sich darüber klar, daß er sowohl sein Leben wie seinen Schatz verwirkt hatte. Achmed Zek würde sich nie den entdeckten Reichtum durch die Finger schlüpfen lassen, so wenig er die Zweideutigkeit eines Untergebenen verzeihen würde, der einen solchen Schatz erlangte, ohne ihn mit seinem Herrn freiwillig zu teilen.

Der Belgier legte sich schlafen. Er wußte nicht, ob er bewacht war, aber jedenfalls konnte ihm ein etwaiger Lauscher nichts von der nervösen Erregung anmerken, die ihn erfüllte. Als er sein Lager zurechtgemacht hatte, trat er zu dem Tisch und löschte das Licht.

Zwei Stunden später öffneten sich leise die Lappen des Zelteingangs und ließen eine dunkelgekleidete Gestalt ein, die geräuschlos in das Dunkel hineinschlich. Vorsichtig kroch der Schleicher mit einem langen Messer in der Hand durch das Innere. Nun kam er an den Haufen Decken, die nahe einer Wand über einige Matten gebreitet waren.

Die tastenden Finger suchten und fanden den Körper unter den Decken – Albert Werpers Körper. Sie grenzten die Gestalt des Mannes ab, dann stieg ein Arm in die Höhe, blieb halten und stieß herunter. Wieder und wieder ging der Arm auf und nieder und jedesmal begrub sich die lange Klinge in dem Leib unter den Decken. Aber von Anfang an war der schweigende Körper so seltsam ruhig und leblos, daß der Mörder staunte. Fiebernd warf er die Decken zurück und suchte mit gierigen Händen nach der Edelsteintasche, die er an dem Leibe seines Opfers zu finden dachte.

Achmed Zek – denn er war es – erhob sich mit einem Fluch, als er entdeckte, daß die Decken seines Leutnants nur einen Haufen alter Kleider bargen, die wie der Körper eines Menschen zusammengerollt waren. Albert Werper war geflohen.

Der Führer rannte in das Dorf und rief mit wütender Stimme die schläfrigen Araber auf, die auf seinen Ruf aus ihren Zelten taumelten. Aber obgleich sie das Dorf mehrmals untersuchten, fanden sie von dem Belgier keine Spur. Achmed Zek, vor Wut schäumend, ließ seine Leute aufsitzen und hetzte sie in die pechfinstere Nacht hinaus, um den Wald ringsum nach dem Flüchtling abzusuchen.

Als sie aus den geöffneten Toren galoppierten, schlüpfte Mugambi ungesehen von einem Busch in der Nähe in die Palisaden. Ein Dutzend Schwarzer besah am Tore den Austritt und schob nach dem Durchgang des letzten die Torflügel zu. Mugambi legte mit Hand an, als ob er sein Leben lang unter den Räubern gewesen wäre. Ohne angehalten zu werden, ging er durch die Finsternis wie einer der ihren, und als sie sich nach ihren Hütten zerstreuten, tauchte er in den Schatten und verschwand.

Eine Stunde lang kroch er hinter den verschiedenen Hütten herum, um herauszufinden, in welcher seines Herrn Gattin eingekerkert war. Dann fand er eine, die er ganz richtig dafür einschätzte, weil vor ihr allein ein Posten stand. Mugambi kroch in den Schatten des Gebäudes und schlich gerade vor dem ahnungslosen Wachtposten um die Ecke, als ein anderer nahte, um seinen Gefährten abzulösen.

Ist der Gefangene sicher? fragte die Ablösung.

Gewiß, denn seit ich hier stehe, hat keiner die Schwelle überschritten.

Der neue Posten hockte sich neben die Tür, während der alte sich nach seiner Hütte machte. Mugambi schlich näher um die Ecke. In der kräftigen Hand hielt er einen schweren Knüppel. Kein Zeichen von Freude störte seine Ruhe, so glücklich er innerlich über den eben erhaltenen Beweis war, daß „Lady" wirklich in der Hütte war.

Der Posten saß mit dem Rücken nach der Ecke, die den schwarzen Riesen verbarg. Der Bursche sah nichts von der großen Gestalt, die sich hinter ihm aufrichtete. Der Knüppel flog im Bogen hoch und wieder nieder, ein dumpfer Schlag, und der Posten sank in einen schweigsamen Haufen feuchten Lehm.

Im Nu durchsuchte Mugambi das Innere der Hütte. Erst rief er leise „Lady", flüsterte nur, dann rief er mit fast sinnlosem Eifer, bis ihm die Erkenntnis dämmerte – die Hütte war leer!

## Tarzan wird wieder zum Tier

Werper stand eine Weile mit erhobenem Messer über dem schlafenden Affenmenschen, um den tödlichen Stoß zu tun, aber Befürchtungen hielten ihn zurück. Wie nun, wenn er nicht gleich beim ersten Stoß seines Opfers Herz traf? Werper schauderte, als er an die vernichtenden Folgen dachte. Auch wenn dem erwachten Riesen nur noch ein Augenblick zu leben blieb, würde er seinen Angreifer buchstäblich in Stücke reißen.

Wieder ließ sich der weiche Tritt von Tatzen in den Weidenbüschen hören – diesmal waren sie näher. Werper gab seine Absicht auf. Vor ihm lag die weite Ebene zur Flucht frei. Die Edelsteine hatte er. Längeres Verweilen hieß, sich dem Tode von Tarzans Händen oder den Fängen der ankriechenden Raubtiere aussetzen. Da schlich er in die Nacht hinein, dem Walde zu. Tarzan schlief weiter. Wo hatte er jene unheimlichen, ihn schützenden Fähigkeiten gelassen, die ihn früher einer Überraschung gegenüber so sicher gemacht hatten? Konnte dieser in dumpfem Schlafe Liegende der geweckte, feinfühlige Tarzan von früher sein?

Vielleicht hatte der Schlag auf den Kopf seine feinen Sinne für einige Zeit betäubt – wer kann das beurteilen? Die geschmeidige Gestalt unter den Weiden kroch näher. Der wispernde Vorhang aus Gräsern teilte sich einige Schritte vor dem Schläfer und der dicke Kopf eines Löwen erschien. Die Bestie beäugte kurz den Affenmenschen, dann kauerte sie sich nieder, während der Schweif hin und her zuckte.

Das Schlagen des Schweifes im Gebüsch erweckte Tarzan. Die Dschungelbewohner erwachen aber nicht allmählich – wie ein Blitz kehrt ihnen selbst aus tiefstem Schlummer volles Bewußtsein und voller Gebrauch ihrer ganzen Fähigkeiten zurück. Tarzan hatte kaum die Augen geöffnet, da war er auch schon auf den Füßen, hielt den Speer fest in der Hand und war gegen den Angriff gerüstet. Jetzt war er wieder ganz der Affentarzan, feinfühlig, wachsam, erzbereit.

Es gibt weder zwei Löwen mit gleichen Eigenschaften, noch handelt ein und derselbe Löwe unter gleichen Verhältnissen immer gleich. Ob Überraschung, Furcht oder Vorsicht den sprungbereiten Löwen bestimmte, ist unwesentlich – aber Tatsache ist, daß er seine Absicht nicht ausführte, er sprang den Menschen nicht an, sondern als Tarzan aufschnellte und ihm begegnete, drehte er ab und schoß in das Gebüsch zurück. Der Affenmensch sah sich achselzuckend nach seinem Gefährten um. Werper war fort. Tarzan vermutete erst, er sei von einem anderen Löwen gepackt und weggeschleppt worden. Aber als er den Boden ringsum prüfte, fand er, daß der Belgier allein in die Ebene hinausgewandert war.

Er war zunächst erstaunt, aber dann mußte er annehmen, daß Werper sich aus Angst vor dem Nahen des Löwen davongemacht hatte. Tarzan verzog verächtlich die Lippen – einen Gefährten in der Gefahr verlassen und noch dazu ohne ihn zu warnen!

Wenn Werper ein Geschöpf von der Sorte war, wollte Tarzan nichts mehr mit ihm zu tun haben. Fort war er und es konnte Tarzan nur recht sein, wenn er fort blieb. Suchen würde ihn Tarzan nicht.

Hundert Schritte entfernt stand ein einsamer hoher Baum auf einer mit Weiden bewachsenen Dschungelecke. Dorthin begab sich Tarzan, kletterte hinauf, suchte sich eine bequeme Gabel in den Zweigen und schlief ungestört und behaglich bis zum Morgen.

Noch lange nach Sonnenaufgang schlief Tarzan weiter. Sein in den Urzustand zurückgesunkenes Gehirn störten keine wichtigeren Pflichten als die

Nahrungssuche und Sicherung seines Lebens. Ehe nicht Gefahr drohte oder der Hunger sich meldete, brauchte er nicht zu erwachen. Der letztere ermunterte ihn schließlich.

Er öffnete die Augen, streckte seine riesigen Glieder, gähnte und erhob sich, durch das Laubdach seines Ruheplatzes spähend. Wie ein Fremder schaute Tarzan hinaus auf die zertrampelten Wiesen und Felder von John Clayton Lord Greystoke, auf Basuli und seine Braven, die ihr Morgenmahl bereiteten und sich zu dem Unternehmen rüsteten, das bei Basuli beschlossene Sache gewesen war, sobald er bemerkt hatte, was für Zerstörung und Elend auf seines toten Herrn Besitz angerichtet worden war.

Der Affenmensch bewachte die Schwarzen mit neugierigen Augen. Im hintersten Winkel seines Gehirns war noch ein schwaches Empfinden, daß er mit den Dingen, welche er da sah, vertraut sein müsse, aber er konnte all die Ereignisse und Formen, belebte und unbelebte, wie sie ihm nach dem Entkommen aus dem Grabesdunkel von Opar zu Gesicht kamen, nicht mit der früheren Vergangenheit in Verbindung bringen.

Er erinnerte sich nebelartig an eine grimmige und häßliche, behaarte, wilde Gestalt. Eine unbestimmte Zärtlichkeit bewegte ihn, als dieses Bild in seinem Gedächtnis wieder auftauchte. Er war wieder in seinen Kindertagen – es war die Gestalt der riesigen Äffin Kala, welche er sah, aber nur halb erkannte. Er sah auch noch andere tierische, menschenähnliche Formen. Da waren Terkop und Tublat und Kerschak und da war eine kleinere, weniger wilde Gestalt, das war Neeta, der kleine Spielgefährte seiner Kindheit.

Langsam, langsam belebten diese Bilder aus der Vergangenheit sein erstorbenes Gedächtnis, er erkannte sie allmählich. Sie nahmen bestimmtere Form und Gestalt an und bekamen Beziehung zu den Vorfällen seines Lebens, mit denen sie verknüpft waren. Wie ein Panorama zog seine Kindheit unter den Affen an ihm vorüber und mit dessen Entfaltung entstand in ihm ein starkes Sehnen nach der Gesellschaft der zottigen, flachschädeligen Tiere aus der Vergangenheit.

Er bewachte die Schwarzen beim Auslöschen ihres Feuers und beim Aufbruch, aber obgleich ihm bis vor kurzem jedes ihrer Gesichter so wohl bekannt gewesen war, jetzt erinnerten sie ihn an nichts mehr.

Nach ihrem Abzug stieg er vom Baum herab und suchte Nahrung. Draußen auf der Ebene weideten zahlreiche Herden von wilden Pflanzenfressern. Wie eine Schlange glitt er auf einen Trupp schlanker Zebras zu. Kein wohlerzogener Denkprozeß veranlaßte ihn, im weiten Bogen herumzuschleichen, bis er seine Beute gegen den Wind beschlich – er handelte rein instinktiv. Jede Deckung ausnützend, kroch er auf allen vieren oder platt auf dem Bauche an.

Eine runde, junge Stute und ein fetter Hengst grasten seiner Annäherungsstelle am nächsten. Wieder war es der Instinkt, welcher ihn die erstere als Mahl wählen ließ. Ein niedriger Busch stand nur wenige Schritte vor den zwei ahnungslosen Tieren. Der Affenmensch gelangte bis hinter diese Deckung, dann packte er seinen Speer fester und zog vorsichtig die Beine zum Kauern heran. Mit einem einzigen blitzschnellen Zuck schnellte er empor, schleuderte den Speer der Stute in die Flanke und sprang, das Jagdmesser ziehend, wie eine Katze hinter seinem Speer her, ohne erst die Wirkung seines ersten Angriffs abzuwarten.

Die beiden Tiere standen einen Augenblick bewegungslos, dann entriß der grausame, in die Seite dringende Widerhaken der Stute einen Schmerzensschrei und wie der Wind waren beide auf der Flucht. Aber auf eine kurze Strecke konnte es Affentarzan sogar mit ihnen in der Schnelligkeit aufnehmen. Die Stute fand sich nach einigen Sprüngen überholt und hatte ein Raubtier auf der Schulter sitzen. Nach ihrem Gegner beißend und ausschlagend, drehte sie sich im Kreise. Ihr Hengst zögerte eine Weile, ob er ihr zu Hilfe kommen sollte, aber als er umherblickend sah, daß die übrige Herde schon längst auf der Flucht war, schwenkte er mit Schnauben und Schütteln ab und stürzte hinterher.

Tarzan klammerte sich mit einer Hand an die kurze Mähne und stieß wieder und wieder mit dem Messer nach dem geschützten Herz seiner Beute. Der Ausgang war von Anfang an nicht zweifelhaft. Die Stute kämpfte tapfer aber hoffnungslos und sank bald mit durchbohrtem Herz zu Boden. Der Affenmensch setzte einen Fuß auf den Körper und erhob den Siegesruf der Mangani.

Basuli in der Ferne hielt an, als ihm die Töne des schauerlichen Rufes noch schwach zu Gehör kamen.

Das sind die großen Affen, erklärte er seinen Leuten. Es ist lange her, daß wir sie hier im Lande der Waziri gehört haben. Was mag sie wohl zurückgebracht haben? Tarzan packte seine Beute und schleppte sie zu dem Busch, der ihm beim Anschleichen als Deckung gedient hatte. Dort hockte er sich darauf, schnitt sich ein großes Stück aus der Lende und begann seinen Hunger mit dem warmen Fleisch zu stillen.

Ein paar Hyänen, von den schrillen Schreien der Stute angelockt, erschienen auf der Bildfläche. Einige Schritte vor dem kauenden Affenmenschen machten sie halt. Tarzan sah auf, zeigte die Zähne und knurrte. Die Hyänen erwiderten den Gruß und zogen sich einige Schritte zurück. Sie dachten nicht an Angriff, sondern blieben in achtungsvoller Entfernung sitzen, bis Tarzan sein Mahl beendet hatte. Der Affenmensch schnitt sich noch einige Streifen zum Mitnehmen ab, dann ging er langsam nach dem Flusse, um seinen Durst zu löschen. Der nächste Weg dorthin führte gerade zwischen den Hyänen durch; den ging er.

Mit all der glorreichen Majestät des Löwen Numa schritt er auf die knurrenden Bestien zu. Einen Augenblick hielten sie trotzig und die Haare sträubend stand, aber nur einen Augenblick, dann schlichen sie auf die Seite, während der Affenmensch gleichgültig und erhaben weiterging. Eine Sekunde später zerrten sie bereits an den Überbleibseln des Zebras.

Tarzan ging durch die Weiden nach dem Flusse. Eine Büffelherde fuhr bei seiner Annäherung angriffs- oder fluchtbreit auf. Ein großer Bulle stampfte den Boden und brüllte, als seine blutunterlaufenen Augen den Eindringling gewahrten. Aber der Affenmensch schritt vor ihnen vorüber, als ob er sie gar nicht bemerkt hätte. Des Bullen Gebrüll schwand zu einem Brummen, dann schlug er sich einen Fliegenschwarm mit dem Schwanz von der Seite, warf noch einen Blick hinter dem Affenmenschen her und weidete weiter. Seine zahlreiche Familie folgte seinem Vorbild oder stierte mit milder Neugierde nach, bis Tarzan unter den Weiden verschwand.

Tarzan löschte am Flusse seinen Durst und badete. Während der Tageshitze lag er bei seinem verbrannten Hause im Schatten eines Baumes und ließ seine Blicke über die Ebene nach dem Walde schweifen. Eine beträchtliche Zeit befaßten sich seine Gedanken mit dem Vergnügen, das er in seinen geheimnisvollen Tiefen finden würde. Mit der nächsten Sonne wollte er über die Ebene wandern und sich in den Wald begeben. Er hatte keine Eile – vor ihm lag ja eine ungezählte Folge von Tagen, an denen er nichts weiter zu tun hatte, als seinen Hunger zu befriedigen und seinen Launen nachzugehen.

Das Denken des Affenmenschen kannte weder ein Sehnen nach der Vergangenheit noch eine Erwartung für die Zukunft. Er konnte sich in voller Länge auf einen schwanken Zweig strecken, seine riesigen Glieder recken und sich im süßen Frieden völliger Denkfaulheit ergehen, ohne Furcht, daß etwas seine Kräfte anstrengen oder ihn plagen und so seine Seelenruhe stören könnte.

Nur noch ganz dunkel hatte er das Gefühl, daß es noch eine andere Form des Lebens gebe. Er fühlte sich vollkommen glücklich. – Lord Greystoke hatte zu sein aufgehört.

Stundenlang schaukelte Tarzan sich müßig auf seinem belaubten Ruheplatz, bis Hunger und Durst wieder zu einem Streifzug rieten. Er streckte sich träge, sprang auf den Boden und schlich zum Flusse. Dabei ging er eine Wildspur entlang, die durch jahrelangen Gebrauch zu einem schmalen, aber tiefen Graben geworden war, dessen beide Seiten von Gestrüpp und engstehenden Bäumen bewachsen waren, welche durch dicht wachsende Schlingpflanzen eng und undurchdringlich verwoben ein paar feste Mauern aus Pflanzenwucher bildeten.

Tarzan hatte fast die Stelle erreicht, an welcher der Pfad auf den Fluß ausmündete, als ihm eine Löwenfamilie vom Fluß her entgegenkam. Der Affenmensch zählte sieben Löwen – ein Männchen, zwei Löwinnen und vier Junge, die schon ebenso groß und furchtbar waren wie ihre Eltern. Tarzan blieb mit einem Knurren stehen. Die Löwen machten gleichfalls halt, der größte an der Spitze zeigte seine Reißzähne und stieß ein donnerndes Warnungsgebrüll aus. Der Affenmensch hatte wohl seinen schweren Speer in der Hand, aber er hatte keine Absicht, seine armselige Waffe gegen sieben Löwen einzusetzen. Wenn er trotzdem knurrend und brüllend stehen blieb und die Löwen das gleiche taten, so war das nur die Zurschaustellung des üblichen Dschungelbluffs. Jeder suchte den andern fortzuschrecken. Keiner wollte nachgeben oder Platz machen und keiner wollte als der erste einen Kampf herbeiführen. Die Löwen hatten genug gefressen, so daß sie der Hunger nicht mehr dazu trieb, und Tarzan aß selten Raubtierfleisch. Aber ein moralischer Wert stand auf dem Spiel und keiner wollte nachgeben. So standen sie denn weiter da, beobachteten einander und machten einen schauerlichen Lärm, während sie sich gegenseitig Dschungelbeleidigungen zuschleuderten. Es läßt sich schwer sagen, wie lange dieser unblutige Zweikampf gedauert haben könnte, obgleich wahrscheinlich Tarzan zum Schlusse hätte der Überzahl weichen müssen.

Aber jetzt kam eine Unterbrechung, die über den toten Punkt hinweghalf, und zwar kam sie von rückwärts auf Tarzan zu. Er und die Löwen machten so viel Geräusch, daß sie außer ihrem eigenen Tollhauskonzert nichts mehr hören konnten. Tarzan merkte daher nicht eher etwas von dem Koloß, der von hinten auf ihn losstürmte, bis er beinahe auf ihm war. Er fuhr herum, sah, daß Buto, das Rhinozeros, mit seinen kleinen Augen blitzend wie toll auf ihn losstürzte und schon so nahe war, daß er ihm kaum entrinnen konnte. Aber Nerven und Muskeln dieses unverdorbenen Urmenschen arbeiteten so scharf zusammen, daß umdrehen, die Gefahr sehen und den Speer in Butos Front schleudern eins war!

Es war ein schwerer, eisenbeschlagener Speer, hinter dem die Riesenmuskeln des Affenmenschen als Triebkraft saßen, während von vorne das massige Gewicht Butos und die Wucht seines Ansturms kamen.

Es braucht lange Zeit, den kurzen Augenblick zu schildern, in dem Tarzan dem Angriff des jähzornigen Rhinozerosses begegnete, aber die rascheste Momentaufnahme hätte sie kaum wiedergeben können.

Als der Speer seiner Hand entwich, sah der Affenmensch bereits Butos mächtiges Horn zum Stoß gesenkt vor sich, so nahe war ihm der Gegner. Der Speer fuhr an der Verbindungsstelle von Hals und linker Schulter hinein und drang tief in den Körper. Und mit derselben Bewegung, mit der er den Speer abschleuderte, schnellte sich Tarzan hoch in die Luft und landete, das Horn vermeidend, auf Butos Rücken.

Buto erspähte jetzt die Löwen und raste mit wildem Toben auf sie hinab, während Affentarzan gewandt an den dichten Schlingpflanzen der einen Seite hochkletterte.

Der erste Löwe warf sich Buto entgegen, wurde vom Horn gespießt und flog zerfetzt und sterbend in hohem Bogen auf den Rücken der tollen Bestie. Nun warfen sich die übrigen sechs Löwen gemeinsam, beißend, kratzend, reißend auf das Rhinozeros, von dem sie einer nach dem andern gespießt oder niedergetrampelt wurden.

Von seinem sicheren Luftsitz aus beobachtete Tarzan mit reger Aufmerksamkeit den stolzen Kampf, denn die intelligenteren unter den Dschungelbewohnern haben für solche Fälle eine große Vorliebe. Für sie sind sie dasselbe, was für uns Wettrennen, Preisboxen, Theater und Lichtspiel sind. Obgleich sie oft genug solche Kämpfe zu sehen bekommen, haben sie doch immer wieder ihre Freude daran, weil nicht zwei davon genau gleich verlaufen.

Eine Zeitlang schien Buto, das Rhinozeros, im blutigen Kampfe Sieger zu bleiben. Es hatte bereits vier von den sieben Löwen erledigt und die drei übrigen schwer verletzt, als es während einer kurzen Kampfespause schwerfällig auf die Knie fiel und dann auf die Seite rollte. Tarzans Speer hatte seine Schuldigkeit getan. Die Waffe aus Menschenhand hatte das riesige Nashorn getötet, das so leicht den Angriff von sieben mächtigen Löwen bestanden hatte, denn Tarzans Speer hatte die mächtige Lunge durchbohrt und Buto erlag schon im Angesicht des Sieges einer inneren Verblutung.

Nun kam Tarzan von seiner Höhe herab, und während sich die letzten Löwen knurrend wegschleppten, zog der Affenmensch seinen Speer aus dem Rumpf, schnitt sich ein Stück Fleisch heraus und verschwand in der Dschungel.

Der Zwischenfall war vorüber und war für ihn nichts Außergewöhnliches – dieser Vorfall, welcher unsereinem für das ganze Leben einen Gesprächsstoff geliefert hätte, schwand ihm mit dem Bilde seines Schauplatzes aus dem Gedächtnis.

## La sucht sich zu rächen

Der Affenmensch schwang sich in weitem Bogen durch die Dschungel hin, bis er an den Fluß kam. Er trank und stieg wieder in die Baumkronen. Aber während er ohne Erinnerung an das Vergangene und ohne Sorge für die Zukunft jagte, kam auf der Suche nach ihm eine unheimliche und schreckliche Karawane durch die finstere Dschungel, die parkartigen Haine und über die weiten Wiesen, wo die zahlreichen Grasfresser dieses geheimnisvollen Erdteils weiden.

Es waren fünfzig fürchterliche Männer mit zottigen Leibern und dicken, krummen Beinen. Sie waren mit Messern und schweren Keulen bewaffnet und an der Spitze ging ein fast nacktes Weib von unvergleichlicher Schönheit. Es war La von Opar, die Hohepriesterin des Feuergottes, die mit fünfzig ihrer schrecklichen Priester den Räuber ihres geheiligten Opfermessers suchte.

Nie zuvor hatte La die verfallene Außenmauer von Opar überschritten, aber nie hatte so dringende Notwendigkeit dazu bestanden. Das heilige Messer war fort! Seit unzählbaren Jahrhunderten weitergegeben, war es ihr Erbe und das Abzeichen ihres religiösen Amtes wie ihrer königlichen Herrschaft von ihren lange toten Ahnen aus der verlorenen und vergessenen Atlantis her. Der Verlust der Kronjuwelen und des Staatssiegels hätte für einen zivilisierten König kein größeres Unglück bedeutet, als es die Wegnahme des heiligen Messers für La aus

Opar war, für die Königin und Hohepriesterin jener entarteten Reste der ältesten Kultur auf Erden.

Als die Atlantis mit allen ihren großen Städten und blühenden Gefilden, dem umfangreichen Handel, ihrer Kultur und ihrem Reichtum, vor vielen Zeitaltern im Meere versank, nahm sie alles mit sich, außer einer Handvoll Kolonisten, welche die Goldminen von Zentralafrika ausbeuteten. Von ihnen und ihren Sklaven sowie von einer späteren Blutsvermischung mit den Menschenaffen stammten die knorrigen Männer von Opar. Aber durch irgendeine merkwürdige Fügung im Gefolge der natürlichen Zuchtwahl blieb die alte atlantische Rasse rein und unverdorben in solchen Frauen, welche von der einzigen Prinzessin stammten, die vom Königshaus der Atlantis zur Zeit der großen Katastrophe in Opar gewesen war. Eine von diesen Frauen war La.

Die Hohepriesterin war von brennendem Zorn erfüllt, ihr ganzes Herz war aus Haß gegen Tarzan eine einzige siedende, kochende Masse. Der Eifer der Fanatikerin über die Entweihung ihres Altars wurde ihr durch die Wut der verschmähten Frau dreifach angestachelt. Zweimal hatte sie diesem göttergleichen Affenmenschen ihr Herz zu Füßen gelegt und zweimal war sie zurückgestoßen worden. La war sich ihrer Schönheit bewußt – und nicht allein nach den Ansichten der vorgeschichtlichen Atlantis war sie schön, auch am Maßstabe der heutigen Zeit gemessen war La körperlich ein vollendetes Geschöpf. Ehe Tarzan das erstemal nach Opar kam, hatte La noch keinen anderen Mann gesehen außer den grotesken, krummen Männern ihres Stammes. Um den geraden Stammbaum der Hohepriesterinnen nicht zu unterbrechen, mußte sie früher oder später einem davon die Hand reichen, wenn ihr das Geschick nicht einen anderen Gatten nach Opar brachte.

Vor Tarzans erstem Besuch hatte La nicht gedacht, es könne solche Menschen wie ihn geben. Sie kannte nur ihre scheußlichen, kleinen Priester und die Menschen vom Stamme der großen Menschenaffen, die seit urdenklichen Zeiten in und um Opar lebten, so daß sie von den Opariern fast als ebenbürtig angesehen wurden.

Wohl hatten die Oparier noch Sagen von göttergleichen Menschen aus der alten Zeit und von schwarzen Männern, welche vor nicht so langer Zeit dagewesen waren. Aber die letzteren waren als Feinde zu Raub und Mord gekommen. Doch hatten diese Sagen immer noch die Hoffnung vererbt, daß eines Tages das namenlose Festland, von dem ihre Rasse stammte, sich wieder aus dem Meer erheben würde, um seine reichverzierten, goldgeschmückten Galeeren mit Sklaven bemannt ihnen zum Entsatz zu schicken.

Tarzans Kommen hatte in der Brust Las die wilde Hoffnung entfacht, daß die endliche Erfüllung der alten Weissagung nahe sei. Aber in ihrem Herzen, das sonst wohl nie die alles bezwingende Macht der Liebe kennengelernt hätte, denn ein so wundervolles Geschöpf wie La hätte niemals einen der abstoßenden Priester von Opar lieben können, waren nunmehr die heißen Feuer der Leidenschaft entzündet worden. Brauch, Pflicht und Religionseifer würden eine Ehe verlangt haben, aber von Las Seite wäre keine Liebe möglich gewesen.

Als kaltes, herzloses Geschöpf war sie zu ihrem Weibestum herangewachsen, als Tochter von tausend anderen Frauen, die gleichfalls niemals Liebe gekannt hatten. Als die Liebe zu ihr kam, befreite sie in ihr alle die eingespannten Leidenschaften von tausend Generationen und verwandelte La in einen pulsierenden, zitternden Vulkan von Verlangen. Und als dies Verlangen auf Widerstand stieß, da schmolz die große Macht der Liebe, Sanftmut und Opferwilligkeit durch ihre eigene Glut in Haß und Rachsucht um!

In einem diesen Tatsachen entsprechenden Gemütszustand führte La ihre schnatternden Begleiter an, um das geheiligte Abzeichen ihres hohen Amtes wiederzugewinnen und an dem Urheber ihres Elends Rache zu nehmen. An Werper dachte sie dabei wenig. Die Tatsache, daß er bei der Flucht aus Opar das Messer in der Hand gehabt hatte, zog keine besonderen Rachepläne auf sein Haupt. Wenn sie ihn fingen, mußte er natürlich sterben, aber sein Tod konnte La keine Befriedigung gewähren. Dafür wollte sie sich an Tarzans Todesqualen sattsehen. Ihn wollte sie foltern. Er sollte eines langsamen und furchtbaren Todes sterben. Seine Strafe muß der Ungeheuerlichkeit seines Verbrechens angemessen sein. Er hatte La das heilige Messer entrissen, er hatte sich mit gotteslästerlichen Händen an der Hohepriester in des Feuergottes vergriffen; er hatte Altar und Tempel entweiht. Dafür mußte er sterben. Aber er hatte Las Liebe, die Liebe des Weibes verschmäht, und dafür sollte er vor dem Tode schreckliche Qualen erdulden.

Las Marsch mit den Priestern verlief nicht ohne Abenteuer. Sie waren mit dem Dschungelleben nicht vertraut, da selten einer von ihnen Opars verfallende Mauern verließ, doch ihre große Zahl schützte sie, so daß sie ohne große Unfälle der Spur von Tarzan und Werper folgten. Drei große Affen begleiteten sie mit der Aufgabe, die Beute aufzuspüren, weil die Oparier dazu nicht imstande waren. La führte selbst den Oberbefehl, sie bestimmte die Marschordnung, sie wählte die Lagerplätze und setzte die Zeiten für Halt und Wiederaufbruch fest. Obgleich sie in solchen Dingen keine Erfahrung hatte, machte sie infolge ihrer angeborenen Klugheit die Sache weit besser als es ihre Männer oder die Affen gekonnt hätten. Und ein harter Fronvogt war sie außerdem, denn sie sah mit Ekel und Verachtung auf die mißgestalteten Geschöpfe, unter die sie ein grausames Geschick geworfen hatte, und bis zu einem gewissen Grade ließ sie ihre Unzufriedenheit und Enttäuschung in der Liebe an ihnen aus. Nacht für Nacht mußten sie ihr eine starke Schutzhütte bauen und ein großes Feuer von Sonnenuntergang bis Morgengrauen unterhalten. Wenn sie vom Gehen müde war, ließ sie sich auf einer rasch gebauten Sänfte tragen und keiner wagte, ihr Ansehen oder ihr Recht auf solche Dienste in Frage zu ziehen. Sie fragten auch gar nicht danach, denn für sie war La eine Gottheit, die jeder liebte, genau wie jeder hoffte, sie werde ihn einst als Gatten wählen. Deshalb quälten sie sich für sie und ertrugen die Stachelpeitsche ihres Mißvergnügens wie die gewohnheitsmäßig hochmütige Verachtung ohne Murren.

So zogen sie viele Tage dahin. Die Affen verfolgten ohne Mühe die Spur und waren der Karawane immer ein Stück voraus, um sie vor drohenden Gefahren warnen zu können. Während einer Nachmittagsrast, als alle von einem ermüdenden Marsch ausruhten, fuhr nun einer der Affen plötzlich auf und schnüffelte in der Luft. Mit leisen Kehltönen mahnte er die anderen zur Ruhe und schwang sich gleich darauf bedächtig durch die Zweige gegen den Wind davon.

Die Priester scharten sich schweigend um La, drehten ihre Messer und Keulen in den Händen herum und erwarteten die Rückkehr des zottigen Menschenaffen. Nach kurzer Zeit tauchte er wieder aus einem Laubdickicht auf, ging zu La und sagte zu ihr in der Sprache der großen Affen, die auch von den entarteten Bewohnern Opars gesprochen wird:

Der große Tarmangani schläft da drüben. Dabei deutete er in die Richtung, aus welcher er eben gekommen war. Kommt! Wir können ihn töten.

Ihr dürft ihn nicht töten, verbot La in kaltem Tone. Bringt mir den großen Tarmangani lebend und unverletzt. La vollzieht die Rache selbst. Geht, aber macht kein Geräusch. Und mit einer Handbewegung entsandte sie ihr ganzes Gefolge.

Vorsichtig kroch die unheimliche Schar hinter dem großen Affen her, bis er sie mit erhobener Hand anhielt und vor sich nach oben zeigte. Da sahen sie die riesige Gestalt des Affenmenschen ausgestreckt auf einem niedrigen Zweig liegen. Noch im Schlafe hielt eine Hand einen starken Ast, während ein starkes, langes Bein über einen anderen Zweig gehängt war.

Tarzan lag mit vollem Magen in tiefem Schlafe und träumte von Numa, dem Löwen, und vom Eber Horta und anderen Dschungeltieren. Kein Anzeichen von Gefahr warnte die schlafenden Sinne des Affenmenschen – er bemerkte weder die kriechenden, behaarten Gestalten auf dem Boden unter sich, noch die drei Affen, die sich neben ihm auf den Baum schwangen.

Das erste Anzeichen von Gefahr erhielt Tarzan durch die Wucht von drei Körpern, als sich die drei Affen auf ihn stürzten und ihn zu Boden schleuderten. Halb betäubt von ihrem vereinten Gewicht raffte er sich wieder auf und wurde alsbald das Angriffsziel für die fünfzig haarigen Männer oder für so viele, als an ihn herankommen konnten. Im Nu war er der Mittelpunkt eines wirbelnden, schlagenden, beißenden Maelström des Schreckens. Er kämpfte glorreich, aber die Übermacht war zu groß für ihn. Langsam überwältigten sie ihn, obgleich kaum einer unter ihnen war, der nicht die Stärke seiner mächtigen Faust oder den zerfleischenden Biß seiner Zähne gefühlt hätte.

## Der Kampf mit Feuer, Sonnenanbetern und rasendem Elefanten

La war ihren Begleitern nachgegangen. Als sie sah, wie diese nach Tarzan krallten und bissen, erhob sie drohend ihre Stimme und warnte, ihn ja nicht zu töten. Sie sah, daß er ermattete und daß ihn die Übermacht bald überwältigt haben würde, und sie brauchte nicht mehr lange zu warten, bis das mächtige Geschöpf der Dschungel hilflos und gebunden zu ihren Füßen lag.

Bringt ihn zum Rastplatz, befahl sie. So trugen sie denn Tarzan nach der kleinen Lichtung zurück und legten ihn dort unter einen Baum.

Baut mir eine Hütte, ordnete La an. Wir bleiben diese Nacht hier, und morgen früh, angesichts des Feuergottes, wird ihm La das Herz dieses Tempelschänders opfern. Wo ist das heilige Messer? Wer nahm es ihm ab?

Aber keiner hatte es gesehen, vielmehr wußte jeder ganz bestimmt, daß Tarzan bei seiner Gefangennahme das Opfermesser nicht an sich gehabt hatte. Der Affenmensch sah auf die drohenden Geschöpfe ringsum und knurrte seine Herausforderung. Dann sah er La und lächelte. Im Angesicht des Todes blieb er furchtlos. Wo ist das Messer? fragte ihn La.

Das weiß ich nicht, erwiderte Tarzan. Der andere Mann machte sich in der Nacht davon und nahm es mit sich. Wenn ich nicht gefangen wäre, würde ich ihn suchen und es dir zurückbringen, da du so begierig auf seine Wiedererlangung bist. Aber da ich sterben soll, kann ich es nicht holen. Was ist denn außerdem Besonderes an dem Messer? Ihr könnt doch ein anderes anfertigen. Seid ihr mir nur dieses Messers wegen den ganzen weiten Weg nachgekommen? Laßt mich frei, um jenen zu suchen, und ich will es euch wiederbringen.

La lachte bitter auf, denn ihr innerstes Herz sagte, daß Tarzan eine größere Missetat als nur den Raub des heiligen Opfermessers von Opar begangen hatte. Doch als sie ihn hilflos und in Fesseln vor sich liegen sah, traten ihr die Tränen in die Augen. Sie mußte sich abwenden, um sie nicht zu zeigen. Aber sie blieb unerschütterlich bei ihrem Entschluß, ihn durch schreckliche Qualen und zuletzt durch den Tod dafür büßen zu lassen, daß er gewagt hatte, Las Liebe mit Füßen zu treten.

Als die Hütte fertig war, ließ La Tarzan hineinbringen. Die ganze Nacht werde ich ihn foltern, murmelte sie zu den Priestern. Und ihr macht den feurigen Altar bereit, auf dem beim ersten Morgengrauen sein Herz dem Feuergott geopfert werden soll. Sammelt stark harzreiches Holz, und baut es inmitten der Lichtung in Form und Größe des Altars zu Opar auf, daß der flammende Gott unser Werk mit Wohlgefallen ansehe. Während des restlichen Tages waren die Priester auf der Mitte der Lichtung eifrig beim Errichten eines Altars und sangen zum Bau ihre unheimlichen Hymnen in der Sprache jenes längst vergessenen Erdteils, der nun auf dem Grunde des Atlantischen Ozeans ruht. Sie kannten die Bedeutung der Worte, die sie aussprachen, nicht mehr, aber sie wiederholten die Gebräuche, die ihnen aus langvergangenen Tagen her im ewigen Wandel vom Altpriester auf den Novizen weitergegeben wurden schon seit einer Zeit, da sich noch in den feuchten Dschungeln, die damals Europa bedeckten, die Ahnen des Neandertalmenschen an ihren Schwänzen aufhingen.

Im Schutze ihrer Hütte schritt La vor dem stoischen Affenmenschen auf und ab. Tarzan hatte sich in sein Geschick ergeben. Durch das Dunkel des ihn bedrohenden Todesurteils leuchtete kein Hoffnungsschimmer auf Hilfe. Er wußte, daß selbst seine riesigen Muskeln die vielen Stricke um Hand- und Fußgelenke nicht sprengen konnten, denn er hatte das öfteren vergeblich versucht, sie zu zerreißen. Von außen her hatte er nichts zu erhoffen, und im Lager umgaben ihn nur Feinde, und dennoch lächelte er La an, als sie nervös ihre Hütte der Länge und Breite nach abschritt.

Und La? Sie spielte mit ihrem Messer und sah auf den Gefangenen. Sie blickte wild um sich und murmelte etwas für sich, aber sie rührte ihn nicht an. Heute nacht, dachte sie. Heute nacht, wenn es dunkel ist, will ich ihn martern. Sie sah auf seine vollendet schöne, göttergleiche Gestalt und in sein hübsches, lächelndes Antlitz, und dann stählte sie ihr Herz wieder durch den Gedanken an ihre verschmähte Liebe, durch religiöse Gedanken, welche den Ungläubigen verdammten, der das Allerheiligste entweiht hatte, der dem blutbefleckten Altar von Opar das Opfer des Feuergottes nicht nur einmal, sondern dreimal entrissen hatte. Dreimal hatte Tarzan den Gott ihrer Väter beraubt. Bei diesem Gedanken hielt La an und kniete an seiner Seite nieder. Dann nahm sie das scharfe Messer in die Hand, setzte dem Affenmenschen die Spitze an die Seite und drückte auf den Griff, aber Tarzan lächelte nur achselzuckend.

Wie schön er war! La beugte sich über ihn und sah ihm in die Augen. Wie regelmäßig war sein Antlitz! Sie verglich es mit jenen der häßlichen, krummen Männer, aus deren Reihen sie sich einen Gatten suchen sollte, und sie schauderte bei diesem Gedanken. Dämmerung brach herein, die Nacht kam. Ein großes Feuer erstrahlte in der kleinen um das Lager gebauten Borna aus Dornen. Die Flammen beleuchteten den neuen Altar, der mitten auf der Lichtung errichtet war, und spiegelten der Hohepriesterin bereits im Geiste das Bild vor, das sie am Morgen erblicken würde.

Sie sah den riesenhaften, herrlichen Körper in den Flammen des brennenden Scheiterhaufens sich winden. Sie sah, wie diese jetzt lächelnden Lippen schwarz und verkohlt von den starken weißen Zähnen fielen.

Sie sah den lockigen, schwarzen Haarschopf auf Tarzans wohlgeformtem Schädel in einer Flamme verschwinden. Das und noch viele andere, schreckende Bilder sah sie, während sie mit geschlossenen Augen und geballten Fäusten vor dem Gegenstand ihres Hasses stand. – Ach! war es Haß, was La von Opar bewegte?

Die Dunkelheit der Urwaldnacht hatte sich auf das Lager gesenkt, und nur das Aufflammen des Feuers, das die Raubtiere abhalten sollte, erhellte sie ab und zu. Tarzan lag ganz ruhig in seinen Fesseln. Er litt unter Durst und dem Druck der Knöchel und Handgelenke eng umschnürenden Riemen. Aber er klagte nicht. Tarzan war ein Dschungelgeschöpf mit dem Stoizismus des Tieres und dem Verstand des Menschen. Er wußte, daß sein Geschick besiegelt war – daß kein Flehen die Härte seines Endes mildern konnte. Also wozu seinen Atem mit Bitten vergeuden? Er wartete geduldig in der Überzeugung, daß seine Leiden nicht ewig dauern konnten.

In der Dunkelheit beugte sich La mit dem scharfen Messer über ihn in der Absicht, ohne weiteres Zögern mit der Marter zu beginnen. Sie preßte das Messer gegen seine Seite und näherte ihr Gesicht dem seinen, als die Flammen neu auf das Feuer geworfener Äste von draußen das Innere der Hütte erhellten. Dicht unter ihren Lippen sah La die schönen Gesichtszüge des Waldgottes, und wieder wogte in ihrem Herzen die ganze große Liebe empor, die sie für Tarzan empfunden hatte, seit sie ihn das erstemal sah, und alle Leidenschaft, die sich in den langen Jahren, seit sie von ihm träumte, in ihr angesammelt hatte, loderte in ihrem Frauenherz empor.

Mit dem Dolche in der Hand stand die Hohepriesterin La drohend über der hilflosen Gestalt des Geschöpfes, das gewagt hatte, das Heiligtum ihrer Gottheit zu entweihen. Sie wollte nicht mehr martern – ein rascher Tod sollte das Ende sein. Nicht länger sollte der Schänder des Tempels den Anblick des allmächtigen Gottes beleidigen. Einen einzigen Stoß mit der schweren Klinge, und dann hinaus mit der Leiche auf den Scheiterhaufen. Der Arm mit dem Messer straffte sich bereits zu dem tiefen Stich, da fiel das Weib schwach über den Körper des Mannes, den es liebte.

In stummer Zärtlichkeit streichelten ihre Hände sein nacktes Fleisch; sie bedeckte seine Stirn, seine Augen, seine Lippen mit heißen Küssen. Sie warf sich über ihn, als ob sie ihn mit ihrem Körper vor dem schrecklichen Lose beschützen wollte, das sie ihm selbst bestimmt hatte, und in zitternden, jammervollen Tönen bettelte sie um seine Liebe. Stundenlang blieb die liebeglühende Dienerin des Feuergottes im Banne ihrer Leidenschaft, bis der Schlaf sie bezwang und sie ohne Besinnung neben den Mann hinstreckte, dem sie Marter und Tod geschworen hatte. Und Tarzan schlief, unbekümmert um die Zukunft, friedlich in Las Armen. Beim ersten Anflug vom Morgengrauen erweckte der Gesang der Priester von Opar Tarzan. In leisen, unterdrückten Tönen begonnen, schwoll der Klang bald zum Umfang der Posaune barbarischer Blutlust. La regte sich. Ihr schöngemeißelter Arm drückte Tarzan an sich. Ein Lächeln öffnete ihre Lippen, als sie erwachte, das langsam erstarb, während ihre Augen vor Entsetzen immer größer wurden, je weiter ihre wiederkehrende Besinnung den Todesgesang verstand.

Liebe mich, Tarzan! rief sie. Liebe mich, und ich will dich retten.

Tarzans Fesseln schmerzten. Er litt die Qualen langer Blutstauung. Mit einem ärgerlichen Brummen warf er sich herum und drehte ihr den Rücken zu. Da hatte sie ihre Antwort! Die Hohepriesterin sprang auf die Füße. Heiße Schamröte übergoß ihre Wangen, um tödlicher Blässe Platz zu machen, als sie in die Tür ihrer Hütte trat.

Herbei, ihr Priester des flammenden Gottes! rief sie. Macht das Opfer bereit.

Die entarteten Geschöpfe traten vor und kamen in die Hütte, legten Hand an Tarzan und trugen ihn hinaus. Sie sangen dabei und schwenkten ihre krummen Körper im Takte zu ihrem Gesang von Blut und Tod hin und her.

Hinter ihnen her schritt La. Auch sie schwankte, aber nicht im Takte mit dem Gesang. Bleich und verzerrt war das Antlitz der Hohepriesterin – bleich und verzerrt durch unerwiderte Liebe und fürchterliches Entsetzen vor dem Augenblick, der nun kommen mußte. Und doch blieb La fest bei ihrem Entschlusse. Der Ungetreue mußte sterben. Der Verächter ihrer Liebe sollte den Preis dafür auf dem feurigen Altar zahlen. Sie sah, wie sie den herrlichen Körper dort auf die rauhen Zweige legten, sie sah, wie der Hohepriester – der Gatte, welchen ihr der Brauch bestimmte – krumm, krüppelig, knorrig, verkümmert und abstoßend mit der brennenden Fackel vortrat und nur auf ihren Befehl wartete, um sie an die Scheite rund um den Brandopferaltar zu legen. Sein behaartes, tierisches Gesicht bleckte vor Vorfreude grinsend die Zähne. Eine Hand hielt er wie einen Becher, um das Lebensblut des Opfers aufzufangen, den roten Nektar, welchen sie in Opar in ihre goldenen Opferbecher gefüllt hätten.

Das Angesicht der aufgehenden Sonne zugekehrt, ein Gebet an die feurige Gottheit ihres Volkes auf den Lippen, trat La mit erhobenem Messer näher. Der Hohepriester sah sie fragend an – seine Fackel war schon ganz kurz bis zur Hand heruntergebrannt und die Scheite lagen so verführerisch nahe. Tarzan schloß die

Augen und wartete auf sein Ende. Er wußte, daß er zu leiden haben würde, denn er erinnerte sich schwach früherer Brandwunden. Er wußte, daß er unter Qualen sterben mußte, aber er zuckte nicht mit der Wimper. Für die Geschöpfe der Dschungel, die täglich Hand in Hand mit dem Gespenst des Todes einhergehen, und alle Jahre ihres Lebens hindurch nächtlich an seine Seite gebettet sind, hat der Tod nichts Besonderes auf sich. Es ist fraglich, ob der Affenmensch überhaupt daran dachte, was nach dem Tode kommen könnte. In der Tat war sein Geist beim Nahen des Todes mit Gedanken an seine verlorenen hübschen Kiesel beschäftigt, obgleich sein Wahrnehmungsvermögen für die Umwelt ungetrübt war.

Er fühlte, daß sich La über ihn lehnte und öffnete die Augen. Er sah ihr bleiches, verzerrtes Gesicht und die Tränen, die ihr die Augen blendeten.

Tarzan, mein Tarzan! stöhnte sie. Sage mir, daß du mich liebst – daß du mit mir nach Opar gehst, und du sollst am Leben bleiben. Dem Zorne meines Volkes trotzend, will ich dich erretten. Ich gebe dir noch eine letzte Gelegenheit. Was gibst du mir für eine Antwort? Im letzten Augenblick hatte das Weib in ihr über die Hohepriesterin einer grausamen Religionsübung gesiegt. Sie sah das einzige Geschöpf, das je ein Feuer der Liebe in ihrem jungfräulichen Busen erweckt hatte, auf dem Altar liegen. Sie sah auch das vertierte Gesicht des Fanatikers, der eines Tages ihr Gatte werden mußte, wenn sie keinen weniger abstoßenden fand, wie er mit der brennenden Fackel bereitstand, um den Scheiterhaufen zu entzünden. Aber trotz all ihrer tollen Leidenschaft für den Affenmenschen würde sie Befehl zum Anzünden geben, wenn Tarzans letzte Antwort unbefriedigend war. Mit wogendem Busen beugte sie sich über ihn. Ja oder Nein? flüsterte sie.

Aus weiter Entfernung kam schwach ein Laut aus der Dschungel, der plötzlich Tarzans Augen hoffnungsfreudig aufleuchten ließ. Er erhob seine Stimme und stieß einen so wilden Schrei aus, daß La ein oder zwei Schritte zurücktaumelte. Der ungeduldig werdende Priester brummte und schob die Fackel aus einer Hand in die andere, während er sie immer näher an den Zunder unten am Scheiterhaufen hielt.

Deine Antwort! drängte La. Welche Antwort gibst du La von Opar auf ihre Liebe?

Der Ton, welcher Tarzans Aufmerksamkeit auf sich gelenkt hatte, kam näher, und nun hörten ihn auch die anderen – es war das schrille Trompeten eines

Elefanten. Als La mit weit aufgerissenen Augen in Tarzans Antlitz starrte, um ihr Schicksal, Glückseligkeit oder Herzzerbrechen, daraus zu lesen, sah sie, wie ein Ausdruck der enttäuschten Trauer Seine Züge beschattete. Jetzt zum ersten Male ahnte sie, was Tarzans schriller Schrei bedeutet hatte – er hatte Tantor, den Elefanten, zu Hilfe gerufen. Las Brauen schlossen sich zu einem zornigen Stirnrunzeln zusammen.

Du verschmähst La! schrie sie. Dann stirb! Legt die Fackeln an! befahl sie, sich zu den Priestern wendend. Tarzan sah ihr voll in das Gesicht.

Tantor kommt hierher, sagte er. Ich dachte, er würde mich retten, aber an seiner Stimme merke ich, daß er mich und dich und alle, die ihm in den Weg kommen, töten wird. Mit der Schlauheit des Leoparden Sheeta wird er die Fliehenden in ihren Versteckplätzen aufsuchen, denn Tantor ist toll vor Liebesraserei.

La kannte die irrsinnige Wildheit eines männlichen Elefanten während der Brunst nur zu gut. Sie wußte, daß Tarzan nicht übertrieb. Sie wußte, daß die Teufelei in dem schlauen, grausamen Gehirn des riesigen Tieres dieses auf der Jagd nach den seinem ersten Ansturm Entkommenen durch den ganzen Wald umhertreiben konnte, ebensogut wie die Bestie, ohne sich umzudrehen, vorbeistürzen konnte – keiner konnte das vorhersagen.

La, ich kann dich nicht lieben, sagte Tarzan leise. Den Grund dafür weiß ich nicht, denn du bist sehr schön. Niemals könnte ich mit dir zurückgehen und in Opar leben – habe ich doch die ganze große Dschungel als mein Reich. Nein, lieben kann ich dich nicht, aber ich kann dich auch nicht unter den Stoßzähnen des tollgewordenen Tantor sterben lassen. Schneide meine Fesseln durch, ehe es zu spät ist. Er kommt gleich über uns. Schneide sie durch, dann kann ich dich noch retten.

Eine dünne Fahne wirbelnden Rauches stieg von einer Ecke des Scheiterhaufens auf – die Flammen leckten knisternd nach oben. La, auf Tarzan und die sich ausbreitenden Flammen starrend, stand da wie eine schöne Statue der Verzweiflung. Noch einen Augenblick, dann hatten ihn die Flammen erreicht und eingehüllt. Aus dem dichten Forst kam das Geräusch brechender Äste und krachender Stämme – Tantor kam wie ein ungeheures Rammschiff der Dschungel auf sie losgestürmt. Die Priester wurden unruhig. Sie warfen angstvolle Blicke nach dem herannahenden Elefanten und dann wieder auf La.

Flieht! befahl sie ihnen, bückte sich und zerschnitt die Fesseln an Händen und Füßen ihres Gefangenen. Tarzan stand in einem Augenblick auf dem Boden. Die Priester kreischten vor Zorn und Enttäuschung. Der eine mit der Fackel machte drohend einen Schritt auf La und den Affenmenschen zu.

Verräterin! schrie er dem Weibe zu, dafür sollst auch du sterben. Er schwang seine Keule und stürzte sich auf die Hohepriesterin, aber Tarzan war vor ihm da, warf sich auf ihn, packte die erhobene Keule und entriß sie der Hand des wahnwitzigen Fanatikers. Nun ging ihm der Priester mit Zähnen und Nägeln zu Leibe. Tarzan packte den kurzbeinigen, plumpen Kerl mit seinen mächtigen Fäusten, hob ihn hoch empor und schleuderte ihn mitten unter seine Genossen, die schon gesammelt bereitstanden, sich auf ihren bisherigen Gefangenen zu werfen. La stand stolz mit gezücktem Messer hinter dem Affenmenschen. Kein Zeichen schwächlicher Furcht verriet ihr schönes Angesicht – nur ein Ausdruck hochmütiger Verachtung für ihre Priester und unverhehlter Verwunderung für den Mann, den sie so hoffnungslos liebte, zeigte, welche Gedanken sie erfüllten.

Aber mit einem Male brach jetzt der tollwütige Elefant auf die Szene – ein Tier mit riesigen Stoßzähnen, dessen kleine Augen in der Wut des Wahnsinns flammten. Die Priester standen einen Augenblick wie vor Schreck gelähmt, aber Tarzan wandte sich um, nahm La auf seine Arme und raste auf den nächsten Baum zu. Mit schrillem Trompetenton stürzte Tantor hinter ihm her. La hatte ihre beiden weißen Arme um des Affenmenschen Hals geschlungen. Sie spürte, wie er in die Luft hinaufsprang und staunte über seine Kraft und Gewandtheit, wie er, trotzdem er mit ihrem Gewicht beschwert war, gelenkig auf die unteren Zweige eines großen Baumes sprang und sie rasch aus dem Bereiche von des Dickhäuters geschmeidigem Rüssel nach oben trug.

Da er im Augenblick an dieser Stelle nicht wußte, was er machen sollte, schwenkte der große Elefant herum und warf sich auf die unglücklichen Priester, die nun, außer sich vor Schrecken, nach allen Richtungen auseinanderrannten. Den ersten durchbohrte er mit einem Stoßzahn und schleuderte ihn hoch hinauf in die Zweige eines Baumes. Dann packte er einen in der Umschlingung seines Rüssels und zerschmetterte ihn am Stamme eines Baumes, worauf er den zermalmten Haufen Fleisch fallen ließ, um trompetend hinter dem nächsten herzustürzen. Noch zwei weitere zertrampelte er unter seinen ungeheuren Füßen, ehe die übrigen in der Dschungel verschwunden waren. Nunmehr wendete Tantor seine Aufmerksamkeit wieder Tarzan zu, denn eins der Kennzeichen für diese Tollwut ist die Verkehrung der Gefühle in das Gegenteil

– Gegenstände der Zuneigung im Normalzustande werden dann das Ziel wahnsinnigen Hasses. Die eigenartige Liebe, die zwischen dem Affenmenschen und dem Stamme Tantors bestand, war in den ungeschriebenen Annalen der Dschungel geradezu sprichwörtlich. Kein Elefant hätte dem Tarmangani – dem weißen Affen – etwas getan. Aber im Banne der Brunsttollheit suchte das große Männchen den alten Spielgefährten zu vernichten.

Tantor, der Elefant, kehrte zu dem Baum zurück, auf welchem La und Tarzan saßen. Er richtete sich mit den Vorderfüßen am Stamme auf und reichte mit seinem langen Rüssel weit hinauf nach ihnen. Aber Tarzan hatte das vorausgesehen und war über den äußersten Bereich des Tieres hinaufgeklettert. Der Mißerfolg stachelte die Tollheit des rasenden Geschöpfes nur noch weiter an. Er brüllte, trompetete und kreischte, daß die Erde unter dem mächtigen Umfang der Stimme zitterte. Dann stemmte er den Kopf gegen den Baum und stieß mit seiner Riesenkraft dagegen, daß der Stamm sich bog, aber er hielt noch.

Tarzans Verhalten war in diesem Falle ganz eigenartig. Hätte Numa, Sabor, Sheeta oder irgendein anderes Tier der Dschungel gesucht, ihn zu verderben, dann wäre der Affenmensch heruntergetanzt und hätte seinem Gegner Wurfgeschosse und Beschimpfungen entgegengeschleudert. Er hätte dann geschimpft und geärgert und in den ihm so geläufigen „Dschungelfischmarkt“-Ausdrücken geschmäht. Aber jetzt saß er schweigend außer Tantors Bereich, und auf seinem hübschen Gesicht malte sich ein Ausdruck tiefer Trauer und des Bedauerns, denn von allem Dschungelvolk war Tantor Tarzan der liebste. Wenn er ihn hätte töten können, würde er nicht einmal daran gedacht haben. Sein einziger Gedanke war auf Entkommen gerichtet, denn er wußte, sobald die Brunst vorbei war, wurde Tantor wieder vernünftig, und er konnte sich wieder in voller Länge behaglich auf dem großen Rücken ausstrecken und den großen, klappenden Ohren närrische Dinge erzählen.

Als Tantor herausfand, daß der Baum unter seinen Stößen nicht umfiel, steigerte sich seine Wut noch. Er blickte zu den zwei hoch oben über ihm Sitzenden hinauf, seine rotumränderten Augen flammten vor irrsinnigem Haß, dann wand er seinen Rüssel um den Stamm des Baumes, stellte sich breitbeinig hin und suchte die Wurzeln des Dschungelriesen herauszureißen. Tantor war ein ungeheures Geschöpf, ein enormes Männchen in der vollsten Blüte seiner ganzen erstaunlichen Kraft. Mit aller Macht zog er, bis auf einmal zu Tarzans Bestürzung die Wurzeln des großen Baumes langsam nachgaben. Der Erdboden hob sich zu einem kleinen Wall, der in Rippen nach dem Baumstamm zu verlief, der Baum selbst neigte sich – noch einen Augenblick, und er mußte entwurzelt umfallen. Der Affenmensch riß La auf seinen Rücken und schwang sich gerade, als der Baum sich langsam als erstes Anzeichen des dann rasch folgenden völligen Umstürzens neigte, auf die Zweige eines etwas kleineren Nachbarn. Es war ein weiter und gefahrvoller Schwung. La schloß schaudernd die Augen, aber als sie diese wieder öffnete, fand sie sich in Sicherheit, während Tarzan mit ihr durch den Wald davoneilte. Hinter ihnen krachte der entwurzelte Stamm schwer zu Boden und riß die kleineren im Wege stehenden Bäume mit um. Tantor fand jetzt heraus, daß ihm seine Beute entschlüpft war und machte sich erneut mit fürchterlichem Trompeten an die Verfolgung ihrer Fährte.

## Trotz Priesteramt noch Weib

Anfangs schloß La die Augen und klammerte sich voll Entsetzen an Tarzan, obgleich sie keinen Schrei ausstieß. Aber bald faßte sie genügend Mut, um sich umzuschauen, in die Tiefe auf den Boden hinabzublicken, und selbst, um die Augen während der weiten, gefahrvollen Sprünge von Baum zu Baum offen zu halten. Dann kam ein aus dem Zutrauen in die körperliche Vollkommenheit des Wesens, von dessen Kraft, Nerv und Gewandtheit ihr Leben abhing, geborenes Gefühl völliger Sicherheit über sie. Einmal hob sie sogar ihre Augen zur strahlenden Sonne und murmelte ein Dankgebet zu ihrem Heidengott, daß er ihr nicht erlaubt hatte, diesen göttergleichen Menschen zu töten und ihre langen Wimpern wurden von Tränen feucht. La von Opar war ein in sich merkwürdiger Widerspruch – ein durch die Umstände von widerstreitenden Gefühlen zerrissenes Geschöpf. Bald das grausame und blutdürstige Werkzeug eines herzlosen Gottes, bald wieder ein vor Leidenschaft und Zärtlichkeit in Tränen zerfließendes Weib, jetzt die verkörperte Eifersucht und Rachsucht und dann wieder ein schluchzendes, edelmütiges, versöhnliches Mädchen. In einer Person keusche Jungfrau und liebestolle Närrin, aber stets – ein Weib. So war La.

Sie schmiegte ihre Wange eng an Tarzans Schulter. Langsam hob sie den Kopf, bis ihre glühenden Lippen sich gegen sein Fleisch preßten. Sie liebte ihn und wäre freudig für ihn gestorben. Und doch war sie vor einer halben Stunde bereit gewesen, ihm das Messer ins Herz zu stoßen und war es vielleicht in der nächsten Stunde wieder.

Einen unglücklichen, in der Dschungel Schutz suchenden Priester brachte sein Geschick dem tobenden Tantor zu Gesicht. Das mächtige Tier schwenkte auf die Seite, warf sich auf den krüppeligen, kleinen Burschen, tötete ihn und tappte dann, von seinem Ziele abgelenkt, nach Süden weiter. In wenigen Minuten verlor sich der Lärm seines Trompetens in der Ferne.

Tarzan sprang auf den Boden herab und La glitt von seinem Rücken auf ihre Füße.

Rufe deine Leute zusammen, sagte Tarzan.

Sie werden mich töten, erwiderte La.

Das werden sie nicht tun, widersprach ihr der Affenmensch. Keiner wird dich töten, so lange Affentarzan hier ist. Rufe sie, und wir wollen mit ihnen reden.

La erhob ihre Stimme zu einem eigentümlichen, flötentonähnlichen Ruf, der weithin die Dschungel durchdrang. Von nah und ferne kamen als Antwort Rufe in den bellenden Tönen der oparischen Priester: Wir kommen! Wir kommen! Wieder und wieder ließ La ihren Ruf ertönen, bis der größte Teil ihres Gefolges einzeln und paarweise herbeikam und in einiger Entfernung von der Hohepriesterin und ihrem Erretter halten blieb. Mit zusammengezogenen Brauen und drohenden Mienen standen sie da. Als alle da waren, redete Tarzan sie an.

Eure La ist gerettet, sagte der Affenmensch. Wenn sie mich getötet hätte, wäre sie jetzt selbst tot und viele von euch dazu. Aber sie schonte mich, damit ich sie retten konnte. Begebt euch nun mit ihr nach Opar zurück und Tarzan wird seines Weges in die Dschungel gehen. Von nun an sei für immer Friede zwischen Tarzan und La. Was habt ihr darauf zu sagen?

Die Priester brummten und schüttelten ihre Köpfe. Sie sprachen miteinander, und La und Tarzan konnten bemerken, daß sie dem Vorschlage keinerlei Neigung entgegenbrachten. Sie hatten keine Lust, La wieder mit nach Opar zu nehmen, aber sie wollten unbedingt Tarzan dem Feuergotte noch zum Opfer bringen. Schließlich wurde Tarzan ungeduldig.

Ihr habt dem Befehl eurer Königin zu gehorchen, sagte er, und habt sie nach Opar zurückzubringen, sonst ruft Tarzan die übrigen Geschöpfe der Dschungel herbei und läßt euch alle töten. La schonte mich, damit ich sie und euch retten konnte. Lebend konnte ich euch besser dienlich sein, als ich es tot vermocht hätte. Wenn ihr nicht allesamt Narren seid, laßt ihr mich in Frieden meiner

Wege gehen und kehrt mit La nach Opar zurück. Ich weiß nicht, wo sich das heilige Messer befindet, aber ihr könnt ein neues anfertigen. Wenn ich es La nicht abgenommen hätte, würdet ihr mich erschlagen haben. Und euer Gott muß nunmehr eigentlich froh sein, daß ich es nahm, denn ich habe inzwischen seine Priesterin vor dem liebestollen Tantor gerettet. Werdet ihr jetzt mit La noch Opar zurückziehen und versprechen, daß ihr kein Leid geschehen soll?

Die Priester sammelten sich in eifriger Rede und Gegenrede in einem kleinen Haufen. Sie trommelten sich mit den Fäusten auf die Brust, hoben Augen und Hände zu ihrem Feuergott und knurrten und bellten miteinander, bis es Tarzan klar wurde, daß einer unter ihnen der Annahme seines Vorschlages entgegenarbeitete. Es war der Hohepriester, dessen Herz mit eifersüchtigem Grimm erfüllt war, weil La offen ihre Liebe zu dem Fremden bekannt hatte, während sie nach dem uralten Brauch ihrer Religion hätte die Seine werden müssen. Anscheinend ließ sich keine Lösung der Streitfrage finden, bis endlich ein anderer Priester vortrat und mit hocherhobener Hand La anredete.

Der Hohepriester Cadsch, erklärte er, möchte euch alle beide dem Feuergotte opfern, aber wir alle außer Cadsch würden gerne wieder mit unserer Königin nach Opar heimziehen.

Ihr seid viele gegen einen, entgegnete ihm Tarzan. Warum sollt ihr euren Willen nicht durchsetzen? Macht euch mit La auf euren Weg nach Opar, und falls Cadsch Einspruch erheben sollte, tötet ihn.

Die Priester von Opar begrüßten diesen Rat mit lauten Beifallsrufen. Ihnen kam er wie eine göttliche Offenbarung vor. Die Einwirkung eines jahrtausendelangen unbestrittenen Gehorsams gegenüber den Hohepriestern hatte es ihnen unmöglich erscheinen lassen, seine Autorität in Frage zu ziehen. Aber als ihnen klargemacht wurde, daß sie ihn ja unter ihren Willen beugen konnten, waren sie so glücklich wie Kinder mit einem neuen Spielzeug.

Sie sprangen auf Cadsch los und packten ihn. In lautem drohendem Tone schrien sie ihm in die Ohren und bedrohten ihn mit Keulen und Messern, bis er schließlich, wenn auch mit verbissener Wut, in ihre Forderung willigte, und dann trat Tarzan dicht vor Cadsch. Priester, sagte er, La kehrt jetzt unter dem Schutze ihrer Priester nach ihrem Tempel zurück, und Affentarzan droht dazu, daß jeder, der ihr ein Leid tut, sterben soll. Tarzan wird Opar noch vor der nächsten Regenzeit wieder aufsuchen, und sollte La bis dahin ein Leid geschehen sein, dann wehe dem Hohepriester Cadsch.

Mürrisch gelobte Cadsch, seiner Königin nichts zu tun. Beschützt sie, rief Tarzan den übrigen Opariern zu. Beschützt sie, damit, wenn Tarzan wiederkommt, er La vorfinde, um sie zu begrüßen.

La wird zu deiner Begrüßung da sein, rief die Hohepriesterin, und La wird voll Sehnsucht, stets voll Sehnsucht warten, bis du wiederkommst. Oh, versprich mir, daß du kommen wirst!

Wer weiß? fragte der Affenmensch, während er sich rasch auf die Bäume schwang und gegen Osten davoneilte.

Einen Augenblick stand La und sah ihm nach, dann ließ sie ihr Haupt sinken, ein Seufzer entfloh ihren Lippen, und gebrochen wie eine gealterte Frau nahm sie ihren Rückmarsch nach dem fernen Opar auf.

Affentarzan eilte auf den Bäumen davon, bis sich die dunkle Nacht auf die Dschungel herabsenkte, dann legte er sich zum Schlafe nieder, ohne für den morgigen Tag mehr als den Schatten einer Erinnerung selbst von La im Bewußtsein zu behalten.

Derweil sah ein paar Tagemärsche weiter nach Norden Lady Greystoke dem Tage entgegen, an dem ihr mächtiger Herr und Gebieter Achmed Zeks Untat entdecken und zur Rettung und Vergeltung herbeieilen würde. Aber während sie sich die Ankunft John Claytons ausmalte, hockte der Gegenstand ihrer Gedanken fast unbekleidet neben einem gestürzten Baumstamm, unter dem seine rauhen Finger nach einem vielleicht vorhandenen Käfer oder einer schmackhaften Puppe suchten.

*

Seit dem Diebstahl der Edelsteine waren schon zwei volle Tage vergangen, ehe Tarzan wieder an sie dachte. Als sie ihm dann gerade ins Gedächtnis kamen, fühlte er plötzlich das Verlangen, wieder mit ihnen zu spielen. Da er weiter nichts zu tun hatte, als der ersten besten Laune, die ihn packte, Folge zu leisten, erhob er sich und machte sich von dem Walde, in dem er die vorhergehende Nacht verbracht hatte, über die Ebene auf den Weg.

Obgleich keine Bezeichnung die Stelle angab, an der die Edelsteine vergraben worden waren, und obgleich der betreffende Fleck dem übrigen Gelände auf eine mehrere Meilen lange Strecke bis dahin, wo der Rand des Röhrichts am Grasland endete, durchaus gleich war, begab sich doch der Affenmensch mit untrüglicher Bestimmtheit genau an die Stelle, an der er seinen Schatz verborgen hatte.

Mit dem Jagdmesser brach er den losen Boden auf, unter dem seine Tasche sein mußte. Aber obgleich er ein weit größeres Loch im Umkreis aushob, als das ursprüngliche gewesen war, fand er von Tasche oder Juwelen keine Spur mehr. Tarzans Stirn umwölkte sich, als er bemerkte, daß er beraubt worden war. Es war wenig oder gar kein Nachdenken nötig, um ihn über die Persönlichkeit des Schuldigen klar werden zu lassen, und mit der nämlichen Kürze, die seinen Entschluß, die Edelsteine auszugraben, gekennzeichnet hatte, machte er sich auf die Spur des Diebes.

Obgleich die Fährte zwei Tage alt und an vielen Stellen eigentlich völlig verwischt war, folgte ihr Tarzan doch mit verhältnismäßiger Leichtigkeit. Ein weißer Mann hätte sie zwölf Stunden, nachdem sie gemacht war, keine zwanzig Schritt weit verfolgen können, ein Schwarzer hätte sie nach der ersten Meile verloren, aber Affentarzan war seit seiner Kindheit gezwungen gewesen, andere Sinne, als sie der gewöhnliche Sterbliche je braucht, zu entwickeln.

Wir bemerken vielleicht den Geruch nach Knoblauch und Schnaps im Atem eines Bruder Straubinger oder das billige Parfüm, das die Person einer vor uns sitzenden Dame ausströmt, und wir beklagen dann, daß unsere Geruchsnerven so empfindlich sind. Aber bei Lichte betrachtet, können wir überhaupt nicht mehr riechen, denn unsere Geruchsorgane sind praktisch genommen verkümmert, wenn wir sie mit den hochentwickelten Sinnen der in der Wildnis lebenden Tiere vergleichen.

Wo ein Fuß hingetreten hat, bleibt beträchtliche Zeit eine Ausdünstung haften. Das ist jenseits der Wahrnehmungsfähigkeit unserer Sinne. Aber für die Geschöpfe der niedrigen Tiergattung, zumal für die, welche entweder Jagende oder Gejagte sind, ist eine solche Ausdünstung so vielsagend und klar wie für uns die Druckseite eines Buches.

Aber Tarzan hing nicht allein von seinem Geruchssinn ab. Gesicht und Gehör waren durch die Anforderungen seiner ersten Jugend, als das am Lebenbleiben täglich von der Ausübung der schärfsten Wachsamkeit und dem ständigen Gebrauch aller Fähigkeiten abhing, zu einem erstaunlichen Grade bei ihm entwickelt.

Er folgte also der alten Spur des Belgiers durch den Wald nach Norden zu. Aber da die Fährte schon so alt war, war sein Vorwärtskommen dabei alles andere denn rasch. Der fliehende Mann hatte schon zwei Tage Vorsprung, als Tarzan die Verfolgung aufnahm, so daß er jeden Tag vor dem Affenmenschen mehr Vorsprung gewann. Indessen hatte der letztere über den Ausgang nicht den mindesten Zweifel. Eines schönes Tages würde er seine Beute schon erreichen – er konnte es in Ruhe abwarten, bis dieser Tag kam. Einstweilen folgte er verbissen der Fährte und hielt bei Tage nur an, um zu jagen und zu essen, sowie nachts, um ein wenig zu schlafen und sich auszuruhen.

Gelegentlich kam er an einzelnen Abteilungen eingeborener Krieger vorbei; aber er ging im weiten Bogen um sie herum, denn er wollte sich nicht durch kleine Zwischenfälle auf der Fährte vom Ziele seiner Jagd abbringen lassen.

Die erwähnten Abteilungen waren die sich sammelnden Horden der Waziri und ihrer Verbündeten, zu deren Aufruf Basuli seine Boten weithin über das Land verstreut hatte. Sie zogen alle zu einem gemeinsamen Sammelpunkt, um den Angriff auf Achmed Zeks befestigtes Lager vorzubereiten. Aber für Tarzan waren sie Feinde – er war sich keiner freundschaftlichen Erinnerung an schwarze Menschen mehr bewußt.

Es war Nacht, als er außen vor dem palisadenumgebenen Dorfe des räuberischen Arabers hielt. Von seinem Sitze auf den Zweigen eines großen Baumes starrte Tarzan auf das Leben und Treiben im Innern der Einfriedigung. Die Fährte hatte ihn an diesen Platz geführt. Also mußte seine Beute wohl drin sein; aber wie sollte er sie aus so vielen Hütten herausfinden? Obgleich Tarzan die Möglichkeiten, die in seinen großen Fähigkeiten gegeben waren, vollauf kannte, war er sich doch auch über die Grenzen klar, die ihnen gezogen waren. Er wußte, daß er es mit einer so großen Zahl nicht im offenen Kampfe aufnehmen konnte. Wenn er Erfolg haben wollte, mußte er zu den verstohlenen Listen der wilden Tiere seine Zuflucht nehmen.

Tarzan saß auf seinem sicheren Sitz auf einem Baum, kaute bedächtig an einem Schinken des Ebers Horta und wartete auf eine günstige Gelegenheit zum Betreten des Dorfes. Eine Weile benagte er die dicken runden Enden des großen Knochens, splitterte kleine Stücke davon mit sein starken Zähnen ab und sog das köstliche Mark heraus. Aber die ganze Zeit über spähte er immer wieder nach dem Dorfe. Er sah weißgekleidete Gestalten und halbnackte Schwarze, aber nicht ein einziges Mal erblickte er einen, der dem Dieb seiner Steine ähnlich gesehen hätte.

Geduldig wartete er, bis die Straßen von allen außer den Posten an den Toren verlassen waren, dann sprang er behend auf den Boden, begab sich im Bogen auf die entgegengesetzte Seite des Dorfes und näherte sich der Palisade.

An seiner Seite hing ein langer Riemen aus Rohhaut – die natürliche und verläßlichere Weiterentwicklung des Grasseiles aus seiner Kindheit. Er machte ihn los, legte die ausgebreitete Schlinge hinter sich auf den Boden, ein kurzer Ruck seines Handgelenkes, und die Leine saß auf einer der geschärften Spitzen oben auf der Palisade.

Er zog die Schlinge fest und prüfte die Festigkeit ihres Sitzes. Als der Affenmensch sie befriedigend fand, lief er mit beiden Händen das Seil greifend gewandt an der senkrechten Wand in die Höhe. Einmal oben auf der Spitze, genügte ihm ein Augenblick, um das herabhängende Seil aufzunehmen, es wieder in seine Ringe zu legen und um den Gürtel zu schlingen. Er tat einen raschen Blick von der Palisade hinab, um sich zu vergewissern, daß niemand unten auf ihn lauerte, dann ließ er sich leicht auf den Boden hinabfallen. Nun war er im Dorfe. Vor ihm lag eine Reihe von Zelten und die Hütten der Neger. Die Arbeit, sie alle einzeln nacheinander zu untersuchen, war mit Gefahr verknüpft; aber Gefahr war im Rahmen eines jeglichen Tagewerkes nur ein ganz naturgemäßer Faktor – Tarzan ließ sich dadurch nicht schrecken. Im Gegenteil, Wagnisse auf Leben und Tod, solche Wagnisse, die seine Geschicklichkeit und seine Fähigkeiten gegen die eines würdigen Gegners auf die Probe stellten, zogen ihn an.

Es war gar nicht nötig, daß er jede Behausung – sei es durch das Tor, durch ein Fenster oder durch eine Lücke – betrat, sein Geruchssinn sagte ihm, ob seine Beute darin verborgen lag oder nicht. Eine Zeitlang folgte für ihn rasch hintereinander eine Enttäuschung auf die andere. Nirgends war eine Spur von dem Belgier zu entdecken. Aber zuletzt kam er an ein Zelt, in dem die Witterung des Diebes stark war. Tarzan hielt sein Ohr nahe an die hintere Zeltwand und lauschte, aber kein Laut drang aus dem Innern. Schließlich schnitt er eine der Zeltleinen durch, hob die Leinwand vom Boden etwas hoch und schob seinen Kopf ins Innere des Zeltes. Alles war still und dunkel. Tarzan kroch vorsichtig hinein – die Witterung des Belgiers war sehr stark, aber es war nicht die Witterung des lebenden Körpers. Noch ehe er das Innere genau untersucht hatte, wußte Tarzan, daß niemand im Zelte war.

In der einen Ecke fand er einen Haufen Decken und herumgestreuter Bekleidungsstücke, aber seine Tasche mit den hübschen Kieseln fand er nicht. Eine sorgfältige Prüfung des übrigen Zeltes enthüllte ihm weiter nichts, wenigstens nicht, was auf die Anwesenheit der Edelsteine hingedeutet hätte. Aber an der Seite, an der die Decken und Kleider lagen, entdeckte der

Affenmensch, daß die Zeltwand vom Boden gelöst worden war, und merkte alsbald, daß der Belgier erst kürzlich auf diesem Wege das Zelt verlassen hatte. Tarzan besann sich nicht lange, seiner Beute auf diesem Wege zu folgen. Die Spur hielt sich stets im Schatten, auf der Rückseite der Hütten und Zelte des Dorfes – es war Tarzan vollkommen klar, daß der Belgier allein und heimlich sich an sein Vorhaben gemacht hatte. Augenscheinlich fürchtete er sich vor den Bewohnern des Dorfes, oder sein Unternehmen war derart, daß er eine Entdeckung desselben nicht wagen durfte.

Auf der Rückseite einer Negerhütte führte die Fährte durch ein kleines, neuerdings in die aus Zweigen bestehende Wand geschnittenes Loch und damit in das dunkle Innere der Hütte hinein. Furchtlos folgte Tarzan der Spur. Auf allen vieren kroch er durch die kleine Öffnung. Im Innern der Hütte trafen vielerlei Gerüche seine Nase, aber klar und deutlich erweckte einer davon halb und halb eine schlafende Erinnerung an die Vergangenheit – es war der schwache und zarte Geruch eines Weibes. Mit dieser Wahrnehmung entstand in der Brust des Affenmenschen eine merkwürdige Unbehaglichkeit – das Ergebnis einer unwiderstehlichen Gewalt, mit der er von neuem bekannt werden sollte – der Instinkt, welcher den Mann zu seiner Gattin zieht.

In der gleichen Hütte fand sich außerdem die Witterung des Belgiers, und als beide zusammen, eine mit der anderen vermischt, die Geruchsnerven des Affenmenschen trafen, tobte und brannte ein eifersüchtiger Grimm in ihm, obgleich der Spiegel der Erinnerung seinem Gedächtnis keinerlei Bild des weiblichen Wesens zeigte, an das ihn seine Sehnsucht gefesselt hielt. Die Hütte war ebenso leer, wie das von ihm untersuchte Zelt. Sobald er sich daher davon überzeugt hatte, daß die ihm gestohlene Tasche nirgends darin verborgen war, verließ er sie wieder auf demselben Wege, auf dem er sie betreten hatte, durch das Loch in der Hinterwand.

Hier nahm er von neuem die Fährte des Belgiers auf, folgte ihr über den freien Platz, über die Palisade und darüber hinaus hinein in die dunkle Dschungel.

## Der abessinische Jagdtrupp

Sobald Werper die Attrappe in seinem Bett zurechtgemacht hatte, schlich er sich unter der Rückwand seines Zeltes durch in das dunkle Lager hinaus und begab sich geradewegs zu der Hütte, in der Jane gefangengehalten wurde.

Vor der Tür hockte ein schwarzer Wachtposten. Werper näherte sich ihm kühn, sagte ihm ein paar Worte ins Ohr, gab ihm ein Päckchen Tabak und betrat die Hütte. Der Neger grinste und blinzelte, als der Europäer im Dunkel des Inneren verschwand.

Der Belgier konnte sich natürlich, als einer der vornehmlichsten von Achmed Zeks Leutnants, in oder außer dem Dorfe bewegen, wie er wollte, deshalb zog der Wachtposten sein Recht, die Hütte der weißen Gefangenen zu betreten, gar nicht in Frage.

Als Werper sich in der Hütte befand, flüsterte er leise auf französisch: Lady Greystoke! Ich bin es, Monsieur Frecoult. Wo stecken Sie? Aber er bekam keine Antwort. Der Mann fühlte hastig herum, tappte blindlings mit ausgestreckten Händen durch die Finsternis. Es war niemand im Raume!

Werpers Erstaunen wuchs ins Unbeschreibliche. Er war schon drauf und dran, hinauszugehen und die Schildwache zu befragen, als seine sich an die Dunkelheit gewöhnenden Augen in der Hinterwand der Hütte nahe dem Boden einen etwas weniger dunklen Fleck bemerkten. Nähere Prüfung ergab die Tatsache, daß der Fleck eine in die Wand gebrochene Öffnung war. Sie war groß genug, um einen Körper durchzulassen. Überzeugt, wie er war, daß Lady Greystoke durch diese Öffnung einen Fluchtversuch aus dem Dorfe unternommen hatte, verlor er keine Zeit, um denselben Weg zu benützen. Er gab sich auch nicht weiter mit einer nutzlosen Nachsuche nach Jane Clayton ab.

Sein eigenes Leben hing davon ab, wieweit er Achmed Zek täuschen und ihm zuvorkommen konnte, wenn dieser Würdige erst einmal entdeckt hatte, daß er entkommen war. Sein ursprünglicher Plan hatte die Befreiung der Lady Greystoke aus zwei sehr triftigen Gründen in sich geschlossen. Der erste Grund war, daß er durch ihre Befreiung sich die Dankbarkeit der Engländer sichern konnte und damit die Möglichkeit seiner Auslieferung verringerte, für den Fall, daß seine Persönlichkeit festgestellt und das an seinem Vorgesetzten begangene Verbrechen gegen ihn anhängig gemacht wurde.

Der zweite Grund beruhte auf der Tatsache, daß ihm nur noch eine einzige Richtung zur Flucht offenstand. Nach dem Westen konnte er nicht, weil die belgischen Besitzungen zwischen ihm und dem Atlantischen Ozean lagen. Der Süden war ihm durch die gefürchtete Anwesenheit des grimmen, von ihm bestohlenen Affenmenschen versperrt. Im Norden befanden sich die Freunde und Verbündeten von Achmed Zek. Nur der Weg nach Osten, durch Britisch-Ostafrika, bot eine sichere Aussicht auf Freiheit.

Wenn er von einer vornehmen englischen Dame begleitet kam, die er vor einem schrecklichen Geschick gerettet hatte und die ihn als Franzosen namens Frecoult ausweisen würde, konnte er nicht ohne Grund auf tätige Hilfe der englischen Behörden rechnen, sobald er mit ihren ersten Außenposten in Berührung kam.

Aber nun, da Lady Greystoke verschwunden war, sah er zwar immer noch seine Hoffnung im Osten liegen, aber seine Aussichten auf Rettung hatten sich verringert, und eine andere Nebenabsicht, die er gehegt hatte, fiel völlig in sich zusammen. Vom ersten Augenblick an, seit er Jane gesehen hatte, hatte er eine heimliche Leidenschaft für die schöne amerikanische Gattin des englischen Lords empfunden, und als Achmed Zeks Entdeckung der Edelsteine eine Flucht nötig gemacht, hatte, träumte der Belgier in seinen Plänen von einer Zukunft, in der er Lady Greystoke davon überzeugen konnte, daß ihr Gatte tot sei, und in der er sie durch Anspruch auf ihre Dankbarkeit für sich gewinnen konnte.

Auf der den Toren des Dorfes entgegengesetzten Seite bemerkte Werper zwei oder drei lange Stangen, die von einem nahen Haufen, den man zum Bau von Hütten zurechtgelegt hatte, weggenommen und gegen die Zinnen der Palisade gelegt waren, so daß ein zwar schwieriger, aber nicht unmöglicher Weg zur Flucht geschaffen war.

Er schloß ganz richtig daraus, daß Lady Greystoke auf diese Weise ein Mittel zur Ersteigung der Palisade gefunden hatte, und verlor keinen Augenblick, ihrer Führung zu folgen. Sobald er in der Dschungel war, nahm er seinen Weg in östlicher Richtung auf. Einige Meilen südlich davon lag Jane keuchend auf den Ästen eines Baumes, auf den sie sich vor einer jagenden hungrigen Löwin geflüchtet hatte. Ihr Entkommen aus dem Dorfe war viel leichter gegangen, als sie sich gedacht hatte. Das Messer, mit welchem sie durch die aus Buschwerk gebaute Wand ihres Gefängnisses einen Weg zur Freiheit geschnitten hatte, hatte sie in der Wand der Hütte steckend gefunden. Zweifellos hatte es der frühere Bewohner der Hütte versehentlich zurückgelassen, als er aus ihr auszog.

Es hatte für sie nur einiger Minuten bedurft, um, sich stets im Schatten haltend, an der Rückseite des Dorfes vorbeizukommen, und der glückliche Umstand, daß sie die Balken für eine Hütte in nächster Nähe der Palisade fand, hatte für sie die Aufgabe gelöst, über die hohe Wand zu kommen.

Eine Stunde weit folgte sie der alten Wildspur nach Süden, bis ihr scharfes Gehör die verstohlenen Tritte eines sie von rückwärts beschleichenden Raubtiers vernahm. Der nächste Baum gab ihr sofortige Sicherheit, denn sie war viel zu erfahren im Dschungelleben, um ihre Sicherheit auch nur noch einen Augenblick auf das Spiel zu setzen, sobald sie merkte, daß sie gejagt wurde.

Werper hatte mit besserem Erfolge langsam seinen Weg bis Tagesanbruch verfolgt, als er zu seiner Bestürzung einen berittenen Araber auf seiner Spur fand. Es war einer von Achmed Zeks Häschern, die in großer Zahl nach allen Richtungen den Wald durchstreiften, um den flüchtigen Belgier zu suchen.

Als Achmed Zek und seine Spitzbuben aufbrachen, um Werper wieder einzuholen, war Janes Entkommen noch nicht entdeckt. Der einzige Mensch, der Werper nach Verlassen seines Zeltes noch gesehen hatte, war der schwarze Wachtposten vor dem Eingang der Hütte, in der Lady Greystoke gefangengehalten wurde, und dieser wurde durch die Entdeckung der Leiche des Mannes, der ihn abgelöst hatte – des Wachtpostens, den Mugambi in die andere Welt befördert hatte – zum Schweigen gebracht.

Der Empfänger der Bestechung nahm natürlich an, daß Werper seinen Kameraden erschlagen hatte, wagte aber aus Furcht vor Achmed Zeks Zorn nicht, einzugestehen, daß er ihn hatte die Hütte betreten lassen. Da nun das Geschick wollte, daß er der einzige war, der den Körper des Wachtpostens sah, nachdem der erste Alarm gegeben war, sobald Achmed feststellte, daß ihn Werper diesmal überlistet hatte, schleppte der schlaue Schwarze die Leiche ins Innere eines nahen Zeltes und nahm selbst wieder den Posten vor dem Hütteneingang ein, denn er war immer noch des Glaubens, daß das Weib drin sei.

Alsbald nach Erkennung des dicht hinter ihm kommenden Arabers barg sich der Belgier im Blätterwerk eines dichten Busches. An dieser Stelle lief die Fährte eine beträchtliche Strecke geradeaus durch die schattigen Waldeshallen, unter deren bogenartig überhängenden Zweigen die weißgekleidete Gestalt des Verfolgers heranritt.

Näher, immer näher kam er. Werper kauerte sich unter den Blättern seines Verstecks dichter auf den Boden. Auf der anderen Seite der Fährte bewegte sich eine Ranke. Werpers Augen hefteten sich sofort auf diesen Fleck. Es wehte kein Wind, der das Laub tief unten in der Dschungel hätte bewegen können. Wieder rührte es sich in den Ranken. Die Überlegung sagte dem Belgier, daß nur die

Anwesenheit einer unheimlichen und übelwollenden Macht diese Erscheinung erklären konnte.

Die Blicke des Mannes bohrten sich starr in den auf der anderen Seite der Fährte hängenden Blättervorhang. Langsam entdeckte er die Umrisse einer Gestalt – einer lohfarbenen, wilden und schrecklichen Gestalt, die aus gelbgrünen Augen furchterweckend über die schmale Fährte herüber gerade in die seinen starrte.

Werper hätte vor Angst schreien mögen, aber ein ebenso sicherer und nicht weniger schrecklicher anderer Todesbote kam die Fährte herunter. Vor Furcht fast gelähmt, verhielt er sich ruhig. Der Araber näherte sich. Jenseits der Fährte, Werper gegenüber, kauerte sich der Löwe zum Sprunge nieder, als der Reiter plötzlich die Aufmerksamkeit des Raubtieres auf sich zog.

Der Belgier sah den massigen Kopf sich dem Räuber zuwenden, und sein Herz hörte fast zu schlagen auf, während er das Ergebnis dieser Zwischenszene abwartete. Der Berittene kam im Schritt näher. Würde das nervöse Tier, das er ritt, vor der Witterung des Raubtiers erschrecken, und davonjagend Werper der Gnade des Königs der Tiere überlassen?

Aber das Pferd schien die drohende Gegenwart der großen Katze nicht zu ahnen. Mit gekrümmtem Hals, in Haltung gehend und auf dem Gebiß zwischen den Zähnen kauend, kam es heran. Der Belgier richtete seine Augen auf den Löwen. Die ganze Aufmerksamkeit der Bestie schien sich nun auf den Reiter zu heften. Pferd und Reiter waren jetzt auf einer Höhe mit dem Löwen, und immer noch sprang dieser nicht an. Wollte er etwa warten, bis sie vorbei waren, um erneut seine Aufmerksamkeit dem ursprünglichen Opfer zuzuwenden? Werper schauderte und erhob sich halb. In diesem Augenblick sprang der Löwe mit voller Wucht aus seinem Versteck auf den Berittenen.

Das Pferd brach mit einem schrillen Schreckenswiehern nach der Seite aus, fast über den Belgier stürzend, und der Löwe riß den hilflosen Araber aus dem Sattel, während das Pferd, wieder zurück auf die Fährte springend, nach Westen davonfloh.

Aber das Pferd floh nicht allein. Als sich das entsetzte Tier zu ihm hinübergedrängt hatte, bemerkte Werper mit Blitzesschnelle den leeren Sattel und die damit gebotene Gelegenheit. Der Löwe hatte den Araber noch nicht völlig aus dem Sattel gerissen, da packte der Belgier schon mit einer Hand in die

Mähne, mit der anderen den Sattelknauf und sprang von der entgegengesetzten Seite auf den Pferderücken.

Eine halbe Stunde später schwang sich ein nackter Riese federleicht durch die unteren Äste der Bäume, hielt an und sog mit erhobenem Kopfe und geblähten Nasenflügeln die Morgenluft ein. Ein starker Blutgeruch machte sich ihm bemerkbar und mischte sich dazu mit der Witterung des Löwen Numa. Der Riese neigte das Haupt auf die Seite und lauschte.

Aus allernächster Nähe kam von der Fährte herauf das nicht mißzuverstehende Geräusch, das ein gierig fressender Löwe verursacht. Das Krachen der Knochen, das würgende Schlucken großer Stücke, das zufriedene Knurren, alles bekundete, daß der König in der Nähe tafelte.

Tarzan näherte sich dem Fleck, hielt sich aber immer noch auf den Zweigen der Bäume. Er gab sich dabei keine Mühe, seine Annäherung zu verheimlichen, und bekam alsbald den Beweis, daß ihn Numa gehört hatte, in dem unheildrohenden, donnernden Warnungsknurren, das aus einem Dickicht neben der Fährte kam.

Tarzan blickte von einem niedrigen Zweige gerade über dem Löwen auf die greuliche Szene hinab. Sollte das unkenntlich gewordene Ding da unten etwa der Mensch sein, den er verfolgte? Der Affenmensch wunderte sich. Er war immer von Zeit zu Zeit auf die Fährte herabgestiegen und hatte seine Vermutung, daß der Belgier dieser Fährte nach Osten gefolgt war, durch Nachprüfung der Witterung bestätigt gefunden.

Zunächst begab er sich nun ein Stück über den bei seinem Mahle bleibenden Löwen hinaus, stieg auf den Boden hinab und untersuchte ihn mit der Nase. Aber er fand hier keine Witterung mehr von dem Manne, den er gejagt hatte. Tarzan kehrte wieder zu dem Baume zurück und suchte mit seinen scharfen Augen den Boden um den verstümmelten Körper nach einem Zeichen von seiner vermißten Tasche mit den hübschen Steinen ab. Aber er konnte nichts davon entdecken.

Er schalt Numa und suchte das große Tier fortzutreiben, aber nur ein zorniges Knurren beantwortete seine Bemühungen. Er riß kleine Zweige vom nächsten Ast und schleuderte sie nach seinem Erbfeind. Jetzt sah Numa wohl mit gefletschten Zähnen und tückischem Grinsen von seinem Mahle auf, aber von seiner Beute ging er doch noch nicht weg.

Nun legte Tarzan einen Pfeil auf seinen Bogen, zog den glatten Schaft weit zurück und ließ ihn mit aller Macht des zähen Holzes, das er allein biegen konnte, fliegen. Numa sprang mit einem aus Schmerz und Grimm gemischten Gebrüll auf die Füße, als der Pfeil ihm tief in die Flanke drang. Er versuchte einen nutzlosen Sprung nach dem lachenden Affenmenschen, zerrte an dem herausstehenden Ende des Pfeiles und schritt, auf die Fährte zurücktretend, unter seinem Peiniger hin und her. Jetzt schoß Tarzan erneut einen seiner raschen Pfeile ab. Diesmal saß das mit Sorgfalt gezielte Geschoß im Rückgrat des Löwen. Das große Tier hielt mitten im Schritt an und taumelte gelähmt mit einer ungeschickten Bewegung vornüber auf das Gesicht.

Tarzan sprang auf den Wildpfad hinab, lief an des Tieres Seite und trieb seinen Speer tief in das wilde Herz. Er zog sich erst seine Pfeile wieder heraus, dann wandte er seine Aufmerksamkeit den zermalmten Überresten des vom Löwen zerrissenen Opfers im Dickicht zu.

Das Gesicht fehlte. Die arabischen Kleidungsstücke ließen keinen Zweifel an des Mannes Persönlichkeit zu, denn er hatte ihm bis in das Lager der Araber hinein und wieder aus ihm heraus nachgespürt, und was die Bekleidung betraf, so hatte er sich diese leicht dort beschaffen können. So sicher war Tarzan, daß er die Leiche dessen, der ihn beraubt hatte, vor sich sah, daß er sich gar nicht erst die Mühe machte, aus dem vermischten Geruch des großen Raubtiers und des frischen Blutes von dem Opfer durch Feststellung der Witterung seinen Schluß nachzuprüfen.

Er beschränkte seine Aufmerksamkeit auf eine sorgfältige Durchsuchung nach der Tasche, aber nirgends an der Leiche oder in ihrer Nähe fand er eine Andeutung von dem vermißten Behältnis oder seinem Inhalt. Der Affenmensch war enttäuscht – möglicherweise nicht so sehr durch den Verlust der farbigen Steine als dadurch, daß ihn Numa um die Genugtuung der Rache gebracht hatte.

Der Affenmensch fragte sich verwundert, was wohl aus seinem Eigentum geworden sein mochte und machte sich schließlich wieder die Fährte entlang auf den Weg in der Richtung, aus der er gekommen war. Er dachte sich einen Plan aus, das arabische Lager zu betreten und zu durchsuchen, sobald es dunkel geworden war.

Dann schwang er sich auf die Bäume und bewegte sich auf der Suche nach Wild in südlicher Richtung, um möglichst noch vor Mittag seinen Hunger zu befriedigen und sich dann während des Nachmittags an irgendeinem Fleck ferne von dem Lager, an dem er ohne Furcht vor Entdeckung schlafen konnte, der Ruhe hinzugeben, bis es Zeit wurde, seine Absicht auszuführen.

Er hatte kaum die Wildspur verlassen, als ein großer schwarzer Krieger in unverdrossenem Trabe auf dem Wege nach Osten durchkam. Mugambi war es, der nach seiner Herrin suchte. Bei der Wanderung stieß er auf den Kadaver des toten Löwen und hielt an, um ihn zu untersuchen. Seine Gesichtszüge verrieten Verwirrung, als er sich bückte, um die Wunden zu suchen, die den Tod des Herrn der Dschungel verursacht hatten. Tarzan hatte seine Pfeile wieder herausgezogen, aber für Mugambi war die Todesart so klar, als ob sowohl die leichten Geschosse wie der Speer noch im Körper gesteckt hätten.

Der Schwarze sah sich verstohlen um. Der Körper war noch ganz warm, aus welchem Umstand er schloß, daß der Erleger des Löwen in nächster Nähe sein mußte, aber kein Zeichen verriet die Anwesenheit eines lebenden Menschen. Mugambi schüttelte den Kopf und setzte seinen Weg auf der Fährte mit verdoppelter Vorsicht fort.

Den ganzen Tag hindurch setzte er seinen Marsch fort und hielt nur gelegentlich an, um das einzige Wort „Lady“ zu rufen, weil er hoffte, sie könnte ihn schließlich hören und darauf antworten. Aber zuletzt war diese treue Ergebenheit die Ursache eines Mißgeschicks, das ihn befiel.

Seit mehreren Monaten suchte Abdul Morak, der Führer einer Abteilung abessinischer Soldaten, von Nordwesten aus hartnäckig nach Achmed Zek, weil dieser etwa sechs Monate vorher die Majestät von Abdul Moraks Herrscher dadurch beleidigt hatte, daß er einen Sklavenraubzug innerhalb der Grenzen von Meneliks Reich ausgeführt hatte.

Nun traf es sich, daß Abdul Morak gerade um Mittag an diesem Tage auf derselben Fährte kurze Rast hielt, auf der Werper und Mugambi ihren Weg nach Osten verfolgten.

Kurz nachdem die Soldaten abgestiegen waren, ritt der Belgier auf seinem müden Reittier, ehe er sich dessen versah, mitten unter sie, ohne ihre Anwesenheit vorher entdeckt zu haben. In einem Augenblick war er umringt und vom Pferde gerissen. Er wurde mit einem Regen von Fragen überschüttet und vor den Führer gebracht.

Werper griff auf seine europäische Nationalität zurück, versicherte Abdul Morak, daß er ein auf der Jagd in Innerafrika befindlicher Franzose sei, daß er von Fremden angegriffen worden sei, die seine Safari getötet oder versprengt hätten, während er selbst nur durch ein Wunder entkommen sei.

Aus einer zufälligen Bemerkung Abdul Moraks, des Abessiniers, entnahm Werper den Zweck der Unternehmung, und sobald er festgestellt hatte, daß diese Leute Achmed Zeks Feinde waren, faßte er sich ein Herz und schob sein Unglück auf den Araber.

Da er indessen Furcht davor hatte, wieder in die Hände des Räubers zu fallen, suchte er Abdul Morak vor weiterer Fortsetzung einer Verfolgung abzuhalten, indem er dem Abessinier versicherte, daß Achmed Zek über eine starke und gefährliche Streitmacht verfüge und daß er in eiligen Märschen nach Süden ziehe.

Morak ließ sich überzeugen, daß noch lange Zeit nötig sein werde, um den Räuber einzuholen, und daß die Verhältnisse den Ausgang eines Kampfes sehr fraglich erscheinen ließen. Nicht allzu unwillig gab er daher seinen Plan auf und erteilte als Vorbereitung für den am nächsten Morgen beginnenden Rückmarsch nach Abessinien Befehl, an dem Platz, wo sie sich eben befanden, das Lager aufzuschlagen.

Im Laufe des Spätnachmittags wurde die Aufmerksamkeit der Lagerinsassen durch einen Ruf nach Westen gelenkt. Eine kräftige Stimme rief ein einziges Wort, sie wiederholte es mehrere Male: Lady! Lady! Lady!

Auf Abdul Moraks besondere Anweisung hin schlichen, dem Gebote der Vorsicht getreu, eine Anzahl Abessinier heimlich durch die Dschungel auf den Urheber des Rufes zu.

Eine halbe Stunde danach kamen sie zurück und brachten Mugambi mit sich. Als der riesige Schwarze vor den abessinischen Offizier geschleppt wurde, fielen seine Augen als erstes auf die Person des Monsieur Jules Frecoult, des Franzosen, der bei seinem Herrn zu Gast gewesen war, den er dann aber unter Umständen, die auf gute Bekanntschaft und Freundschaft mit den Räubern hindeutete, hatte Achmed Zeks Dorf betreten sehen.

Da Mugambi sich eigentümliche Gedanken über die Beziehungen machte, die zwischen dem Unglück seines Herrn und dem von dessen Haus sowie dem Franzosen bestanden, hütete er sich wohl, Werpers Aufmerksamkeit auf seine Persönlichkeit zu ziehen. Werper hatte ihn auch nicht im entferntesten wiedererkannt.

Unter der Vorgabe, er sei nur ein harmloser Jäger aus einem weiter im Süden lebenden Stamme, bat Mugambi um die Erlaubnis, seiner Wege gehen zu dürfen. Aber Abdul Morak, der an dem wunderbaren Körperbau des Kriegers Gefallen fand, beschloß, ihn als Geschenk für Menelik nach Addis Abeba mitzunehmen. Einige Augenblicke später beim Abrücken wurden Mugambi und Werper unter Bewachung fortgebracht, und der Belgier stellte zum ersten Male fest, daß auch er sich für seine Person mehr als Gefangenen wie als Gast zu betrachten hatte. Vergebens protestierte er gegen eine solche Behandlung, bis ihn ein stämmiger Soldat auf den Mund schlug und ihm mit Erschießen drohte, wenn er nicht endlich aufhörte.

Mugambi nahm sich die Sache weniger zu Herzen, weil er nicht den geringsten Zweifel hatte, daß sich ihm während des Marsches reichlich Gelegenheit bieten würde, die Wachsamkeit der Wächter zu täuschen und sein Entkommen zu bewerkstelligen. Während er nun diesen herrschenden Gedanken stets im Auge behielt, suchte er den guten Willen der Abessinier zu erlangen, stellte ihnen unzählige Fragen über ihren Herrscher und ihr Land, und bekundete eine stets wachsende Begierde, bald ihren Bestimmungsort zu erreichen, damit er rasch in den Genuß all der schönen Dinge käme, die Addis Abeba, wie man ihm versicherte, bieten sollte. Auf diese Weise entwaffnete er ihr Mißtrauen und fand bald heraus, daß die Wachsamkeit ihm gegenüber von Tag zu Tag nachließ.

Unter Ausnützung des Umstandes, daß er und Werper stets zusammengehalten wurden, suchte Mugambi zu erfahren, was dem anderen vom Verbleib Tarzans, beziehungsweise vom Grund zum Überfall des Bungalows sowie von Lady Greystokes Geschick bekannt war. Aber da er für seine Erkundigung auf gelegentliche Unterhaltung angewiesen war und nicht wagen konnte, Werper über seine Person aufzuklären, während umgekehrt Werper ebenso ängstlich bemüht war, vor der Welt zu verbergen, welchen Anteil er an der Zerstörung von seines Gastgebers Heim und Familienglück hatte, erfuhr Mugambi natürlich nichts – wenigstens nichts auf diesem Wege.

Aber dann kam eine Gelegenheit, bei der er durch Zufall eine höchst überraschende Feststellung machte. Der ganze Trupp hatte frühzeitig am Nachmittag eines schwülen Tages am Ufer eines schönen, klaren Flusses das Lager aufgeschlagen. Das Flußbett war mit Kies bedeckt und keine Spur von Krokodilen, jener in den Flüssen auf gewissen Teilen des schwarzen Kontinents vorhandenen Bedrohung für unbekümmert Badende, war zu entdecken. Deshalb nützten die Abessinier die Gelegenheit zu einem lange entbehrten und bitter nötigen Bade aus.

Werper wie Mugambi hatten Erlaubnis erhalten, sich ins Wasser zu begeben. Als Werper seine Kleider ablegte, bemerkte der Schwarze, mit welcher Vorsicht er eine um den Leib gebundene Sache löste, wie er sie mit dem Hemd zusammen abnahm und wie er den Gegenstand dabei mit dem Hemd bedeckt hielt, um das Objekt seiner verdächtigen Ängstlichkeit zu verbergen. Gerade diese besondere Sorgfalt zog des Schwarzen Aufmerksamkeit auf sich und erweckte die angeborene Neugierde im Krieger. Als daher der Belgier in nervöser Überängstlichkeit den verborgenen Gegenstand mit den Fingern ungeschickt anfaßte und dabei fallen ließ, sah ihn Mugambi zu Boden fallen und einen Teil seines Inhalts über den Rasen streuen.

Nun war Mugambi mit seinem Herrn in London gewesen. Er war nicht mehr der kenntnislose Wilde, der er seinem Äußeren nach schien. Er hatte sich in dem weltstädtischen Gewühl der größten Stadt der Welt eingelebt, er hatte Museen besucht und die Auslagen der großen Geschäfte besichtigt. Und zu alledem war er schon ohnehin ein schlauer und intelligenter Mensch. Im selben Augenblick, als die Edelsteine von Opar vor seinen erstaunten Augen funkelnd herumrollten, hatte er sie auch schon in ihrem vollen Werte erkannt. Aber er hatte noch etwas mehr erkannt, das ihn mehr, viel mehr interessierte als der Wert der Steine. An die tausend Male hatte er die Ledertasche an seines Herrn Seite hängen sehen, wenn Affentarzan sich in abenteuerlustiger Stimmung auf ein paar Stunden zu den primitiven Gewohnheiten und Gebräuchen seiner Jugend zurückzukehren erlaubte und im Kreise seiner nackten Krieger den Löwen, den Leoparden, den Büffel und den Elefanten auf die Weise jagte, die ihm am besten gefiel.

Werper sah, daß Mugambi Tasche und Steine erblickt hatte. Hastig sammelte er die kostbaren Steine auf und tat sie wieder in ihren Behälter, während Mugambi mit angenommener Gleichgültigkeit zum Flusse hinabschlenderte, um sein Bad zu nehmen.

Abed Morak raste am nächsten Morgen vor Wut und Ärger, als er entdecken mußte, daß ihm sein riesiger schwarzer Gefangener während der Nacht entkommen war. Werper war aus dem gleichen Grunde ganz verstört, bis seine zitternden Finger die immer noch am alten Platz unter dem Hemd befindliche Tasche und in ihr die harten Formen ihres Inhalts fühlten.

## Tarzan führt wieder die großen Affen

Achmed Zek hatte mit zweien von seinen Leuten einen weiten Bogen nach Süden geschlagen, um seinem desertierten Leutnant Werper die Flucht dahin abzuschneiden. Andere hatten sich in alle Richtungen der Windrose so zerstreut, daß sie jetzt in einem großen Kreis standen, den sie während der Nacht gebildet hatten, und nun trieben sie nach der Mitte zu.

Achmed und seine zwei Begleiter machten eben vor Mittag zu kurzer Rast halt. Am Südrand einer Lichtung hockten sie sich unter die Bäume. Der Führer der Räuber war recht schlechter Laune. Es war schlimm genug, von einem Ungläubigen überlistet zu sein, aber noch außerdem die Edelsteine verloren zu haben, an die er sein gieriges Herz gehängt hatte, war doch zuviel – Allah mußte wirklich seinem Diener recht böse sein.

Wenigstens blieb ihm noch das Weib. Sie würde ihm im Norden einen guten Preis bringen, und dann hatte er ja noch den unter den Ruinen der englischen Besitzung vergrabenen Goldschatz.

Ein leichtes Geräusch, das von der entgegengesetzten Seite der Lichtung aus der Dschungel herüberklang, ließ Achmed Zek plötzlich gespannt aufhorchen. Er legte die Büchse zum sofortigen Gebrauch zurecht und winkte seinem Begleiter schweigend, in Deckung zu gehen. Hinter Büschen kauernd warteten die drei, die Augen auf die andere Seite der Lichtung geheftet.

Jetzt teilte sich das Laub, das Gesicht eines Weibes erschien und spähte ängstlich nach allen Seiten. Einen Augenblick darauf schien sie wohl überzeugt, daß keine unmittelbare Gefahr vor ihr drohte, sie trat auf die Lichtung und kam voll in Sicht des Arabers.

Achmed ließ sich einen Ausruf des Unglaubens und einen Fluch entfahren, dann hielt er den Atem an. Das Weib war die Gefangene, die er unter sicherer Bewachung in seinem Lager geglaubt hatte!

Offenbar war sie allein, aber Achmed Zek wartete noch ab, um dessen ganz sicher zu sein, ehe er sie ergriff. Langsam begann Jane die Lichtung zu überschreiten. Schon zweimal, seit sie das Räuberdorf verlassen hatte, war sie nur mit knapper Not den Fängen der Raubtiere entgangen, und einmal war sie beinahe einem der Häscher gerade in den Weg gelaufen. Obgleich sie fast daran verzweifelte, sich noch in Sicherheit zu bringen, war sie doch fest entschlossen, durchzuhalten, bis Tod oder Erfolg ihren Anstrengungen ein Ziel setzte.

Während die Araber in ihrem sicheren Versteck warteten, und Achmed Zek mit Vergnügen feststellte, daß ihm das Weib geradewegs in die Hände lief, überschauten ein Paar Augen aus den Zweigen eines Baumes am Rande die ganze Szene.

Ein erstaunter, verwirrter Ausdruck zeigte sich trotz des wilden Leuchtens in den grauen Augen, denn ihr Besitzer fühlte in sich das eigentümliche, unbestimmte Gefühl aufkommen, daß ihm das Gesicht und die Gestalt der Frau da unten bekannt sei.

Ein plötzliches Krachen der Büsche an der Stelle, an der Jane auf die Lichtung herausgetreten war, brachte sie plötzlich zum Halten, während sowohl die Araber wie der Späher auf dem Baume ihre Aufmerksamkeit dahin richteten.

Die Frau wandte sich um, um zu sehen, welche neue Gefahr sie von hinten her bedrohte, und bekam im gleichen Augenblick einen riesigen, auf sie zuwackelnden Menschenaffen zu Gesicht. Ihm folgte ein zweiter und dann mehr. Aber Lady Greystoke wollte nicht warten, um zu zählen, wie viele der häßlichen Geschöpfe ihr auf der Spur waren.

Mit einem halberstickten Schrei lief sie nach der Dschungel gegenüber, und, als sie die Büsche dort erreichte, sprangen Achmed Zek und seine zwei Begleiter auf und packten sie. Im gleichen Augenblick ließ sich rechts davon ein nackter, brauner Riese aus den Zweigen eines Baumes herab auf die Lichtung fallen.

Er wandte sich den erstaunten Affen zu, ließ eine kurze Folge leiser Kehltöne hören und warf sich, ohne erst die Wirkung seiner Worte auf sie abzuwarten, herum, um die Araber anzugreifen.

Achmed Zek schleppte Jane eben nach seinem angepflockten Pferde. Seine zwei Leute machten hastig die Fesseln der drei Reittiere los. Das Weib suchte sich von dem Araber loszureißen, drehte sich dabei und sah den Affenmenschen herbeirennen. Ein Hoffnungsstrahl erhellte ihre Züge.

John! schrie sie. Gott sei Dank! Du kommst zur rechten Zeit.

Hinter Tarzan folgten, verwundert zwar, aber seinem Befehle gehorchend, die großen Affen. Die Araber merkten, daß ihnen keine Zeit zum Aufsitzen und Entkommen blieb, ehe die Tiere und der wilde Mann über sie kamen. Achmed Zek erkannte in diesem sofort den gefürchteten Feind und sah auch gleichzeitig eine Gelegenheit, sich für immer von der drohenden Gegenwart des Affenmenschen zu befreien.

Er rief seinen Leuten zu, sie sollten seinem Beispiel folgen, hob sein Gewehr und zielte auf den anstürmenden Riesen. Seine Begleiter, nicht weniger behend als er, feuerten mit ihm fast gleichzeitig, und als ihre Flinten krachten, stürzten Affentarzan und zwei seiner behaarten Mannen kopfüber in das Dschungelgras.

Der Krach der Flintenschüsse ließ die übrigen Affen erstaunt haltmachen. Achmed Zek und seine Begleiter nützten die kurze Verwirrung aus, warfen sich auf ihre Pferde und galoppierten mit der nun völlig hoffnungslosen, grambeladenen Frau von dannen.

Einzeln und zu zweien trafen die Häscher, die mit Achmed Zek hinter dem Belgier hergeritten waren, mit leeren Händen wieder ein. Mit jedem neuen Bericht ihres Mißerfolges stieg die Wut und der Grimm des Räubers, bis er in einer solch rasenden Stimmung war, daß sich ihm keiner mehr zu nahen wagte. Drohend und fluchend schritt Achmed Zek in seinem Seidenzelt auf und ab, aber sein Toben nützte ihm nichts – Werper war verschwunden, und das in den glitzernden Steinen steckende Vermögen, das die Gier seines Herrn erregt und das Todesurteil auf das Haupt des Leutnants herabbeschworen hatte, war mit diesem dahin. Sobald sich die Araber davonmachten, richteten die Riesenaffen ihre Aufmerksamkeit auf ihre gefallenen Kameraden. Einer war tot, aber der andere und der große, weiße Affe lebten noch. Die haarigen Ungetüme umstanden die beiden und murmelten, wie es bei ihrer Gattung üblich war.

Tarzan kam zuerst wieder zur Besinnung. Er richtete sich in sitzende Stellung auf und blickte um sich. Aus einer Wunde in seiner Schulter floß Blut. Der Schlag des Geschosses hatte ihn niedergeworfen und betäubt, aber von einer tödlichen Verletzung war keine Rede, Er erhob sich langsam auf seine Füße und ließ seine Blicke über den Platz wandern, auf dem er zuletzt die Frau gesehen hatte, die so unerklärliche Regungen in seinem grimmigen Busen geweckt hatte.

Wo ist sie? fragte er.

Die Tarmangani haben sie fortgeschleppt, erwiderte einer der Affen. Wer bist du, daß du die Sprache der Mangani sprechen kannst?

Ich bin Tarzan, antwortete der Affenmensch, der mächtige Jäger, der mächtigste aller Kämpfer. Vor meinem Brüllen schweigt die Dschungel und zittert vor Entsetzen. Ich bin Affentarzan. Ich war in der Ferne, aber nun bin ich zu meinem Volke zurückgekehrt.

Ja, sagte ein alter Affe, es ist Tarzan. Ich kenne ihn. Es ist gut, daß er zurückgekommen ist. Jetzt werden wir wieder ergiebige Jagden haben.

Die anderen Affen kamen näher und berochen den Affenmenschen. Tarzan stand ganz still, hielt die Reißzähne halb entblößt und die Muskeln straff gespannt für ein sofortiges Zugreifen. Aber es fand sich keiner unter den Affen, der ihm das Recht, mit ihnen zu leben, streitig gemacht hätte, und alsbald nach befriedigend abgeschlossener Bekanntschaft wandten die Affen ihre Aufmerksamkeit wieder dem anderen Überlebenden zu.

Auch er war nur leicht verwundet, eine Kugel hatte ihn am Kopf gestreift und ihn betäubt. Als er wieder zu sich kam, war er anscheinend so munter wie je.

Die Affen erzählten Tarzan, sie seien auf einer Wanderung nach Osten begriffen gewesen, als sie die Witterung eines Weibchen erreichten, das sie darauf beschlichen hätten. Nunmehr wollten sie ihren unterbrochenen Weg wieder fortsetzen, aber Tarzan wollte lieber den Arabern folgen und ihnen das Weib abnehmen. Nach beträchtlichem Hin- und Herreden wurde beschlossen, erst ein paar Tage ostwärts zu jagen und dann zur Aufspürung der Araber zurückzukehren. Da der Zeitbegriff für das Affenvolk wenig Bedeutung besitzt, gab Tarzan ihrem Verlangen nach, denn er selbst war wieder in eine Geistesverfassung zurückgefallen, die sich nicht weit über die ihrige erhob.

Ein anderer Umstand, der ihn bestimmte, die Verfolgung der Araber zu verschieben, war die Schmerzhaftigkeit seiner Wunde. Es mußte doch besser sein, zu warten, bis sie geheilt war, ehe er sich wieder den Gewehren der Tarmangani aussetzte.

So kam es, daß Jane, diesmal sicher und fest an Händen und Füßen gebunden, wieder als Gefangene in die Hütte geschleift wurde, während ihr natürlicher Beschützer in Gesellschaft von einem Dutzend behaarter Ungetüme in östlicher Richtung herumstreifte und ebenso vertraut seine Schulter an ihnen rieb, wie er noch wenige Monate vorher sich unter seinen höchst angesehenen und ehrenwerten Klubbrüdern eines der gewähltesten und exklusivsten Londoner Klubs bewegt hatte.

Aber die ganze Zeit über lauerte im Kleinhirn seines verletzten Kopfes eine beunruhigende Überzeugung, daß er da, wo er war, nichts zu suchen hatte – daß er aus einem nicht herausfindbaren Grunde ganz woanders und unter einer ganz anderen Art von Geschöpfen hätte sein sollen. Dann empfand er auch den dringenden Zwang, die Spur der Araber zu verfolgen und die Befreiung jenes

Weibes zu unternehmen, dessen Witterung so stark zu seinen wilden Gefühlen gesprochen hatte, obgleich wahrscheinlich in seinem gegenwärtigen Gemütszustande die von ihm für dies abenteuerliche Unternehmen angewendete Bezeichnung eher „Raub“ als „Befreiung“ lautete.

Für ihn stand sie gegenwärtig mit den übrigen Weibchen in der Dschungel auf einer Stufe, und er hatte es sich in den Kopf gesetzt, sie zum Weibe zu nehmen. Als er ihr in dem Augenblick, da die Araber sie auf der Lichtung packten, einen Augenblick näher gekommen war, hatte ihn wieder der gleiche hauchartige, zarte Duft getroffen, den seine Nasenflügel in jener Hütte, in der sie gefangen gewesen war, eingesogen hatten. Daran hatte er festgestellt, daß er das Geschöpf gefunden hatte, für das er eine plötzliche und unerklärliche Leidenschaft empfand.

Außerdem beschäftigte seine Gedanken noch die ihm gestohlene Tasche mit den Edelsteinen, so daß er doppelten Anlaß hatte, seine Rückkehr zum Lager der Räuber zu beeilen. Er wollte sich beides wiederholen: seine hübschen Kiesel und das Weib. Dann wollte er mit seiner neuen Gattin und seinem Spielzeug zu den Riesenaffen zurückkehren, seine behaarten Genossen weit hinein in eine den Menschen gänzlich unbekannte Wildnis führen, und dort sein Leben in Jagd und Kampf, nach der einzigen Lebensform, an die er sich jetzt noch erinnerte, unter den niederen Tiergattungen verbringen.

Er sprach mit seinen äffischen Genossen über diese Sache, und versuchte, sie zur Teilnahme und zum Mitgehen zu überreden, aber außer Taglat und Chulk weigerten sich alle. Der letztere war jung und kraftstrotzend, besaß eine höhere Intelligenz als seine Gefährten und daher auch ein besser entwickeltes Vorstellungsvermögen. Für ihn roch das Unternehmen nach Abenteuer und zog ihn somit stark an. Für Taglat dagegen bestand ein anderer Reiz – ein Reiz, der Tarzan, wenn er ihn gekannt hätte, jenem hätte in eifersüchtiger Wut an die Kehle fahren lassen.

Taglat war längst kein Jüngling mehr. Aber außerordentlich muskulös, grausam und infolge seiner längeren Erfahrung schlau und heimtückisch, stellte er immer noch eine höchst gefährliche Bestie vor. Dazu war er von riesigem Wuchs, das bloße Gewicht seines ungeheuren Rumpfes hatte ihm schon mehr als einmal gegenüber der größeren Gewandtheit eines jüngeren Gegners zum Siege verholfen.

Er besaß eine so mürrische und finstere Veranlagung, daß er selbst bei seinen sauertöpfischen Genossen, bei denen solche Eigenschaften eher die Regel als die Ausnahme bilden, dadurch auffiel. Er haßte außerdem Tarzan, was dieser natürlich nicht ahnen konnte, mit einer Wildheit, die er nur darum verbergen konnte, weil ihn der überlegene Verstand des höheren Geschöpfes, das Tarzan war, mit einer Art von Scheu erfüllte und die auf ihn darum besonders mächtig einwirkte, weil sie ihm unerklärlich blieb.

Diese beiden sollten also Tarzan auf seinem Zug nach dem Dorfe Achmed Zeks begleiten. Als sie abrückten, würdigte sie der übrige Stamm nur eines flüchtigen Blickes und nahm sogleich wieder eifrig das ernste Geschäft der Futtersuche auf.

Tarzan fand es recht schwierig, die Gedanken seiner Gefährten bei der Sache, beim Zweck ihres Unternehmens, zu halten, denn dem Verstande eines Affen fehlt die Fähigkeit, lange bei ein und demselben Gegenstand zu verharren. Mit einem bestimmten Ziel vor Augen auf eine weite Reise zu gehen, ist eine Sache für sich, aber sich stets dieses Zieles zu erinnern und es stets als Leitgedanken im Sinn zu behalten, das ist etwas ganz anderes. Es gibt ja so viele Dinge, die unterwegs die Aufmerksamkeit ablenken können.

Chulk war im Anfang derjenige, welchem es nicht schnell genug vorwärtsging, als ob das Räuberdorf nur eine Stunde weit ab statt in der Entfernung mehrerer Tagesmärsche gelegen hätte. Aber schon nach wenigen Minuten zog ein gestürzter Baum seine Aufmerksamkeit auf sich, weil er ihn reichliche und schmackhafte Leckerbissen darunter vermuten ließ. Als Tarzan ihn vermißte und umkehrte, um ihn zu suchen, fand er daher Chulk neben dem modernden Baumstamm hocken, wie er eifrig damit beschäftigt war, Puppen und Käfer herauszugraben, die einen beträchtlichen Teil der Affennahrung bilden. Da Tarzan deswegen nicht mit ihm einen Kampf anfangen konnte, blieb ihm weiter nichts übrig, als zu warten, bis der Vorrat erschöpft war. Das tat er denn auch, nur um dann feststellen zu müssen, daß Taglat fehlte. Nach beträchtlich zeitraubendem Suchen fand er diesen Wackeren in Betrachtung der Leiden eines von ihm verletzten Kriechtieres vertieft. In anscheinender Gleichgültigkeit hockte er da und starrte nach einer ganz anderen Richtung, während das verstümmelte Geschöpf sich langsam krümmend unter Qualen von ihm fortzuschleichen suchte. Jedesmal, wenn das arme Opfer sicher war, zu entkommen, streckte Taglat seine riesige Pfote aus und schlug damit auf den Flüchtling ein. Wieder und wieder trieb er dieses Spiel, bis er schließlich, der

Unterhaltung müde geworden, die Leiden seines Spielzeugs dadurch beendete, daß er es verspeiste.

Derartige Aufenthaltsgründe hätten Tarzan in Harnisch bringen sollen, weil sie seinen Weg nach Achmed Zeks Dorf verzögerten, aber der Affenmensch hatte eine Engelsgeduld. Der in seinem Kopfe ausgearbeitete Plan erforderte bei der Ankunft am Bestimmungsort die Mitwirkung von Chulk und Taglat.

Es war nicht gerade eine einfache Aufgabe, im herumschweifenden Geiste der Menschenaffen das Interesse an ihrem Vorhaben wach zu erhalten. Chulk wurde des langwierigen Wanderns müde und beschwerte sich über das seltene und kurze Ausruhen. Er hätte bereitwillig diese Suche nach Abenteuern aufgegeben, wenn nicht Tarzan seinen Gedanken dauernd Bilder der großen Eßvorräte, die sich im Dorfe der Tarmangani finden würden, vorgemalt hätte.

Taglat dagegen hegte seine geheimen Absichten besser, als man von einem Affen hätte erwarten können, obgleich auch er zeitweise das Unternehmen hätte sein lassen, wenn ihn nicht Tarzan durch Schmeicheleien zum Ausharren bewogen hätte.

Um die heißeste Nachmittagszeit eines schwülen Tropentages benachrichtigten ihre scharfen Sinne sie von der nächsten Nähe des Araberlagers. Sie schlichen sich verstohlen heran, wobei sie sich im dichten Pflanzenwuchs hielten, der es ihren unheimlichen Dschungelerfahrungen leicht machte, im Verborgenen zu bleiben. An der Spitze kam der riesige Affenmensch, dessen glatte, braune Haut infolge der Bewegung im schwülen heißen Bereich der Dschungel vor Schweiß glänzte. Hinter ihm krochen als groteske, zottige Zerrbilder ihres göttergleichen Anführers Chulk und Taglat.

Lautlos bahnten sie sich ihren Weg bis zum Rande der die Palisade umgebenden Lichtung. Dort kletterten sie auf die unteren Zweige eines großen Baumes, der das vom Feinde besetzte Dorf beherrschte, um die Vorgänge darin besser beobachten zu können.

Ein mit einem weißen Burnus bekleideter Reiter ritt jetzt aus dem Tore des Dorfes. Tarzan befahl Chulk und Taglat, an ihrem Platze zu bleiben, und schwang sich, gewandt wie die Affen, auf den Bäumen in der Richtung der Fährte davon, die der Araber entlangritt. Mit der Schnelligkeit eines Eichhörnchens und so lautlos wie ein Gespenst schnellte er von einem Baume zum anderen.

Der Araber ritt langsam seines Weges, ohne ein Ahnung davon zu haben, daß eine Gefahr in den Bäumen über ihm lauere. Der Affenmensch machte einen kleinen Umweg und vermehrte seine Schnelligkeit, bis er die Fährte an einer schon etwas vor dem Reiter befindlichen Stelle wieder erreichte.

Auf einem dichtbelaubten Aste, der über der schmalen Dschungelfährte hing, hielt er an. Das Opfer kam heran und summte sich ein aus dem großen Wüstengebiet im Norden stammendes Liedchen. Über ihm schwebte das wilde Geschöpf, dessen Ziel heute die Vernichtung eines Menschenlebens war.

Der Araber ritt unter dem überhängenden Zweige durch, die Zweige oben raschelten ein wenig, das Roß schnaubte und machte einen Satz vorwärts, als ihm ein braunhäutiger Riese auf den Rücken fiel. Ein Paar mächtige Arme umklammerten den Araber und rissen ihn vom Sattel auf den Boden. Zehn Minuten später traf der Affenmensch mit einem Bündel arabischer Kleider unter dem Arme wieder bei seinen Gefährten ein. Er zeigte ihnen seine Trophäen und erklärte ihnen in leisen Kehltönen, was er damit anfangen wolle und wie er seine Untersuchung durchzuführen gedenke. Chulk und Taglat befühlten die Stücke, berochen sie und untersuchten schließlich, ihre Ohren daran haltend, ob sie etwas hören könnten. Nun führte sie Tarzan durch die Dschungel nach der Fährte zurück, wo sie sich alle drei verbargen und warteten. Sie waren noch nicht lange auf der Lauer, als auch schon zwei von Achmed Zeks Negern in ähnlicher Bekleidung wie ihre Herren auf dem Rückwege nach dem Lager zu Fuß die Fährte entlang kamen. Eben lachten und schwätzten sie noch miteinander – einen Augenblick später lagen sie nebeneinander hingestreckt auf der Fährte und drei mächtige Zerstörungsmaschinen beugten sich über sie. Tarzan zog ihnen wie seinem ersten Opfer die Oberkleider aus und begab sich mit Taglat und Chulk wieder zu der größeren Abgeschiedenheit des Baumes, den sie sich zuerst als Beobachtungsposten ausgewählt hatten. Hier regelte der Affenmensch zunächst seine eigene Bekleidung und die seiner zottigen Genossen in einer Weise, daß es aus einiger Entfernung aussah, als ob drei weißgekleidete, Araber schweigend auf den Zweigen des Waldes hockten.

Bis zum Einbruch der Dunkelheit blieben sie, wo sie waren, denn Tarzan konnte von seinem günstig gelegenen Sitze aus die ganze Einfriedigung innerhalb der Palisade übersehen. Er fand die Stelle der Hütte heraus, in der er zuerst die Witterung des gesuchten Weibes entdeckt hatte. Er sah dazu zwei Wachtposten an der Türe stehen und schließlich merkte er sich noch die

Behausung Achmed Zeks, denn irgend etwas sagte ihm, er werde höchstwahrscheinlich dort seine verlorene Tasche mit den Kieseln finden.

Chulk und Taglat waren zunächst für ihre wundervolle Bekleidung Feuer und Flamme. Sie befühlten das Machwerk, berochen es, und besahen einander aufmerksam mit allen möglichen Anzeichen von Genugtuung und Stolz. Chulk, der in seiner Art ein Witzbold war, streckte seinen langen, dichtbehaarten Arm aus, packte die Kapuze von Taglats Burnus und zog sie diesem tief über die Augen, so daß er aussah wie eine mit dem Stülptrichter ausgelöschte Kerze.

Der von Natur mürrisch veranlagte Taglat hatte für so etwas wie Humor kein Verständnis. Geschöpfe legten nach seiner Ansicht nur aus zwei Gründen die Pfoten aneinander: zum Flöhefangen oder zum Angriff. Unmöglich konnte das erstere damit beginnen, daß ihm der andere das nach Tarmangani riechende Ding über Kopf und Augen stülpte, also blieb nur noch das letztere. Er war angegriffen worden! Chulk hatte einen Angriff unternommen.

Ohne sich nur Zeit zu nehmen, den seine Augen blendenden Wollschleier zu lüften, fuhr er dem anderen mit einem Schnarren an die Kehle. Tarzan warf sich zwischen die beiden, und nun balgten sich die drei riesigen Geschöpfe, nach einander schnappend, schwankend und wippend auf ihrem gefährlichen Sitz, bis es dem Affenmenschen endlich gelang, die zwei rasenden Menschenaffen auseinanderzubringen.

Da Entschuldigung bei diesen wilden Stammesverwandten des Menschen etwas Unbekanntes ist und Erklärungen eine mühselige und doch wahrscheinlich nutzlose Arbeit gewesen wären, überbrückte Tarzan die entstandene gefährliche Kluft, indem er ihre Aufmerksamkeit von dieser Meinungsverschiedenheit auf eine Beratschlagung über ihre Pläne für die allernächste Zukunft lenkte. An häufige Auseinandersetzungen, bei denen mehr Haare als Blut gelassen werden, gewöhnt, vergaßen die Affen rasch ein so gewöhnliches Vorkommnis und Chulk und Taglat hockten alsbald wieder in friedlicher Ruhe eng zusammen und warteten auf den Augenblick, in dem sie der Affenmensch in das Dorf der Tarmangani führen würde.

Erst lange nach Einbruch der Dunkelheit führte Tarzan seine Begleiter von ihrem Versteckplatze auf dem Baume auf den Boden und um die Palisade herum nach der anderen Seite des Dorfes.

Er raffte die langen Falten seines Burnus unter einem Arm zusammen, um die Beine zum Sprung frei zu haben, nahm einen kurzen Anlauf und schnellte sich bis auf die Höhe der Palisade. Da er fürchtete, die Affen würden beim gleichen Versuch ihre Bekleidungsstücke in Fetzen reißen, hatte er ihnen befohlen, unten auf ihn zu warten. Jetzt hockte er sich rittlings fest auf die Zinne der Palisade, machte seinen Speer los und reichte ein Ende zu Chulk hinab.

Der Affe packte es, und während Tarzan das obere Ende festhielt, kletterte dieser gewandt am Speerschaft hoch, bis er mit einer Pfote auf die Spitze der Palisade faßte. Dann an Tarzans Seite zu klettern, war für ihn das Werk eines Augenblicks. In gleicher Weise wurde Taglat zu ihnen heraufgeholt und einen Augenblick später ließen sich die drei geräuschlos innerhalb der Umfriedigung zum Boden hinab.

Tarzan führte sie erst hinter die Hütte, in der die Frau gefangengehalten wurde. Dort suchte er durch das notdürftig wieder verschlossene Loch in der Wand mit seiner empfindlichen Nase den Beweis zu finden, daß sich das Weibchen, um dessentwillen er gekommen war, noch darin befand.

Chulk und Taglat preßten ihre behaarten Gesichter dicht neben seine patrizischen Gesichtszüge und halfen ihm wittern. Alle drei spürten sie die Witterung einer im Innern befindlichen Frau, aber jeder von ihnen reagierte seiner Veranlagung und seiner Denkgewohnheiten entsprechend anders darauf.

Chulk ließ die Sache kalt. Das Weibchen war für Tarzan – er begehrte nur, seine Schnauze möglichst tief in die Eßvorräte der Tarmangani zu stecken. Er wollte sich einmal ohne jede Anstrengung richtig vollfressen – Tarzan hatte ihm das als Belohnung versprochen und er war damit zufrieden.

Taglats kleine, blutunterlaufene Augen dagegen zogen sich eng zusammen, als er die Verwirklichung eines sorgfältig gehegten Planes so nahe sah. Es ist allerdings wahr, daß Taglat in den verschiedenen Tagen, seit sie auf ihre Unternehmung ausgezogen waren, manchmal nur mit größter Schwierigkeit seine Idee hatte im Kopfe behalten können und bei einigen Gelegenheiten hatte er sie vollkommen vergessen gehabt, bis Tarzan sie ihm durch eine zufällige Bemerkung wieder in Erinnerung brachte. Aber im großen ganzen hatte Taglat für einen Affen seine Sache recht gut gemacht.

Jetzt leckte er sich die Lippen und machte ein widerlich schmatzendes Geräusch, als er die Luft durch seine alten Lippen einsog.

Tarzan stellte mit Genugtuung fest, daß das Weibchen da war, wo er es zu finden gehofft hatte und führte seine Affen nun nach Achmed Zeks Zelt. Ein vorbeikommender Araber und zwei Sklaven sahen sie wohl, aber die Nacht war dunkel und die weißen Burnusse verhüllten die behaarten Glieder der Affen und die riesige Gestalt ihres Führers, so daß man an den dreien, als sie sich wie im Gespräch zusammen niederhockten, achtlos vorbeiging. Dann begaben sie sich hinter das Zelt. Drinnen hielt Achmed mit verschiedenen seiner Leutnants Rücksprache, draußen stand lauschend Tarzan.

## Zehn Traglasten Gold

Leutnant Albert Werper fragte sich voll Furcht, welches Geschick seiner wohl im fernen Addis Abeba wartete, und suchte nach irgendeiner Möglichkeit zur Flucht. Aber seit Mugambi, der Schwarze, die Bewachung getäuscht hatte, waren die Abessinier in ihren Vorsichtsmaßregeln doppelt genau. Sie wollten auf jeden Fall verhindern, daß Werper dem Beispiel des Negers folge.

Eine Zeitlang dachte Werper daran, Morak mit einem Teile seiner Edelsteine zu bestechen, aber er fürchtete, dieser werde ihm dann als Preis für seine Freilassung auch den letzten Juwel abverlangen. Der Belgier ließ sich deshalb von seinem Geiz abhalten und sann auf einen anderen Ausweg aus der schwierigen Lage.

Endlich dämmerte ihm die Möglichkeit, in einer ganz anderen Richtung Erfolg zu haben, einer Richtung, die ihn immer noch im Besitze der Edelsteine ließ, während sie gleichzeitig die Gier des Abessiniers stillte und ihm dazu die Überzeugung beibrachte, er habe alles, was von Werper zu bekommen war.

Etwa einen Tag, nachdem Mugambi verschwunden war, bat Werper Abed Morak um eine Unterredung. Als der Belgier das Zelt des Anführers betrat, deutete ihm das Stirnrunzeln des letzteren nichts Gutes an; aber obgleich er sich wenig Hoffnung auf Erlangung seines Zieles machte, stärkte er sich doch wieder durch die Betrachtung, wie schwach der menschliche Charakter im allgemeinen ist, und wie leicht selbst ganz unbeugsame Naturen sich vor verzehrender Begierde nach Reichtum umstimmen lassen.

Abed Morak sah ihn mit drohenden Brauen an. Was willst du denn? fuhr er ihn an.

Meine Freiheit, erwiderte Werper.

Der Abessinier lachte höhnisch. Hast du mich gestört, um mir etwas zu erzählen, was jeder Narr sich denken kann? meinte er.

Ich kann für sie zahlen, bemerkte Werper.

Was? rief Abed Morak mit lautem Lachen. Dafür zahlen? Womit denn – mit den Lumpen, die du auf dem Rücken hast? Oder trägst du vielleicht tausend Pfund Elfenbein unter deinem Rock verborgen? Packe dich! Du bist ein Narr. Belästige mich nicht noch einmal, sonst lasse ich dich auspeitschen.

Aber Werper blieb standhaft. Seine Freiheit, vielleicht sogar sein Leben, hing davon ab, daß er Erfolg hatte. Höre mich an, meinte er dringend. Wenn ich dir nun so viel Gold gebe, wie zehn Männer forttragen können, gibst du mir dann das Versprechen, mich unter sicherem Geleit bis zum nächsten englischen Beamten bringen zu lassen?

So viel Gold, wie zehn Männer forttragen können! wiederholte Abek Morak. Bist du toll? Woher solltest du so viel Gold nehmen?

Ich weiß, wo es verborgen liegt, sagte Werper. Gib mir dein Versprechen, und ich will dich dahin führen – sind zehn Traglasten Gold nicht genug?

Abed Morak hörte auf zu lachen. Er besah sich den Belgier scharf. Der Bursche schien vernünftig genug zu sein – aber zehn Traglasten Gold! Es war ungeheuerlich. Der Abessinier dachte einen Augenblick nach.

Schön, und falls ich dir das Versprechen gebe, sagte er, wie weit ist es bis zu diesem Golde?

Eine gute Woche Marsch nach Süden, erwiderte Werper.

Bist du dir darüber klar, welche Strafe dich erwartet, wenn wir das Gold nicht an der Stelle finden, die du angibst?

Du kannst mir das Leben nehmen, wenn es dort nicht zu finden ist, erwiderte der Belgier. Aber ich weiß, daß es da ist, denn ich sah mit eigenen Augen, wie es vergraben wurde. Und um dir noch mehr zu gestehen – es sind nicht nur zehn Lasten, sondern so viele, wie fünfzig Mann gerade tragen können. Sie alle sollst du haben, wenn du mir versprichst, mich sicher in englischen Schutz bringen zu lassen.

Willst du dein Leben dafür verpfänden, daß das Gold gefunden wird? fragte Abed.

Werper nickte zustimmend mit dem Kopfe.

Gut, sagte der Abessinier. Dann gebe ich dir das Versprechen, daß du deine Freiheit bekommst, selbst für den Fall, daß sich nur fünf Lasten finden sollten, aber so lange, bis ich das Gold im Besitze habe, bleibst du Gefangener.

Das genügt mir, sagte Werper. Brechen wir morgen auf. Abed Morak bejahte mit einem Kopfnicken, und der Belgier kehrte zu seinen Wächtern zurück. Am nächsten Tag erhielten die abessinischen Neger zu ihrer Überraschung den Befehl, statt nach Nordosten nach Süden Marschrichtung zu nehmen. So traf es sich, daß in derselben Nacht, in der Tarzan mit den zwei Affen das Räuberdorf betrat, die Abessinier nur wenige Meilen östlich davon lagerten.

Während Werper von Freiheit und ungehindertem Genuß des Vermögens, das in seiner gestohlenen Tasche ruhte, träumte, und während Abed Morak im Nachdenken über die nur ein paar Tagesmärsche nach Süden zu liegenden fünfzig Traglasten Gold vor Gier nicht einschlafen konnte, gab Achmed Zek seinen Leutnants Befehl, eine entsprechende Streitmacht von Kriegern und Trägern zusammenzustellen, um am nächsten Morgen nach den Ruinen der englischen Farm aufzubrechen und die fabelhaften Schätze zu holen, die nach Angabe seines ihm entlaufenen Leutnants dort vergraben sein mußten.

Während er im Zelte seine Befehle erteilte, kauerte jenseits des Zelttuches ein stiller Lauscher und wartete auf den Augenblick, wo er ohne Gefahr eintreten und die Suche nach der vermißten Tasche und den hübschen Kieseln, für die er eine Vorliebe gefaßt hatte, wieder fortsetzen konnte. Endlich verließen Achmed Zeks dunkelhäutige Gefährten dessen Zelt, und der Anführer schloß sich ihnen an, um noch bei einem von ihnen eine Pfeife zu rauchen. Sein eigenes Seidenzelt blieb also unbewacht. Sie hatten kaum das Innere verlassen, da fuhr eine Messerklinge in etwa zwei Meter Höhe durch den Stoff der Rückwand und öffnete für die draußen Wartenden mit einem schnellen Schnitt nach unten einen Eingang.

Der Affenmensch trat durch die Öffnung, der riesige Leib Chulks blieb ihm dicht auf den Fersen. Aber Taglat kam nicht mit. Statt dessen wandte er sich um und schlich durch die Dunkelheit der Hütte zu, in der das Weibchen, welches sein tierisches Interesse erweckt hatte, sicher gebunden lag. Vor der Türe hockten die Wachtposten auf den Schenkeln und unterhielten sich. Drinnen lag die junge Frau auf der schmutzigen Schlafmatte und ergab sich gänzlich hoffnungslos in das ihr bevorstehende Schicksal, mochte es sein, was es wollte. Zuletzt mußte die Gelegenheit kommen, sich durch das einzige Mittel – und selbst das schien im Augenblick weit genug – zu befreien, das ihr übrigblieb. Bisher hatte sie den Gedanken, Hand an sich zu legen, weit von sich gewiesen.

Eine Gestalt im weißen Burnus kroch lautlos auf die Wachtposten zu und näherte sich den Schatten am anderen Ende der Hütte. Der unentwickelte Intellekt des Tieres wußte den in der Verkleidung gebotenen Vorteil nicht auszunützen. Während es kühn an der Seite der Posten hätte vorbeigehen können, zog es lieber vor, sie ungesehen von hinten zu beschleichen.

Jetzt kam die Gestalt an die Hütte und lugte um die Ecke. Die Wachtposten waren nur ein paar Schritte entfernt, aber der Affe wagte nicht, sich, solange es eine andere und sicherere Angriffsart gab, auch nur für einen einzigen Augenblick jenen gefürchteten und verhaßten Donnerstöcken auszusetzen, die die Tarmangani so gut zu gebrauchen verstanden.

Taglat wünschte ein Baum wäre in der Nähe gewesen, von dessen überhängenden Zweigen aus er auf seine ahnungslose Beute hätte springen können. Aber obgleich kein Baum da war, gab ihm doch dieser Gedanke die Richtung zu einem anderen Plan. Die Dachkante der Hütte befand sich gerade über den Köpfen der Wachtposten – von ihr konnte er sich, ohne vorher gesehen zu werden, auf die Tarmangani stürzen. Ein rascher Biß seiner mächtigen Kinnladen würde den einen von ihnen erledigen, ehe der andere recht wußte, daß sie angegriffen wurden. Der zweite würde der Kraft, Gewandtheit und Wildheit seines nächsten, rasch darauffolgenden Angriffs leicht zum Opfer fallen.

Taglat zog sich einige Schritte hinter die Hütte zurück, sammelte seine Kräfte, lief rasch vorwärts und schnellte sich hoch in die Luft. Gerade über der Rückwand der Hütte sprang er auf das Dach, und das an dieser Stelle durch die Wand von unten abgesteifte Bauwerk hielt sein ungeheures Gewicht einen Augenblick aus. Aber als er einen Schritt vorwärts machte, gab das Dach nach, die Bedeckung riß auseinander, und der große Menschenaffe sauste hindurch und in das Innere hinunter.

Die Wachtposten hörten das Krachen der Firststangen, sprangen auf die Füße und eilten in die Hütte. Jane suchte sich zur Seite zu rollen, als die ungeheure Gestalt so nahe neben ihr niedersauste, daß ein Fuß ihr Kleid auf dem Boden festhielt.

Der Affe fühlte die Bewegung neben sich, griff herum und nahm die junge Frau in einen seiner mächtigen Arme. Da der Burnus den behaarten Körper bedeckte, glaubte Jane, der Arm eines Mannes richte sie auf, und aus äußerster Hoffnungslosigkeit keimte wieder in ihrem Busen die Hoffnung auf, daß sie endlich einen Retter gefunden habe.

Die beiden Wachtposten befanden sich jetzt wohl in der Hütte, aber sie zögerten, weil sie nicht erkennen konnten, was eigentlich los war. Mit den noch nicht an die Dunkelheit gewöhnten Augen konnten sie nichts erkennen, und da der Affe ihren Angriff schweigend erwartete, vernahmen sie auch keinen Laut.

Taglat sah, wie sie ohne weiteres Vordringen stehen blieben. Da er, behindert wie er durch das Gewicht des Weibchens war, nur recht schlecht kämpfen konnte, entschloß er sich zu einem plötzlichen Durchbruch in die Freiheit. Er senkte den Kopf und warf sich geradewegs auf die zwei im Hütteneingang stehenden Wachtposten. Unter der Wucht seiner mächtigen Schultern stürzten beide sich überschlagend zu Boden, und ehe sie sich wieder aufraffen konnten, schoß der Affe in die Schatten der nach der Palisade zu stehenden Hütten und war verschwunden.

Die Schnelligkeit und Kraft ihres Befreiers erfüllten Jane mit Bewunderung. War es möglich, daß Tarzan die Kugel des Arabers überlebt hatte? Wer sonst in der ganzen Dschungel hätte das Gewicht einer erwachsenen Frau so leicht getragen, wie es der tat, in dessen Arm sie war? Sie rief ihn beim Namen, aber sie bekam keine Antwort. Gleichwohl gab sie die Hoffnung nicht auf.

Das Tier zögerte nicht einen Augenblick vor der Palisade. Mit einem einzigen mächtigen Satz war der Affe oben und schwebte einen Augenblick auf der Spitze, dann ließ er sich auf der anderen Seite zu Boden fallen. Nun war die junge Frau fast sicher, daß sie in den Armen ihres Gatten liege, und als der Affe sich gar auf die Bäume schwang und sie rasch durch die Dschungel dahintrug, wie es Tarzan früher in vergangenen Zeiten mehrmals mit ihr gemacht hatte, wurde ihre Annahme zur festen Überzeugung.

Etwa eine Meile vom Lager der Räuber entfernt, hielt ihr Befreier bei einer kleinen, mondbeschienenen Lichtung an und ließ sich auf den Boden herab. Sein rauhes Zugreifen überraschte sie zwar, aber sie hegte immer noch keinen Zweifel. Sie rief ihn wieder beim Namen, als sich der Affe, der sich über die Beengung durch die ungewohnten Gewänder der Tarmangani ärgerte, den

Burnus abriß und den Augen der vom Entsetzen niedergeschmetterten Frau die Fratze und behaarte Gestalt eines ungeheuren Menschenaffen enthüllte.

Mit einem kläglichen Wimmern verlor Jane die Besinnung und fiel in Ohnmacht, während aus dem Versteck eines nahegelegenen Gebüsches Numa, der Löwe, hungrig nach dem Paar spähte und sich die Lefzen leckte.

*

Tarzan betrat Achmed Zeks Zelt und suchte das Innere gründlich durch. Er riß das Bett in Fetzen und streute den Inhalt von Kisten und Kasten über den Boden. Was seine Augen nur entdecken konnten, suchte er durch. Seinen geübten scharfen Sinneswerkzeugen entging nicht der kleinste Gegenstand in der Behausung des Räuberhauptmanns; aber weder seine Tasche noch seine hübschen Kiesel fand er zur Belohnung für seine Gründlichkeit.

Er war schließlich davon überzeugt, daß sein Eigentum nicht in Achmed Zeks Besitz war, falls dieser es nicht direkt am Leibe trug. Tarzan beschloß daher, erst die Person des Weibes in Sicherheit zu bringen, ehe er sich weiter nach seiner Tasche auf die Suche machte. Er gab Chulk mit einer Handbewegung das Zeichen, ihm zu folgen und verließ das Zelt auf demselben Wege, auf dem er es betreten hatte. Kühn schritt er mitten durch das Dorf geradewegs auf die Hütte zu, in welcher Jane gefangengehalten worden war.

Mit einiger Überraschung stellte er fest, daß Taglat, den er außen hinter Achmed Zeks Zelt geglaubt hatte, fehlte. Aber da er an die Unverläßlichkeit der Affen gewöhnt war, schenkte er der neuerlichen Entfernung seines sauertöpfischen Begleiters weiter keine große Beachtung. Solange Taglat nicht seine Pläne durchkreuzte, war seine Abwesenheit Tarzan gleichgültig. Als sich der Affenmensch der Hütte näherte, bemerkte er, daß sich eine Gruppe Leute vor deren Eingang gesammelt hatte. Er konnte sehen, daß die beisammenstehenden Männer sehr erregt waren, und fürchtete, angesichts so vieler spähender Augen könnte Chulks Verkleidung dessen wahre Persönlichkeit nicht hinreichend verbergen. Deshalb befahl er dem Affen, sich an das entfernte andere Ende des Dorfes zu begeben und ihn da zu erwarten.

Chulk wackelte, sich im Schatten haltend, davon und Tarzan trat kühn zu der erregten Gruppe. Beim Versuche, den Grund der Erregung kennenzulernen, drängte er sich zwischen die Neger und Araber und vergaß vor lauter Interesse, daß er als einziger der Versammlung Speer, Bogen und Pfeile trug, wodurch er Gegenstand argwöhnischer Aufmerksamkeit werden mußte.

Er drängte sich mit den Schultern durch den Haufen, kam an die Türe und war beinahe darin, als ihm einer der Araber die Hand auf die Schulter legte und rief: Wen haben wir denn hier? während er dem Affenmenschen gleichzeitig die Kapuze vom Gesicht zurückwarf. Affentarzan war Zeit seines rauhen Lebens nicht gewohnt gewesen, sich bei einem Gegner mit Erklärungen aufzuhalten. Der primitive Instinkt der Selbsterhaltung kennt viele Wege und Listen, aber Auseinandersetzung durch Erklärung gehört nicht dazu. Tarzan verlor deshalb auch gar keine kostbare Zeit mit dem Versuch, den Räubern beizubringen, daß er kein Wolf in Schafskleidern sei. Er packte statt dessen den Mann, der ihm die Kapuze abgerissen hatte, an der Kehle, ehe diesem die Worte recht über die Lippen gekommen waren, und schleuderte ihn hin und her, wodurch er alle auf die Seite warf, die ihm zu nahe kommen wollten.

Den Araber als Waffe benützend erzwang sich Tarzan rasch den Weg zur Türe und befand sich einen Augenblick später im Innern der Hütte. Eine hastige Prüfung belehrte ihn darüber, daß sie leer war, aber sein Geruchssinn entdeckte dazu auch die Witterung des Affen Taglat. Tarzan stieß ein leises, unheildrohendes Knurren aus. Die Leute, welche sich, um ihn zu ergreifen, nach der Türe drängten, fuhren zurück, als die grimmigen Töne eines raubtierartigen Kampfrufes an ihre Ohren schlugen. Überrascht und bestürzt sahen sie einander an. Ein Mensch hatte die Hütte allein betreten und doch hatten sie eben mit eigenen Ohren die Stimme eines wilden Tieres darin gehört! Was hatte das zu bedeuten? Hatte ein Löwe oder ein Leopard in der Hütte ohne Wissen der Wachtposten Schutz gesucht? Tarzans Augen entdeckten alsbald die Öffnung in der Decke, durch welche Taglat heruntergefallen war. Er mutmaßte, der Affe müsse auf diesem Wege entweder gekommen oder verschwunden sein und sprang, während die Araber draußen noch zögerten, wie eine Katze in die Lücke, faßte die obere Kante der Wand, kletterte hinaus auf das Dach und ließ sich sofort hinter der Hütte auf den Boden hinunter.

Als die Araber schließlich, nachdem sie mehrere Salven durch die Wände gefeuert, genug Mut gesammelt hatten, um die Hütte zu betreten, fanden sie deren Inneres leer. Tarzan suchte zu dieser Zeit bereits am anderen Ende des Dorfes nach Chulk, aber dieser Affe war nirgends zu finden.

Seines Weibes beraubt, von seinen Gefährten verlassen und über den Verbleib seiner Tasche und der Kiesel so unklar wie nur je, erklomm Tarzan in recht ärgerlicher Stimmung die Palisade und verschwand in der Dschungel.

Für diesmal mußte er das Suchen nach seiner Tasche aufgeben, denn es wäre gleichbedeutend mit Selbstmord gewesen, hätte er jetzt nochmals das Araberlager betreten, nachdem dessen sämtliche Bewohner ermuntert und auf ihrer Hut waren.

Bei der Flucht aus dem Dorfe hatte der Affenmensch die Spur des flüchtigen Taglat verloren und kreiste nun in weitem Bogen durch den Wald, um sie möglichst wieder aufzufinden.

Chulk war so lange auf seinem Posten geblieben, bis die Schreie und Schüsse der Araber seine einfältige Seele mit Schrecken erfüllten, denn vor allen anderen Dingen fürchtete das Affenvolk die Donnerstöcke der Tarmangani. Dann war er behend über die Palisade geklettert, wobei er seinen Burnus zerrissen hatte, und floh nun knurrend und scheltend in die Tiefen der Waldwildnis.

In größter Eile durchstreifte Tarzan die Dschungel auf der Suche nach Taglat und dem Weibe. Nicht weit vor ihm beugte sich der Affe auf einer kleinen vom Mond erhellten Lichtung über die hingestreckte Gestalt des Weibes, das Tarzan suchte. Das Tier riß an den Fesseln, die ihre Hand- und Fußgelenke banden, und zerrte und nagte an den Stricken. Den Affenmenschen mußte sein Weg in allernächster Nähe rechts von ihnen vorbeiführen und wenn er sie auch nicht sah, mußte ihm doch der von ihnen zu ihm hinwehende Wind ihre Witterung stark zutragen.

Noch einen Augenblick und Jane wäre in Sicherheit gewesen, trotz des Löwen, der sich bereits zusammenkauerte, um zum Sprunge anzusetzen. Aber das Schicksal, das schon bisher fast zu grausam gewesen war, übertraf sich diesmal selbst – der Wind sprang plötzlich auf ein paar Augenblicke um, die Witterung, welche den Affenmenschen an die Seite der jungen Frau geführt haben würde, wehte in entgegengesetzter Richtung, Tarzan eilte in nur fünfzig Meter Entfernung an der Tragödie vorbei, die sich gleich auf der Lichtung abspielen sollte, und die Gelegenheit war auf Nimmerwiederkehr dahin.

## Der Kampf um die Goldbarren

Es wurde Morgen, ehe sich Tarzan eingestehen wollte, daß sein Suchen möglicherweise fehlgeschlagen sei, und selbst dann gab er nur zu, daß der Erfolg nur hinausgeschoben sei. Er wollte essen, schlafen und dann wieder von vorne anfangen. Die Dschungel war groß, aber groß waren auch Tarzans Erfahrung und Klugheit. Taglat konnte weit fort wandern, aber Tarzan würde ihn endlich doch finden, und wenn er jeden Baum des mächtigen Waldes nach ihm absuchen mußte.

Mit solchem Selbstgespräch folgte der Affenmensch der Spur Baras, des Hirsches, den er sich zum Unglück für diesen zur Befriedigung seines Hungers ausgesucht hatte. Eine halbe Stunde lang führte die Spur den Affenmenschen auf einem starkbegangenen Wildpfad ostwärts, als plötzlich zu des Pirschgängers Erstaunen die Beute in Sicht kam, aber in wilder Jagd die schmale Fährte zurück direkt auf ihn zu.

Tarzan, der der Fährte gefolgt war, sprang so rasch in die verbergende grüne Blätterwand, daß der Hirsch von der Anwesenheit dieses neuen Feindes nichts ahnte. Während das Tier immer herangerast kam, schwang sich der Affenmensch auf die unteren Zweige eines Baumes, der den Wildpfad überschattete. Dort hockte er nun wie ein grimmiges Raubtier und erwartete das Herankommen seiner Beute.

Was das Tier in so eilige Flucht gejagt hatte, konnte Tarzan sich nicht denken – vielleicht Numa, der Löwe, oder Sheeta, der Leopard. Aber wer es auch gewesen sein mochte, es machte Affentarzan wenig aus – er war jederzeit bereit und willens, seine Beute gegen jeden anderen Bewohner der Dschungel zu verteidigen. Wenn seine körperlichen Hilfsmittel dazu nicht ausreichten, stand ihm immer noch eine andere, wirksamere Macht zur Verfügung – seine Findigkeit.

Der daherspringende Hirsch lief jetzt geradewegs in den Rachen des Todes. Der Affenmensch drehte sich um, so daß er dem sich nähernden Geschöpf den Rücken wies. Mit gebeugten Knien hielt er sich auf dem leise über dem Pfad schwankenden Ast in der Schwebe und lauschte mit scharfen Ohren dem sich nähernden Hufschlag des erschreckten Hirsches.

In einem Augenblick fuhr die Beute wie ein Blitz unter dem Ast durch, im nächsten war der Affenmensch ihr von oben auf den Rücken gesprungen. Die Wucht des Menschenkörpers warf den Hirsch zu Boden. Bei einem nutzlosen Versuch, sich wieder zu erheben, stolperte er vorwärts, dann zogen ihm mächtige Muskeln den Kopf weit nach rückwärts, gaben dem Genick einen krampfhaften Ruck – Bara war tot.

Das Töten war Augenblickssache gewesen, und ebenso schnell folgten die nächsten Handlungen des Affenmenschen, denn wer konnte wissen, welche Art von Jäger Bara verfolgt hatte und wie nahe er bereits sein mochte? Der Nackenwirbel der Beute hatte kaum geknackt, als der Körper bereits über Tarzans breiter Schulter hing, und einen Augenblick später hockte der Affenmensch wieder auf den unteren Zweigen eines den Wildpfad überragenden Baumes und seine grauen Augen spähten den Pfad entlang, den der Hirsch auf der Flucht durchstürmt hatte.

Es dauerte auch nicht lange, ehe Tarzan die Ursache zu Baras Flucht klar wurde, denn jetzt wurde das unverkennbare Geräusch herannahender Reiter vernehmbar. Seine Beute mit sich schleppend, stieg der Affenmensch bis in halbe Höhe des Baumes hinauf und setzte sich behaglich auf eine Astgabel, von der aus er immer noch den Pfad überschauen konnte, schnitt sich ein saftiges Stück Fleisch aus des Tieres Lende und erfreute sich an dem Gewinn seiner Gewandtheit und Klugheit, indem er mit seinen starken, weißen Zähnen in das warme Fleisch biß.

Über der Befriedigung seines Hungers vergaß er aber keineswegs den Wildpfad unten. Seine scharfen Augen sahen es schon, als die Nüstern des Spitzenpferdes auf dem gewundenen Pfade in Sicht kamen, und einen nach dem anderen prüfte er die im Gänsemarsch hintereinander unten durchreitenden Reiter.

Jetzt sah er einen unter ihnen, den er sofort erkannte, aber der Affenmensch hatte seine Gemütsbewegungen so in der Gewalt, daß nicht der geringste Wechsel im Gesichtsausdruck, geschweige denn eine seine Gegenwart womöglich verratende Zornesäußerung seine innere Erregung anzeigte.

Albert Werper unter ihm auf seinem Pferde hatte ebensowenig wie die vor und hinter ihm reitenden Abessinier eine Ahnung davon, daß der Affenmensch in der Nähe war und ihn auf ein Anzeichen der gestohlenen Juwelen-Tasche untersuchte.

Während die Abessinier weiter nach Süden ritten, schwebte eine riesige Gestalt immer über ihnen auf der Fährte – ein ungeheurer, fast nackter Weißer, der den blutigen Körper eines Hirsches über den Schultern trug, denn Tarzan wußte, daß er für die nächste Zeit keine weitere Muße zum Jagen hatte, wenn er mit dem Belgier Schritt halten wollte.

Einen Versuch, ihn mitten unter den bewaffneten Reitern herauszuholen, wollte Tarzan erst im alleräußersten Notfall wagen, denn in der Wildnis sind

Vorsicht und Klugheit für die Handlungsweise bestimmend, wenn nicht Schmerz oder Zorn einmal alle Überlegung zum Schweigen bringt.

So zogen die Abessinier mit dem Belgier nach Süden, und Affentarzan schwang sich lautlos in halber Höhe der Bäume über ihren Köpfen durch die schwankenden Zweige.

Ein Marsch von zwei Tagen brachte sie zu einer flachen Ebene, der Gebirge hintergelagert waren – einer Ebene, die Tarzan nicht erblickte, ohne daß sie ihm unklare halberinnerliche Vorstellungen und merkwürdige Gefühle erweckte. Die Reiter ritten auf die freie Ebene hinaus, und in sicherer Entfernung unter Ausnutzung jeder sich auf dem Boden bietenden Deckung kroch der Affenmensch hinterher.

Neben einem Haufen verkohlter Aschenreste hielten die Abessinier, Tarzan schlich sich in die Nähe, barg sich in einem nahegelegenen Gestrüpp und beobachtete sie ganz erstaunt.

Er sah, wie sie die Erde aufgruben, und fragte sich verwundert, ob sie dort wohl rohes Fleisch vergraben hatten und nun wiedergekommen waren, um es zu holen. Dann erinnerte er sich daran, wie er seine hübschen Kiesel vergraben hatte und auf Grund welcher Überlegung er dazu gekommen war. Sie gruben nach Sachen, welche die Schwarzen hier vergraben hatten.

Nun sah er, wie sie einen schmutzig-gelben Gegenstand freilegten und konnte bemerken, wie sich Werper und Abed Morak über das ihnen zu Auge gekommene Stück freuten. Eines nach dem anderen gruben sie aus, lauter gleiche Stücke, alle von demselben matten Gelb, bis ein ganzer Haufen davon auf dem Felde lag, ein Haufen, den Abed Morak in gierigem Entzücken streichelte und patschte.

Irgend etwas in des Affenmenschen Hirn regte sich, als er die goldenen Barren lange vor Augen hatte. Wo hatte er so etwas schon einmal gesehen? Was war es? Warum waren diese Tarmangani so außerordentlich gierig danach? Wem gehörten sie überhaupt?

Er erinnerte sich der Schwarzen, die die Sachen vergraben hatten. Ihnen mußten sie gehören. Werper war dabei, sie zu stehlen, wie er Tarzans Tasche mit Kieseln gestohlen hatte. Des Affenmenschen Augen funkelten vor Zorn. Er hatte große Lust, die Schwarzen zu suchen und sie gegen diese Diebe zu führen. Wo wohl ihr Dorf sein mochte, fragte er sich.

Während alle diese Dinge durch sein reges Gehirn gingen, tauchte am Waldrande der Ebene ein Trupp auf und rückte gegen die Ruinen der verbrannten Farm vor.

Der stets wachsame Abed Morak war der erste, der sie bemerkte, aber da waren sie schon halbwegs über die Ebene heran. Er rief seinen Leuten zu, aufzusitzen und sich bereitzuhalten, denn wer kann im Herzen Afrikas wissen, ob ein ankommender Fremder Freund oder Feind ist?

Werper schwang sich in den Sattel und richtete seine Augen auf die Ankömmlinge, dann wandte er sich bleich und zitternd zu Abed Morak.

Achmed Zek ist es mit seinen Räubern, sagte er fast flüsternd. Sie kommen und wollen das Gold ebenfalls holen.

Etwa um dieselbe Zeit mußte wohl Achmed Zek den Haufen der gelben Barren entdeckt haben und sich klar darüber geworden sein, daß das, was er gefürchtet hatte, als er eine Gruppe Menschen neben dem verbrannten Bungalow des Engländers erblickte, Tatsache war – irgend jemand war ihm zuvorgekommen, ein anderer an seiner Statt hatte vor ihm die Hand auf den Schatz gelegt.

Der Araber verlor vor Wut fast die klare Überlegung. Neuerdings ging ihm schon alles verkehrt. Er hatte die Juwelen verloren, dazu den Belgier, und dann zum zweitenmal die Engländerin. Nun war auch noch einer gekommen, um ihm den Schatz zu rauben, den er doch hier vor jeder Berührung so sicher geglaubt hatte, als ob er noch in der Goldmine schlummere.

Er fragte nicht erst, wer die Diebe sein konnten. Ohne Kampf würden sie das Gold doch nicht aufgeben, dessen war er sicher. Mit einem wilden Schrei und einem kurzen Befehl an seine Leute preßte Achmed Zek seinem Roß die Schärfe der Steigbügel in die Flanken und jagte auf die Abessinier los. Hinter ihm mit Schreien und Fluchen, die langen Flinten über den Köpfen schwingend, seine buntscheckige Horde von Halsabschneidern.

Abed Moraks Leute empfingen sie mit einer Salve, die einige Sättel leerte, aber dann stießen die Räuber mit ihnen zusammen und Säbel, Pistole und Flinte taten reihum ihre schreckliche und blutige Arbeit.

Achmed Zek hatte gleich beim ersten Angriff Werper entdeckt und warf sich auf den Belgier, aber diesem saß in Anbetracht des ihm drohenden Geschicks die Angst in den Gliedern, deshalb warf er sein Pferd herum und jagte wie toll davon. Achmed Zek schrie einem Unterführer zu, er solle den Befehl übernehmen, bei

Todesstrafe keinen Abessinier entkommen lassen und ihm das Gold nach dem Lager bringen. Dann setzte er dem Belgier über die Ebene nach, denn seine boshafte Veranlagung war selbst auf die Gefahr hin, seinen Schatz zu opfern, außerstande, sich den Genuß der Rache nehmen zu lassen.

Während Verfolgter und Verfolger wie besessen dem fernen Walde zurasten, tobte hinter ihnen der Kampf mit blutiger Wildheit. Schonung wurde weder erbeten noch gewährt, weder seitens der wilden Abessinier noch seitens der mörderischen Schurken Achmed Zeks. Aus dem Versteck der Büsche beobachtete Tarzan den blutigen Strauß, dessen Gruppen ihn so vollständig umzingelt hielten, daß selbst er kein Schlupfloch finden konnte, durch das er sich zur Verfolgung Werpers und des Araberführers hätte davonmachen können.

Die Abessinier bildeten einen Kreis, der Tarzans Versteckplatz einschloß, und außen herum und auf sie ein galoppierten die johlenden Räuber, bald davonsprengend, bald mit Hieb und Stich ihrer krummen Säbel auf sie eindringend.

Achmeds Zeks Leute waren an Zahl überlegen, und langsam aber sicher wurden Meneliks Soldaten niedergemacht. Für Tarzan war der Ausgang Nebensache. Er wartete in einer einzigen Absicht ab – er wollte aus dem Ring der mordwütigen Kämpfer entkommen und sich hinter dem Belgier und seiner Tasche hermachen. Als er den Belgier auf dem Wildpfad, auf dem er Bara, den Hirsch, getötet hatte, entdeckte, traute er erst seinen Augen nicht, und glaubte sich zu täuschen, so sicher war er dessen, daß der Dieb von Numa getötet und gefressen worden war. Aber nachdem er zwei Tage lang der Abteilung gefolgt war, konnte er nicht länger an der Identität des Mannes zweifeln, obgleich er damit das Rätsel zu lösen bekam, wer denn dann der verstümmelte Leichnam gewesen war, den er für den Gesuchten gehalten hatte.

Wie er so verborgen unter den dichten Büschen hockte, die vor noch so kurzer Zeit der Stolz und die Freude der Frau gewesen waren, an die er sich nicht mehr erinnern konnte, kamen ein Araber und ein Abessinier durch mehrmaliges Herumwerfen ihrer Pferde, während sie mit den Säbeln aufeinander losschlugen, seinem Aufenthaltsorte immer näher. Schritt für Schritt drängte der Araber seinen Gegner zurück, bis das Pferd des letzteren beinahe auf den Affenmenschen trat. Dann spaltete ein tückischer Hieb dem Schwarzen den Schädel, und die Leiche fiel rückwärts herab und beinahe auf Tarzan.

Als der Abessinier aus dem Sattel taumelte, brachte die Möglichkeit zum Entkommen, die sich mit dem reiterlosen Pferd bot, den Affenmenschen blitzartig zum sofortigen Handeln. Ehe das erschrockene Tier sich faßte und flüchtete, saß bereits ein nackter Riese auf seinem Rücken. Eine kräftige Hand hatte die Zügel gefaßt und der überraschte Araber sah sich einem neuen Feinde im Sattel des von ihm Erschlagenen gegenüber.

Aber dieser Feind schwang keinen Säbel und ließ Speer und Bogen ruhig auf dem Rücken. Der Araber hatte sich von seinem ersten Schrecken erholt und stürzte mit erhobenem Säbel heran, um diesen übermütigen Fremdling zu vernichten. Er führte einen mächtigen Hieb nach dem Kopfe des Affenmenschen, aber der Hieb pfiff harmlos durch dünne Luft, weil ihm Tarzan durch Bücken auswich. Dann fühlte der Araber, daß ihm das Pferd des Gegners das Bein schrammte, ein großer Arm fuhr auf ihn los, schlang sich um seine Hüfte, und ehe er sich recht besann, war er aus dem Sattel gerissen und bildete einen Schild für seinen Gegner, der ihn in wilder Karriere geradewegs durch die umzingelnden Reihen seiner Genossen hindurchtrug.

Jenseits der Kampfreihe fand er sich kurzerhand auf den Boden geworfen und das letzte, was er von seinem merkwürdigen Gegner sah, war, wie dieser im Galopp über die Ebene auf die entfernteste Ecke des Waldrandes lossprengte. Der Kampf tobte noch eine volle Stunde weiter und endete auch nicht, ehe nicht der letzte Abessinier tot auf dem Boden lag oder flüchtend nach Norden davongaloppiert war. Aber eine Handvoll Männer unter ihrem Anführer Abed Morak entkam.

Die siegreichen Räuber stapelten die Goldbarren, welche die Abessinier ausgegraben hatten, auf einen Haufen und erwarteten dann die Rückkehr ihres Führers. Ihr Siegesjubel war allerdings durch den kurzen Blick, den sie auf den nackten weißen Riesen tun konnten, während er mit einem ihrer Kampfgenossen auf einem feindlichen Pferde davongaloppierte, stark abgekühlt. Ihr Gefährte war nun mitten unter ihnen und beschrieb die übermenschliche Stärke des Affenmenschen. Alle, wie sie da waren, kannten sie den Namen und Ruf des Affentarzan, und der Umstand, daß sie den weißen Riesen, den grimmigsten Feind aller Übeltäter in der Dschungel, wiedererkannt hatten, vermehrte insofern ihren Schrecken, als sie sicher geglaubt hatten, Tarzan sei tot.

Von Natur abergläubisch, glaubten sie steif und fest, den körperlosen Geist eines toten Menschen erblickt zu haben und warfen nun angstvolle Blicke um sich in der Erwartung, der Geist werde bald an die Stätte der Verwüstung zurückkehren, die sie hier bei dem kürzlichen Überfall seines Heimes angerichtet hatten. Im aufgeregten Flüsterton erörterten sie, welcherlei Art von Rache ihnen der Geist voraussichtlich zufügen würde, wenn er sie bei der Rückkehr im Besitze seines Goldes fände.

Je länger sie darüber sprachen, je mehr wuchs ihr Schauder, während aus dem Versteck des Riedgrases am Flusse unten eine kleine Abteilung nackter Schwarzer jede ihrer Bewegungen beobachtete. Von den Hügeln jenseits des Flusses hatten die Schwarzen das Kampfgetöse vernommen, waren vorsichtig zum Fluß herabgekommen und durch die Furt in die Riedgräser vorgerückt, bis sie sich an einer Stelle befanden, von der aus sie jede Bewegung der Kämpfenden übersehen konnten.

Eine halbe Stunde lang warteten die Räuber auf Achmed Zeks Rückkehr, während welcher Zeit die Scheu vor einer baldigen Rückkehr von Tarzans Geist allmählich ihre Ergebenheit gegen ihren Herrn und die Furcht vor ihm untergrub. Schließlich sprach einer von ihnen nur den Wunsch aller übrigen aus, als er erklärte, er wolle auf die Suche nach Achmed Zek nach Norden in den Wald reiten. Im Nu war jeder von ihnen im Sattel.

Das Gold ist hier sicher genug, rief einer. Wir haben die Abessinier getötet und andere, die es forttragen könnten, sind nicht da. Wir wollen auf die Suche nach Achmed Zek reiten!

Einen Augenblick später galoppierten die Räuber inmitten einer Staubwolke wild über die Ebene davon, und aus dem Versteck des Riedgrases längs des Flusses kroch eine Anzahl schwarzer Krieger nach der Stelle, an der die Goldbarren von Opar auf dem Boden aufgestapelt lagen.

*

Als Werper den Wald erreichte, war er Achmed Zek noch ein Stück voraus, aber der letztere war besser beritten und gewann ihm Boden ab. Mit dem rücksichtslosen Mut der Verzweiflung reitend, trieb der Belgier sein Tier in der Enge des gewundenen Wildpfades noch zu vermehrter Eile an.

Hinter sich konnte er die Stimme Achmed Zeks hören, wie er ihm Halt zuschrie, aber Werper drückte die Sporen nur tiefer in die blutenden Flanken seines keuchenden Rosses. Zweihundert Meter weit im Walde drin lag ein abgebrochener Ast quer über dem Pfade. Das Hindernis war so gering, daß ein Pferd es ohne sein Vorhandensein auch nur zu merken in seiner gewöhnlichen Gangart hätte passieren können. Aber Werpers Pferd war erschöpft und seine Beine waren todmüde. Als sich die Vorhand im Zweige verfing, stolperte es, konnte sich nicht mehr halten, fiel und blieb um sich schlagend auf dem Pfade liegen.

Werper war über den Kopf heruntergestürzt und ein paar Meter weit gerollt. Er raffte sich wieder auf und lief zurück. Die Zügel packend, suchte er das Tier in die Höhe zu reißen, aber das Pferd konnte oder wollte sich nicht erheben. Während der Belgier noch mit Fluchen nach ihm schlug, erschien Achmed Zek hinten auf der Bildfläche.

Alsbald ließ der Belgier mit seinen Bemühungen von dem sterbend vor ihm liegenden Tier ab, packte sein Gewehr, warf sich hinter das Pferd und feuerte auf den anreitenden Araber. Sein niedrig gezielter Schuß traf Achmed Zeks Pferd in die Brust und brachte es etwa hundert Meter von der Stelle entfernt, an der Werper zum nächsten Schuß bereit lag, zu Fall.

Der Araber stellte sich erst breitbeinig hin, verlor aber in Anbetracht der gutgewählten Stellung des Belgiers hinter dem gefallenen Pferde keine Zeit, sondern warf sich ebenfalls hinter sein Pferd.

Da lagen denn nun die beiden und feuerten abwechselnd Schüsse und Flüche aufeinander ab, während im Rücken des Arabers Affentarzan dem Waldrande nahte. Er hörte die gelegentlichen Schüsse des Zweikampfes und zog die sichere und raschere Verkehrsstraße über die Zweige des Waldes dem unsicheren Beförderungsmittel vor, das ihm das halbniedergebrochene abessinische Pony nur sein konnte. Er kletterte in die Bäume hinauf.

Der Affenmensch hielt sich auf der einen Seite des Wildpfades und kam gleich darauf an eine Stelle, von der er den Kämpfern in verhältnismäßiger Sicherheit zusehen konnte. Erst hob sich der eine, dann der andere etwas über seine Brustwehr aus Pferdefleisch, feuerte und ließ sich sofort wieder flach hinter der Deckung niedersinken, um zu laden und dasselbe Manöver einen Augenblick später zu wiederholen.

Werper hatte nur wenig Munition. Abed Morak hatte ihn hastig mit den Waffen eines Abessiniers versehen, der als einer der ersten beim Gefecht um den Goldbarren-Stapel gefallen war. Er merkte, daß er bald seine letzte Patrone verschossen haben würde. Dann war er dem Araber auf Gnade oder Ungnade ausgeliefert – und was der dann tun würde, wußte er gut genug.

Angesichts von Tod und Beraubung um seinen Schatz, sah sich der Belgier nach einem Ausweg zum Entkommen um und der einzige, der ihm eine schwache Möglichkeit des Erfolges in sich zu schließen schien, hing davon ab, ob sich Achmed Zek betören ließ.

Werper hatte sich bis auf eine einzige Patrone verschossen, als er während einer Gefechtspause seinen Gegner laut anrief:

Achmed Zek, rief er, Allah allein weiß, wessen Gebeine heute auf diesem Pfade zum Modern liegen bleiben werden, wenn wir beide unseren törichten Kampf weiter fortsetzen. Du willst den Inhalt der Tasche, die ich auf dem Leibe trage, mir ist mein Leben und meine Freiheit noch lieber als selbst die Edelsteine. Lasse denn jeden von uns das nehmen, was ihm am wertvollsten ist, und seiner Wege gehen. Ich werde die Tasche auf den Kadaver meines Pferdes legen, wo du sie sehen kannst, du dagegen lege dein Gewehr mit dem Kolben mir zugekehrt über das deine. Dann will ich fortgehen und dir die Tasche überlassen und du wirst mich ungefährdet ziehen lassen. Ich will nur mein Leben und meine Freiheit.

Der Araber dachte einen Augenblick schweigend nach. Als er dann sprach, war seine Antwort von der Tatsache bestimmt, daß er eben seinen letzten Schuß verbraucht hatte.

So gehe denn deines Weges, sagte er grollend, und lasse die Tasche deutlich sichtbar hinter dir zurück. Schau her, ich lege mein Gewehr so, mit dem Kolben nach dir zeigend. Nun gehe.

Werper nahm die Tasche vom Leibe. Kummervoll und zärtlich befühlten seine Finger die harten Umrisse des Inhalts. Ach, wenn er doch nur eine kleine Handvoll der kostbaren Steine hätte herausnehmen können! Aber Achmed Zek war nun aufgestanden und hatte mit seinen Adleraugen einen guten Überblick auf den Belgier und jede seiner Handlungen.

Mit tiefstem Bedauern legte Werper die Tasche auf sein totes Pferd, ohne ihren Inhalt zu berühren, erhob sich, nahm sein Gewehr und zog sich langsam auf dem Wildpfad zurück, bis ihn eine Biegung dem Blick des wachsamen Arabers entzog.

Aber Achmed Zek wagte auch jetzt noch nicht vorzurücken, denn er fürchtete eine Verräterei, der er unter ähnlichen Umständen ebensogut fähig gewesen wäre. Sein Argwohn war auch keineswegs grundlos, denn der Belgier war kaum aus dem Gesichtskreis des Arabers, als er sich hinter einem Baumstamm barg, von dem aus er immer noch ungehinderte Sicht nach seinem toten Pferde und der Tasche hatte. Dann legte er sein Gewehr an und richtete es auf die Stelle, wo der Körper des anderen erscheinen müßte, wenn er vorkam, um den Schatz zu packen.

Aber Achmed Zek war nicht der Narr, sich auf die geschwätzte Ehre eines Diebes und Mörders zu verlassen. Er nahm seine lange Flinte, verließ den Wildpfad, schlug sich in die Ranken und verwachsenen Pflanzen, die ihn auf der Seite einzäunten und kroch langsam auf Händen und Füßen neben dem Pfade entlang. Auch nicht einen Augenblick war sein Körper der Flinte des verborgenen Rächers ausgesetzt.

In dieser Weise rückte Achmed Zek vor, bis er sich auf gleicher Höhe mit dem toten Pferd des Gegners befand. Die Tasche lag immer noch klar sichtbar da, während Werper mit zunehmender Ungeduld und Nervosität wartete und sich wunderte, daß der Araber nicht kam, um seine Belohnung einzuheimsen. Auf einmal sah er plötzlich und heimlich einen Flintenlauf ein paar Zoll über der Tasche erscheinen und ehe er noch den schlauen Streich, den ihm der Araber gespielt hatte, recht erfaßte, hing sich das Korn der Gewehrmündung geschickt in den Rohlederriemen, an dem die Tasche um den Leib getragen worden war, und zog sie rasch außer Sichtweite in das dichte Laub neben der Fährte.

Nicht für einen Augenblick hatte der Räuber auch nur einen Quadratzentimeter seines Körpers gezeigt und Werper wagte seinen letzten Schuß nicht eher abzugeben, als bis er alle Wahrscheinlichkeit eines erfolgreichen Treffers für sich hatte. Leise vor sich hinlachend, zog sich Achmed Zek einige Schritte in die Dschungel zurück, denn er war so überzeugt davon, daß Werper in nächster Nähe auf die Gelegenheit wartete, ihm eins auf den Pelz zu brennen, als ob seine Augen durch die Dschungelbäume bis zu der Stelle hindurchgesehen hätten, wo sich die Gestalt des Belgiers verbarg, der hinter dem Stamm eines schützenden Riesen mit seinem Gewehr herumhantierte. Werper wagte nicht, vorzurücken – seine Gier erlaubte ihm aber auch nicht, sich zu entfernen, und so stand er denn da, hielt das Gewehr schußbereit und bewachte mit den Augen katzenartig gespannt die Fährte vor sich.

Aber noch ein anderer hatte die Tasche gesehen und erkannt, einer, der mit Achmed Zek vorrückte und über ihm so schweigsam und sicher wie der leibhaftige Tod lauerte. Während sich der Araber ein kleines, weniger mit Büschen überwuchertes Fleckchen suchte, als er bisher gefunden hatte, um seine Augen am Inhalt der Tasche zu weiden, hielt Tarzan, der ganz dieselbe Absicht hatte, gerade über ihm.

Achmed Zek löste langsam die Schlingen, die die Öffnung der Tasche verschlossen, dann rundete er eine seiner klauenartigen Hände und schüttete sich einen Teil des Inhalts in die hohle Hand.

Einen einzigen Blick tat er auf die in seiner Hand liegenden Steine. Dann kniff er die Augen zusammen und schleuderte die kleinen Gegenstände mit einem wilden Fluche verächtlich fort. Rasch entleerte er den Rest des Tascheninhalts, bis er jeden Stein einzeln geprüft hatte, dann schleuderte er sie alle zu Boden, stampfte in seiner Wut darauf herum, wobei die Muskeln seines Gesichts in dämonartigem Grimm zuckten, und ballte die Fäuste, daß sich die Nägel in das Fleisch drückten.

Tarzan über ihm sah voll Erstaunen zu. Er war voller Neugierde gewesen, zu erfahren, was all dieser Spektakel wegen seiner Tasche bedeuten sollte. Er wollte sehen, was der Araber tun würde, wenn der andere seiner Wege gegangen war und die Tasche hinter sich zurückgelassen hatte, und wenn er dann seine Neugier befriedigt hatte, wollte er sich auf Achmed Zek stürzen und ihm die Tasche und seine hübschen Kiesel abnehmen; gehörten sie denn nicht Tarzan?

Nun sah er, wie der Araber die leere Tasche beiseite warf, seine lange Flinte wie eine Keule am Lauf packte und sich verstohlen neben dem Wildpfad, auf dem sich Werper fortgemacht hatte, durch die Dschungel schlich.

Als ihm der Mann aus dem Gesichtskreis entschwunden war, ließ sich Tarzan auf den Boden herunter und begann den verstreuten Inhalt seiner Tasche aufzusammeln. Aber sobald er den ersten näheren Blick auf die verstreuten Kiesel getan hatte, konnte er die Wut des Arabers verstehen, denn statt der glitzernden und funkelnden Edelsteine, die von Anfang an die Aufmerksamkeit und Vorliebe des Affenmenschen auf sich gezogen hatten, enthielt die Tasche nunmehr nur eine Sammlung ganz gewöhnlicher Flußkiesel.

## Jane unter Raubtieren

Mugambi war es nach seinem geglückten Fluchtversuch recht schlecht gegangen. Sein Weg hatte ihn durch ein Land geführt, das ihm völlig unbekannt war, ein Dschungelgelände, in dem er kein Wasser und nur wenig zu essen fand, so daß er sich nach einer Wanderung von wenigen Tagen bereits so geschwächt fühlte, daß er sich kaum vorwärtsschleppen konnte.

Nur mit zunehmender Schwierigkeit fand er noch genügend Kraft, sich nachts einen Schutz zu bauen, der ihn einigermaßen vor den großen Raubtieren sicherte, und bei Tage mußte er seine Kräfte noch weiter durch das Graben nach eßbaren Wurzeln und die Suche nach Wasser vergeuden.

Ein paar beträchtlich weit auseinanderliegende Pfützen stehenden Wassers retteten ihn vor dem Verdursten, aber er befand sich bereits in einem jammervollen Zustand, als er endlich durch Zufall auf einen breiten Fluß stieß, der durch eine mit Früchten reich gesegnete Gegend floß, in der er auch durch Vereinigung von Vorsicht, Schlauheit und Anwendung eines rohen Knüppels, den er sich aus einem abgebrochenen Aste gefertigt hatte, kleineres Wild erlegen konnte.

Da Mugambi wußte, daß er noch einen weiten Weg vor sich hatte, ehe er die äußersten Grenzen des Wazirilandes erreichte, entschloß er sich klugerweise, zu rasten, bis er seine volle Kraft und Gesundheit wiedererlangt hatte. Er wußte, einige Tage würden bei ihm Wunder wirken, und er durfte seine Aussichten auf sichere Rückkehr nicht dadurch verschlechtern, daß er sie antrat, solange er noch von Schwäche behindert war. Aus diesem Grunde baute er sich eine feste Dornenboma und errichtete sich unter ihrem Schutze eine gedeckte Hütte, in der er nachts sicher schlafen konnte und von der aus er täglich auszog, um sich die nötige Fleischnahrung zu erjagen, die allein imstande war, seinen riesigen Gliedmaßen ihre alte Leistungsfähigkeit wiederzugeben.

Eines Tages entdeckten ihn beim Jagen ein Paar wilde Augen, die aus den bergenden Zweigen eines großen Baumes herunterlugten, als der Schwarze darunter durchging. Blutunterlaufen und bösartig sahen die kleinen Augen aus, die in einem grimmigen, dichtbehaarten Gesicht funkelten.

Sie beobachteten, wie Mugambi ein kleines Nagetier zu seiner Beute machte, und verfolgten ihn, als er zu seiner Hütte zurückkehrte, während der Besitzer der Augen oben in den Bäumen ohne Geräusch dem Neger auf der Spur blieb.

Der Späher war Chulk, der mehr voll Neugierde als voll Haß auf den ahnungslosen Menschen hinuntersah. Die Tracht aus dem arabischen Burnus, die Tarzan ihm angezogen hatte, hatte im Gehirn des Menschenaffen den Nachahmungstrieb für eine den Tarmangani ähnliche Bekleidung erregt. Allerdings hatte der Burnus seine Bewegungsfreiheit behindert und sich als solche Unannehmlichkeit erwiesen, daß ihn der Affe längst abgerissen und weggeworfen hatte.

Jetzt sah er indessen einen Gomangani in einem weniger hinderlichen Aufzuge – Lendentuch, einige wenige kupferne Schmuckstücke und ein Federkopfputz. Diese Dinge lagen eher in der Richtung von Chulks Wünschen als ein flatternder Mantel, der einem dauernd zwischen die Beine geriet und an jedem Ast und Busch unterwegs hängenblieb.

Chulk erspähte die Tasche, die über Mugambis Schulter hing und an seiner schwarzen Hüfte schwang. Sie zog ihn an, denn sie war mit Federn und Fransen geziert. Deshalb trieb sich der Affe in der Nähe von Mugambi herum und wartete auf eine Gelegenheit, sich mit List oder Gewalt irgendein Stück von der Ausrüstung des Schwarzen anzueignen.

Er brauchte gar nicht lange auf diese Gelegenheit zu warten. Mugambi, der sich in seinem Dornenwall völlig sicher fühlte, pflegte sich während der Tageshitze in den Schatten seiner Hütte zu legen und in friedlicher ungestörter Sicherheit zu schlafen, bis die sinkende Sonne die erschlaffende Hitze des Mittags mit sich nahm. Der oben sitzende wachsame Chulk sah den schwarzen Krieger an einem schwülen Nachmittag dergestalt in der Bewußtlosigkeit des Schlafes ausgestreckt liegen. Der Menschenaffe kroch auf einen überhängenden Zweig hinaus und ließ sich auf den Boden im Innern der Boma hinunter. Auf weichen Füßen, die keinen Laut verursachten, näherte er sich dem Schläfer mit so unheimlicher Beschleichungskunst, daß auch nicht ein Blatt oder ein Grashalm raschelte.

Der Affe hielt bei dem Menschen an, beugte sich über ihn und untersuchte dessen Eigentum. Trotz Chulks riesiger Kraft lag in seinem kleinen Gehirn etwas, das ihn davon abschreckte, es mit dem Menschen zum Kampfe kommen zu lassen – ein Gefühl, das allen niederen Gattungen gemein ist, die merkwürdige Scheu vor dem Menschen, der selbst die allermächtigsten der Dschungelgeschöpfe zuzeiten beherrscht. Es war unmöglich, Mugambi das Lendentuch abzunehmen, ohne ihn zu wecken; die einzigen greifbaren Stücke waren der Knüttel und die Tasche, die dem Schwarzen von der Schulter gerutscht war, als er in den Schlaf sank. Da diese zwei Gegenstände besser als nichts waren, packte sie Chulk und brachte sich hastig mit allen Anzeichen nervöser Angst in Sicherheit nach dem Baume, von dem er sich herabgelassen hatte. Die unbeschreibliche Furcht, die die Nähe des Menschen in seiner Brust erregte, hatte ihn so sehr im Banne, daß er ganz kopflos durch die Dschungel davonfloh. Hätte ihn ein Angriff herausgefordert, oder hätte er sich durch die Anwesenheit von Artgenossen gestützt gefühlt, dann würde Chulk der Gegenwart von einem Dutzend Menschengeschöpfen Trotz geboten haben, aber allein – nein, das war eine andere Sache, allein und ohne in Wut gebracht zu sein.

Als Mugambi erwacht war, dauerte es einige Zeit, bis er seine Tasche vermißte. Er geriet deshalb in höchste Erregung. Was konnte daraus geworden sein? Als er sich zum Schlaf niederlegte, war sie an seiner Seite – dessen war er gewiß. Hatte er sie denn nicht zur Seite geschoben, als ihr bauschiger Körper ihm Unbehagen verursacht hatte, als sie ihm beim Daraufliegen die Rippen drückte? Sicher, als er sich schlafen legte, war sie noch da. Wie hatte sie denn nun verschwinden können?

Mugambis lebhafte Einbildungskraft war voller Visionen von Geistern abgeschiedener Freunde und Feinde, denn nur den von ihnen zu erwartenden Handlungen konnte er das Verschwinden seiner Tasche und seines Knüppels zuschreiben, solange er sich noch in der ersten Erregung über die Entdeckung des Verlustes befand. Aber spätere und sorgfältigere Untersuchung, wie sie ihm seine Weidmannskunst ermöglichte, enthüllte unzweifelhaft Anhaltspunkte für eine greifbare Erklärung als jene erste, zu der ihn seine erregte Einbildungskraft und sein Aberglauben verleitet hatten. Auf dem niedergetretenen Rasen nebenan fand sich der schwache Eindruck eines ungeheuren, menschenartigen Fußes. Mugambi zog die Brauen hoch, als ihm die Erkenntnis des wirklichen Sachverhaltes dämmerte. Er verließ hastig die Boma und suchte die ganze Umgebung des Walles in jeder Richtung nach einem weiteren Anzeichen der Erklärung bietenden Spur ab. Er kletterte auf Bäume und suchte sich über die Richtung der Flucht des Diebes eine Andeutung zu verschaffen, aber die schwachen Spuren, die ein vorsichtiger Affe hinterläßt, wenn er sich entschließt, seinen Weg über die Bäume fortzusetzen, entgingen Mugambis Weidmannskunst doch. Tarzan hätte ihnen wohl folgen können, aber kein gewöhnlich Sterblicher konnte sie finden oder, wenn er sie fand, auch lesen.

Der durch seine Rast gestärkte und erfrischte Schwarze fühlte sich inzwischen wieder fähig, seinen Weg zu den Waziri weiter zu verfolgen, suchte sich einen neuen Knüttel, drehte dem Fluß den Rücken und verschwand im Gewirr der Dschungel.

*

Während sich Taglat mit den Fesseln abmühte, die Hände und Füße seiner Gefangenen banden, kam der große Löwe, der die beiden hinter einem nahen Strauch erspäht hatte, seiner ersehnten Beute wie eine Schlange nähergeschlichen.

Der Affe hielt dem Löwen den Rücken zugekehrt. Er sah nicht, wie der breite, von der Mähne eingerahmte Kopf sich durch die belaubte Wand vorstreckte. Er konnte nicht merken, wie sich die mächtigen Hinterpranken zum plötzlichen Sprunge anschickend unter dem braunen Rumpf nach vorne schoben. Das erste Zeichen, das er von der über ihm schwebenden Gefahr erhielt, war das donnernde, triumphierende Brüllen, welches der anspringende Löwe nicht länger unterdrücken konnte.

Ohne erst lange hinter sich zu blicken, verließ Taglat die bewußtlose Frau und floh vor dem schrecklichen Ton, der so unerwartet und in so Entsetzen erregender Weise seine Ohren traf, in entgegengesetzter Richtung. Aber die Warnung war für ihn zu spät gekommen, und der Löwe traf bei seinem zweiten Satze mit voller Wucht auf die breiten Schultern des Menschenaffen.

Als der große Bulle zu Boden fiel, erwachte in ihm auf einmal all die Schlauheit und Wildheit und körperliche Stärke, die dem mächtigsten Naturgesetz, dem Selbsterhaltungstrieb zu Gebote steht. Er warf sich auf den Rücken herum und begann mit dem Raubtier ein so furchtloses und wütendes Ringen auf Leben und Tod, daß selbst der riesige Numa für einen Augenblick vor dem Ausgange zittern mochte.

Taglat packte den Löwen bei der Mähne, grub seine gelben Fangzähne tief in die Kehle des Ungetüms und knurrte fürchterlich aus seinem Mund voll Blut und Fell. Mit der Stimme des Affen mischte sich das von Schmerz und Grimm verursachte Brüllen des Löwen und dröhnte durch die Dschungel, daß die kleineren Geschöpfe der Wildnis von ihren friedlichen Beschäftigungen auffuhren und entsetzt davonstoben.

Die zwei mit dämonischer Wut kämpfenden Gegner rollten auf dem Rasen über und über, bis endlich die ungeheure Katze – die Hinterpranken unter dem Leibe weit hinaufziehend – die Klauen tief in Taglats Brust schlug. Dann riß

Numa mit aller Kraft abwärts und erreichte damit sein Ziel, denn der Menschenaffe, dem die Eingeweide herausgerissen waren, ließ mit einem letzten krampfhaften Würgen nach und lag schlaff, blutbedeckt und zerfetzt unter seinem übergewaltigen Gegner.

Numa raffte sich auf die Füße und sah sich rasch nach allen Seiten um, als ob er die mögliche Anwesenheit anderer Feinde entdecken wolle. Aber sein Blick traf nur die stille, bewußtlose Gestalt der jungen Frau, die ein paar Schritte entfernt lag. Mit einem bösartigen Knurren setzte er eine Pranke auf den Körper seiner Beute, hob den Kopf und ließ seinen grimmigen Siegesruf erschallen.

Noch einen Augenblick stand er und ließ seine wilden Augen auf der Lichtung herumschweifen. Endlich blieben sie für eine Sekunde auf der jungen Frau haften. Ein leises Knurren drang aus der Kehle des Löwen. Der Unterkiefer hob und senkte sich, der Speichel troff über die Lefzen und fiel auf das tote Gesicht Taglats.

Gleich zwei gelbgrünen Signallampen, groß und ohne zu blinken, blieben die schrecklichen Augen fest auf Jane geheftet. Plötzlich zuckte es durch die aufgerichtete und majestätische Gestalt, sie sank zu einem unheimlichen Kauern zusammen und leise und vorsichtig, wie auf Eiern gehend, schlich die Katze mit einem Teufelsgesicht auf die junge Frau zu.

Ein gütig gesinntes Geschick erhielt sie in glücklicher Bewußtlosigkeit, so daß sie den fürchterlichen, schlangenartig zu ihr schleichenden Besuch nicht ahnte. Sie merkte es nicht, als der Löwe an ihrer Seite haltmachte. Sie hörte nicht das Schnüffeln seiner Nase, als er sie beroch, sie fühlte nicht die Hitze seines erstickenden Atems, der über ihr Gesicht strich.

Schließlich hob der Löwe eine Tatze und drehte den Körper der jungen Frau halb um, dann stand er wieder und beäugte sie, als ob er sich noch nicht darüber klar wäre, ob das Leben in ihr erloschen war oder nicht. Irgendein Geräusch oder eine Witterung aus der nächsten Nähe in der Dschungel lenkte seine Aufmerksamkeit für einen Augenblick ab. Seine Augen fielen nicht wieder auf Jane, er ließ sie liegen und schritt wieder zu den Überbleibseln Taglats zurück. Dort kauerte er sich über seine Beute, wobei er der jungen Frau den Rücken zudrehte, und begann den Affen zu fressen.

Während dieses Vorganges öffnete Jane schließlich die Augen. An Gefahren gewöhnt, behielt sie angesichts der aufregenden Überraschung, die ihr das wiedererlangte Bewußtsein bereitete, ihre Fassung. Sie ließ sich keinen Schrei entfahren und bewegte keinen Muskel, bis sie jede Einzelheit der in ihrem Gesichtsbereich befindlichen Szene erfaßt hatte.

Sie sah, daß der Löwe den Affen getötet hatte und daß er seine Beute kaum fünfzehn Schritt von ihr entfernt verzehrte. Aber was konnte sie tun? Sie war an Händen und Füßen gebunden. Es blieb ihr nichts übrig, als mit der Geduld, die sie aufbringen konnte, abzuwarten, bis Numa den Affen verzehrt und verdaut hatte, worauf er dann zweifellos zurückkommen würde, um auch sie zum Mahle zu holen, falls sie nicht schon in der Zwischenzeit von den gefürchteten Hyänen oder irgendwelchen anderen der zahllos in der Dschungel herumstreifenden Beutetiere entdeckt war.

Während sie dalag und sich mit diesen schrecklichen Gedanken quälte, wurde sie sich plötzlich dessen bewußt, daß die Fesseln an Händen und Füßen sie nicht länger schmerzten, dann merkte sie, daß ihre Hände getrennt waren, ein Arm lag auf jeder Seite des Körpers ausgestreckt, anstatt daß ihr beide Arme noch auf den Rücken gebunden waren.

Voll Verwunderung bewegte sie eine Hand. Welches Wunder war geschehen? Sie war nicht mehr gebunden! Verstohlen und geräuschlos bewegte sie ihre übrigen Glieder, um dabei festzustellen, daß sie wirklich ihrer Fesseln ledig war. Sie konnte nicht ahnen, wie dies vor sich gegangen war, daß nämlich Taglat wegen seiner bösartigen Zwecke an den Fesseln herumgenagt und sie eben einen Augenblick, ehe ihn Numa von seinem Opfer fortscheuchte, zertrennt gehabt hatte.

Einen Augenblick war Jane vor Freude und Dankesgefühl wie außer sich, aber nur einen Augenblick. Was nützte ihr die neugewonnene Freiheit angesichts des in solcher Nähe neben ihr kauernden furchtbaren Tieres? Wenn sich ihr diese Möglichkeit unter anderen Umständen geboten hätte, wie gerne hätte sie davon Gebrauch gemacht; aber nun bekam sie diese Gelegenheit erst, als ein Entkommen den Tatsachen zufolge unmöglich war.

Der nächste Baum war dreißig Schritte entfernt, der Löwe kaum fünfzehn. Aufspringen und den Versuch machen, die Sicherheit der so lockend ausgestreckten Zweige zu erreichen, hieß augenblickliche Vernichtung herbeiführen, denn Numa würde zweifellos zu gierig sein, um sich sein nächstes Mahl so einfach entgehen zu lassen. Und dennoch gab es eine andere Möglichkeit – eine Möglichkeit, die allerdings gänzlich von der unbekannten Gemütsveranlagung der riesigen Bestie abhing.

Da der Löwe seinen Magen schon halb gefüllt hatte, konnte er vielleicht das Verschwinden der jungen Frau mit Gleichgültigkeit ansehen. Aber konnte sie ihr Geschick bei einem so unwahrscheinlichen Fall aufs Spiel setzen? Sie zweifelte daran. Andrerseits hatte sie ebensowenig Neigung, diese schwache Aussicht auf Rettung ihres Lebens völlig entschwinden zu lassen, ohne sie ausgenützt oder wenigstens den Versuch zur Ausnützung unternommen zu haben.

Sie bewachte den Löwen aufmerksam. Ohne seinen Kopf mehr als halb herumzudrehen, konnte er nicht zu ihr hinsehen. Sie wollte eine List versuchen. Lautlos rollte sie sich, in der Richtung auf den nächsten Baum zu und von dem Löwen ab, so weit herum, bis sie wieder in derselben Haltung lag, in der sie Numa verlassen hatte, aber sie war einen Schritt weiter von ihm entfernt.

Jetzt lag sie, wagte nicht zu atmen und beobachtete den Löwen. Aber die Bestie gab kein Anzeichen, daß sie etwas vernommen hätte, das ihren Argwohn erregt hätte. Wieder rollte sie sich herum, gewann einen neuen Schritt und blieb wieder starr, nach des Löwen Rücken blickend, liegen.

Während einer ihren angespannten Nerven wie Stunden erscheinenden Zeit verfolgte Jane ihre Taktik, indes der Löwe ruhig bei seinem Fraße blieb und offenbar nicht ahnte, daß ihm die zweite Beute hinter seinem Rücken entkam. Schon war die junge Frau nur noch wenige Schritte von dem Baume entfernt – noch einen Augenblick und sie würde nahe genug sein, um mit einem Sprung auf die Füße die Vorsicht beiseite werfen und einen kurzen, kühnen Lauf in die Sicherheit wagen zu können. Sie hatte ihre neue Drehung halb beendet und befand sich eben mit dem Gesicht vom Löwen abgekehrt, als dieser plötzlich seinen großen Kopf herumdrehte und seine Augen auf sie richtete. Er sah, wie sie seitwärts weiter von ihm wegrollte und nun kehrten sich ihre Augen wieder ihm zu. Kalter Schweiß brach der jungen Frau aus allen Poren, als sie jetzt, wo sie ihr Leben beinahe gewonnen hatte, sich vom Tode gefaßt sah.

Lange Zeit rührte sich weder der Löwe noch die junge Frau. Regungslos lag die Bestie, hielt den Kopf über die Schultern zurückgerichtet und heftete ihre Augen auf ihr erstarrtes, nunmehr etwa fünfzig Schritt entfernt liegendes Opfer. Die junge Frau sah starr geradewegs in die grausamen runden Augen und wagte nicht, mit der Wimper zu zucken.

Die Nervenanspannung war für sie bereits so unerträglich geworden, daß sie drauf und dran war, gerade hinaus zu schreien, als Numa sich bedächtig wieder an seine Beschäftigung mit dem Fressen machte. Aber seine zurückgelegten

Ohren bekundeten ein bösartiges Interesse für die Vorgänge hinter seinem Rücken.

Jane war sich darüber klar, daß sie sich nicht noch einmal herwenden konnte, ohne unmittelbare und vielleicht verderbenbringende Aufmerksamkeit auf sich zu ziehen; da entschloß sie sich, alles an einen letzten Versuch zu wagen, um den Baum zu erreichen und auf die unteren Zweige zu klettern.

Leise und verstohlen zog sie ihre Glieder für die Anstrengung zusammen und schnellte auf ihre Füße, aber fast unmittelbar sprang der Löwe auf, flog herum und setzte rasch mit weitaufgerissenem Rachen und schrecklichem Brüllen hinter ihr her.

Wer sein ganzes Leben mit der Jagd auf Hochwild in Afrika verbracht hat, kann bestätigen, daß es kaum ein anderes Geschöpf auf der Welt gilt, das in der Schnelligkeit einem anspringenden Löwen gleichkäme. Nur auf kurze Strecken kann sie die große Katze durchhalten, aber dann gleicht ihr kaum etwas mehr als das Ankommen einer mit voller Geschwindigkeit fahrenden Riesenlokomotive. Obgleich daher die Strecke, welche Jane durchmessen mußte, verhältnismäßig klein war, ließ doch die fürchterliche Schnellkraft des Löwen ihre Hoffnung auf Entkommen beinahe aussichtslos erscheinen.

Doch Furcht kann Wunder wirken, und wenn auch der nach oben nachspringende Löwe, als er den Baum erreichte, auf den sie kletterte, mit den Pranken ihre Stiefel berührte, sie entkam dem fegenden, reißenden Schlage und zog sich hurtig auf die sicheren Zweige über seinem Bereich hinauf, während er krachend gegen den Stamm ihrer Freistatt prallte.

Eine Zeitlang schritt der Löwe knurrend und keuchend unter dem Baume hin und her, auf dem Jane mit Zittern und Herzklopfen saß. Nach der schrecklichen Prüfung, die sie eben hatte bestehen müssen, fiel die junge Frau einem Nervenzusammenbruch zum Opfer und dachte in ihrem überreizten Zustande, sie werde nie und nimmer wagen können, angesichts der furchtbaren Gefahren, die den ausgedehnten Bereich der Dschungel und ihren Weg nach dem nächsten Dorf ihrer treuen Waziri unsicher machten, wieder auf den Boden hinunterzusteigen.

Es war fast völlig dunkel, als der Löwe schließlich die Lichtung verließ, und selbst wenn nicht alsbald ein Rudel Hyänen seinen Platz neben den Resten des getöteten Affen eingenommen hätte, würde Jane doch kaum gewagt haben, sich angesichts der eintretenden Nacht von ihrem Zufluchtsort herunterzuwagen. Sie richtete sich also, so gut sie konnte, auf langes und ermüdendes Abwarten ein, bis ihr das Tageslicht irgendeine Möglichkeit zeigte, wie sie aus dieser gefürchteten Gegend, in der sie solch schauerliche Abenteuer erlebt hatte, fortkommen konnte.

Der Ermüdungszustand siegte zuletzt über die Furcht und sie fiel in tiefen Schlaf, in dem sie sich in einer zwar wenig bequemen Stellung aber in verhältnismäßiger Sicherheit befand. Sie saß mit dem Rücken gegen den Stamm auf zwei fast waagrecht nach außen gehenden Ästen, die eine Handbreit auseinanderstanden.

Als sie endlich wieder erwachte, stand die Sonne bereits hoch am Himmel und unter ihr war keine Spur mehr von Numa oder den Hyänen zu erblicken. Nur die rein abgenagten Knochen des Affen lagen auf dem Boden verstreut und waren ein Anzeichen dafür, welche Vorgänge sich noch vor wenigen Stunden auf dem anscheinend so friedlichen Fleck abgespielt hatten.

Sie spürte nun die Qualen von Hunger und Durst und sagte sich, daß sie entweder hinabsteigen oder Hungers sterben müsse. Endlich faßte sie Mut, sich der Prüfung zu unterwerfen, die ihr die weitere Wanderung durch die Dschungel auferlegte.

Sie stieg vom Baume herab und machte sich in südlicher Richtung nach der Gegend auf, in der, wie sie annahm, die Waziriebene liegen mußte. Obgleich sie wußte, daß sie dort, wo einst ihr glückliches Heim gestanden hatte, nur Ruinen und Verwüstung erwarteten, hoffte sie, falls sie die breite Ebene erreichen konnte, möglicherweise in eines der zahlreichen Waziridörfer zu kommen, die über das ganze umliegende Land zerstreut waren, oder auf einen herumschweifenden Trupp dieser unermüdlichen Jäger zu stoßen.

Der Tag war bereits halb verflossen, als unerwartet von nicht weit vor ihr der Knall eines Gewehrschusses zu ihren überraschten Ohren drang. Sie hielt an, um zu lauschen. Dem ersten Schuß folgte ein zweiter, ein dritter, wieder einer, was konnte das bedeuten? Die erste ihr sich bietende Erklärung war ein Scharmützel zwischen den arabischen Räubern und einer Abteilung Waziri, aber da sie nicht wissen konnte, wer bei dem Kampfe Sieger bleiben würde, und ob sie sich hinter Freund oder Feind befand, wagte sie nicht, weiter vorzudringen und die Möglichkeit, sich dabei einem Feinde zu zeigen, auf sich zu nehmen.

Sie lauschte einige Minuten, dann wurde es ihr klar, daß nicht mehr als zwei oder drei Gewehre im Kampfe eingesetzt sein konnten, da nichts, was einigermaßen einer Salve ähneln konnte, ihr Ohr traf. Trotzdem hütete sie sich, näher zu gehen und schließlich klomm sie, um gar kein Wagnis auf sich nehmen zu müssen, neben dem bisher von ihr verfolgten Wildpfad in das bergende Laub eines Baumes und wartete dort voll Furcht auf das, was sich ihr zeigen werde.

Als das Feuer nachließ, vernahm sie den Klang von Stimmen, obgleich sie die Worte nicht verstehen konnte, bis das Schießen aufhörte und sie hörte, wie zwei Männer einander laut zuriefen. Es folgte ein langes Schweigen, das endlich von dem verstohlenen Geräusch leiser Tritte vor ihr auf dem Pfade gebrochen wurde, einen Augenblick darauf erschien mit dem Rücken nach ihr ein Mann mit schußfertigem Gewehr, dessen Augen mit gespannter Aufmerksamkeit den Weg bewachten, den er eben gekommen war.

Fast augenblicklich erkannte Jane in dem Manne Monsieur Frecoult, der vor gar nicht langer Zeit in ihrem Hause zu Gast gewesen war. Sie war drauf und dran, ihn voll froher Erleichterung anzurufen, als sie sah, wie er rasch auf die Seite sprang und sich in dem dichten Grün an der Seite der Fährte verbarg. Augenscheinlich folgte ihm ein Feind und Jane verhielt sich still, um nicht Frecoults Aufmerksamkeit zu stören oder dessen Feind sein Versteck zu verraten.

Frecoult hatte sich kaum verborgen, als die Gestalt eines weißgekleideten Arabers lautlos auf der Verfolgung den Wildpfad entlang kam. Von ihrem Versteck aus konnte Jane beide Männer deutlich sehen. Sie erkannte in Achmed Zek den Führer der Schurkenbande, die ihr Heim überfallen und sie zur Gefangenen gemacht hatten. Dann sah sie, wie Frecoult, der vermeintliche Freund und Verbündete, sein Gewehr hob und den Araber sorgfältig aufs Korn nahm. Ihr Herzschlag stockte und aus tiefster Seele stieß sie ein glühendes Stoßgebet aus, daß er scharf zielen möge.

Achmed Zek hielt mitten auf der Fährte an. Mit scharfen Augen prüfte er jeden Busch und Baum innerhalb seines Gesichtskreises. Seine große Gestalt bot sich dem hinterlistigen Mörder so deutlich wie eine Scheibe. Ein scharfer Knall und ein kleines Rauchwölkchen kamen aus dem Busch, der den Belgier verbarg, Achmed Zek taumelte vorwärts und stürzte mitten im Wildpfad aufs Gesicht.

Als Werper auf die Fährte heraustrat, machte ihn ein Freudenschrei hinter seinem Rücken zusammenfahren. Als er sich herumwarf, um den Urheber dieser unerwarteten Unterbrechung zu entdecken, sah er Jane wie eine Feder von einem nahe stehenden Baume herabsteigen und mit ausgestreckten Händen auf ihn zulaufen, um ihn zu seinem Siege zu beglückwünschen.

## Jane ist wieder Gefangene

Trotz ihrer zerrissenen Kleider und des wirren Haares war sich Albert Werper klar, daß er noch nie ein so wundervolles Bild der Lieblichkeit erblickt hatte, wie es Lady Greystoke in ihrem Gefühl der Erleichterung und Freude bot, daß sie unerwartet auf einen Freund und Erretter gestoßen war, als die Hoffnung weiter denn je entschwunden schien.

Wenn der Belgier im Zweifel darüber gewesen wäre, ob die Dame nicht doch Kenntnis davon hatte, welchen Anteil er an dem ruchlosen Überfall auf ihr Heim und ihre Person hatte, so war dieser jetzt alsbald durch die unverstellte Herzlichkeit ihrer Begrüßung verscheucht. Sie erzählte ihm kurz alles, was ihr zugestoßen, seit er aus ihrem Hause fortgezogen war, und als sie vom Tode ihres Gatten sprach, verschleierten ihre Tränen, die sie nicht zurückhalten konnte, die Augen.

Ich bin entsetzt, aber nicht überrascht, sagte Werper in gutgespieltem Mitgefühl. Dieser Teufel da, dabei deutete er auf die Leiche Achmed Zeks, hat das ganze Land in Schrecken gehalten. Ihre Waziri sind entweder niedergemacht oder nach Süden zu aus ihrem Lande vertrieben worden. Die Leute Achmed Zeks behaupten jetzt die Ebene um Ihr früheres Heim – in dieser Richtung ist daher kein Schutz und kein Entkommen zu finden. Unsere einzige Hoffnung liegt darin, so rasch wie möglich nach Norden zu wandern und das Lager der Räuber zu erreichen, ehe die Nachricht von Achmed Zeks Tod die dort zurückgelassenen Leute erreicht. Dort müssen wir uns durch irgendeine List eine Eskorte für den Weg nach Norden verschaffen.

Ich glaube, dieser Plan läßt sich durchführen, denn ich war bei den Räubern als Gast, ehe ich den Charakter dieses Menschen da recht kannte, und die Leute im Lager ahnen nicht, daß ich mich gegen ihn gekehrt habe, sobald ich merkte, was er für ein Schurke war. Kommen Sie! Wir wollen versuchen, so schnell wie möglich das Lager zu erreichen, ehe die, welche Achmed Zek auf seinem letzten

Zug begleiteten, seinen Körper finden und die Nachricht von seinem Tode den zurückgebliebenen Halsabschneidern mitteilen. Dort liegt unsere einzige Hoffnung. Wenn ich Erfolg haben soll, Lady Greystoke, müssen Sie mir volles Vertrauen schenken. Warten Sie hier einen Augenblick, ich will dem Araber die Tasche abnehmen, die er mir gestohlen hat. Werper trat rasch zu dem Toten, kniete nieder und suchte mit flinken Fingern nach der Tasche mit den Edelsteinen. Zu seiner Bestürzung war keine Spur davon in Achmed Zeks Gewändern zu finden. Er erhob sich, schritt rasch auf dem Wildpfad zurück und untersuchte ihn auf eine Spur der vermißten Tasche oder ihres Inhalts. Aber er fand nichts, obgleich er sogar die Nachbarschaft seines toten Pferdes und nach beiden Seiten ein paar Schritte weit die Dschungel absuchte. Verwirrt, enttäuscht und ärgerlich kehrte er endlich zu der jungen Frau zurück. Die Tasche ist fort, erklärte er zähneknirschend, und ich darf mich nicht länger mit der Suche danach aufhalten. Wir müssen noch vor der Rückkehr der Räuber das Lager erreichen. Ohne Ahnung von des Mannes wahrem Charakter sah Jane nichts Absonderliches in seinen Plänen oder in dem eigenartigen Zugeständnis seiner früheren Freundschaft mit dem Räuber. Sie gab sich daher der lebhaften Hoffnung auf Sicherheit hin, welche er ihr bot, und kehrte mit Albert Werper nach dem feindlichen Lager zurück, in dem sie so kurz zuvor erst Gefangene gewesen war.

Spät am Nachmittag des zweiten Tages erst erreichten sie ihren Bestimmungsort, und während des kurzen Haltes vor den Toren des umwallten Dorfes ermahnte Werper nochmals vorsichtig, allem zuzustimmen, was er bei seiner Besprechung mit den Räubern vorschlagen werde.

Ich werde ihnen erzählen, sagte er, ich hätte Sie nach Ihrer Entweichung aus dem Lager aufgegriffen und Sie mit zu Achmed Zek genommen. Da dieser gerade in einem höchst hartnäckigen Kampf mit den Waziri war, habe er mich angewiesen, mit Ihnen nach dem Lager zurückzukehren, mir eine genügend starke Begleitung geben zu lassen und so rasch wie möglich mit Ihnen nach Norden zu reiten, um Sie zu möglichst günstigen Bedingungen einem gewissen Sklavenhändler zu verkaufen, dessen Namen er mir angab.

Wiederum ließ sich die junge Frau von des Belgiers offenbarer Freimütigkeit täuschen. Sie sagte sich, daß verzweifelte Lagen auch verzweifelte Maßregeln erfordern, und obgleich sie innerlich bei dem Gedanken zitterte, wiederum das widerliche Dorf der Räuber betreten zu müssen, sah sie doch keinen besseren Weg als den, welchen ihr neuer Gefährte vorgeschlagen hatte. Werper rief laut die Wache stehenden Torhüter an, packte Jane am Arm und schritt kühn über die Lichtung. Die Leute, welche die Tore öffneten, ließen sich in ihren Gesichtszügen deutlich die Überraschung anmerken. Daß der verrufene und wütend gehetzte Leutnant derart furchtlos aus freiem Antriebe zurückkam, schien sie ebenso wirksam zu entwaffnen wie sein Auftreten gegen Lady Greystoke diese getäuscht hatte.

Die Wachtposten am Tore erwiderten Werpers Gruß und sahen mit Erstaunen auf die Gefangene, die er mit sich ins Dorf gebracht hatte.

Ohne Verzug suchte der Belgier den Araber auf, den Achmed Zek während seiner Abwesenheit mit dem Befehl über das Lager betraut hatte, und wieder entwaffnete seine Kühnheit den Araber und verschaffte ihm sogar Glauben für seine erdichteten Erklärungen für seine Rückkehr. Die Tatsache, daß er die gefangene Frau, die entwichen gewesen war, wieder mit zurückbrachte, stärkte seine Stellung, und bald fand sich Mohammed Bejd in brüderlichem Einvernehmen mit demselben Manne, den er eine halbe Stunde vorher ohne jedes Bedenken niedergeschossen hätte, wenn er ihn allein in der Dschungel getroffen hätte.

Jane wurde wieder in die von ihr schon früher bewohnte Gefängnishütte gebracht, aber da sie annahm, es sei dies nur ein Teil der Täuschung, die sie und Frecoult den gutgläubigen Räubern bereiteten, betrat sie mit ganz anderen Gefühlen das schmutzige Innere als damals, wo jede Hoffnung so weit entschwunden war.

Noch einmal wurde sie in Fesseln gelegt und eine Wache vor die Türe ihres Verließes gestellt. Aber ehe Werper sie verließ, flüsterte er ihr ein paar aufmunternde Worte ins Ohr. Dann ging er und begab sich zu Mohammed Bejds Zelt zurück. Er fragte sich, wie lange es wohl dauern konnte, bis die mit Achmed Zek ausgerittenen Räuber die Leiche ihres ermordeten Herrn zurückbrachten, und je mehr er über die Sache nachdachte, um so größer wurde seine Befürchtung, daß ihm sein Plan ohne Helfershelfer fehlschlagen müsse. Was half es ihm denn, wenn er wirklich mit heiler Haut aus dem Lager wegkam, ehe einer mit der richtigen Darstellung seiner Schuld zurückkam – was war der ganze Vorteil weiter, als daß er seine Seelenqual und sein Leben um ein paar Tage verlängerte? Diese kühnen Reiter, die jeden Weg und Steg kannten, mußten ihn längst ereilt haben, ehe er hoffen konnte, die Küste zu erreichen.

Während ihm all diese Gedanken durch den Kopf gingen, betrat er das Zelt, in welchem Mohammed Bejd mit untergeschlagenen Beinen auf einer Matte saß und rauchte. Als der Europäer zu ihm trat, sah der Araber auf.

Sei gegrüßt, o Bruder! sagte er.

Sei gegrüßt, erwiderte Werper.

Eine Zeitlang sprach keiner mehr. Dann brach der Araber das Schweigen.

War mein Herr, Achmed Zek, wohl, als du ihn das letztemal sahst? fragte er.

Nie war er sicherer vor den Sünden und Gefahren des Irdischen, erwiderte Werper.

Es ist gut, sagte Mohammed und blies eine kleine Wolke bläulichen Rauchs gerade vor sich hin.

Wieder dauerte das Schweigen einige Minuten.

Und wenn er nun tot wäre? fragte der Belgier, der entschlossen war, mit der Wahrheit herauszurücken und versuchen wollte, Mohammed Bejd durch Bestechung zum Helfer zu machen.

Die Augen zusammenkneifend lehnte sich der Araber vorwärts und bohrte seinen Blick geradewegs in die Augen des Belgiers.

Ich habe angestrengt nachgedacht, Werper, seit du so unerwartet ins Lager des Mannes zurückgekehrt bist, den du hintergangen hattest, so daß er dich mit dem Tode in der Faust gesucht hat. Ich war viele Jahre mit Achmed Zek zusammen – seine eigene Mutter kannte ihn nicht besser als ich. Er vergibt nie etwas – geschweige denn, daß er einem Menschen je wieder traute, der ihn einmal verraten hat. So viel weiß ich bestimmt.

Wie ich dir sagte, ich habe angestrengt nachgedacht, und das Ergebnis meines Nachdenkens ist die sichere Gewißheit, daß Achmed Zek tot ist – denn andernfalls hättest du nie gewagt, dies Lager wieder zu betreten, du müßtest denn ein tapferer Mann oder ein größerer Narr sein, als ich von dir glaube. Und wenn mir mein Urteilsvermögen nicht Beweis genug gewesen wäre, so habe ich eben von deinen eigenen Lippen die Bestätigung erhalten – denn sagtest du nicht, daß er nie sicherer war vor den Sünden und Gefahren des Irdischen?

Achmed Zek ist tot – du brauchst es nicht zu leugnen. Ich bin weder seine Mutter noch sein Weib, du brauchst also nicht zu fürchten, daß dich mein

Jammer stören könnte. Sage mir, warum du hierher zurückgekommen bist, sage mir, was du brauchst. Und, Werper, falls du die Juwelen noch hast, von denen Achmed Zek erzählt hat, dann sehe ich keinen Grund, warum wir nicht beide zusammen nach Norden reiten und das Lösegeld für das weiße Weib und den Inhalt der Tasche, die du auf dem Leibe trägst, teilen sollen. He?

Die tückischen Augen blinzelten, ein böses Lächeln auf den dünnen Lippen spielte auf dem Schurkengesicht, mit dem Mohammed Bejd vielsagend und mitwisserisch in des Belgiers Züge grinste.

Werper fühlte sich durch des Arabers Haltung halb erleichtert, halb verwirrt. Die Beifälligkeit, mit welcher er die Kunde vom Tode seines Herrn vernahm, nahm Achmed Zeks Mörder ein beträchtliches Gewicht der Furcht von den Schultern. Andererseits bedeutete Mohammed Bejds Forderung auf die Hälfte der Edelsteine für Werper nichts Gutes, wenn dieser erfahren sollte, daß die wertvollen Steine nicht mehr in des Belgiers Besitz waren.

Das Eingeständnis, sie verloren zu haben, konnte das Mißtrauen oder den Grimm des Arabers in solchem Maße wecken, daß die neu aufgetauchte Aussicht auf Entkommen dadurch in Frage gestellt war. Anscheinend lag also seine einzige Hoffnung darin, Mohammed Bejd im Glauben zu lassen, er besitze die Juwelen noch und sich im übrigen darauf zu verlassen, daß ihm die Zufälligkeiten der Zukunft einen Weg zur Rettung bahnten. Sollte er es fertigbringen, mit dem Araber auf der Reise nach Norden in einem Zelte zusammen zu wohnen, dann konnte er mehr als genug Gelegenheit finden, sich dieser Drohung für Leben und Freiheit zu entledigen – die Sache war einen Versuch wert, ganz abgesehen davon, daß es keinen anderen Ausweg aus dieser Schwierigkeit gab.

Ja, sagte er, Achmed Zek ist tot. Er fiel im Kampfe mit einer Kompanie abessinischer Reiterei, die mich gefangenhielt. Ich konnte während des Kampfes entkommen, aber ich bezweifle, ob einer von Achmed Zeks Leuten ihn überlebt hat, und das gesuchte Gold befindet sich nun in den Händen der Abessinier. Eben jetzt sind sie zweifellos bereits im Vormarsch auf dieses Lager, denn sie sind von Menelik ausgesandt, um Achmed Zek und seine Leute für den Überfall eines abessinischen Dorfes zu bestrafen. Sie kommen in großer Zahl, und wenn wir uns mit der Flucht nicht beeilen, werden wir alle dasselbe Geschick wie Achmed Zek erleiden.

Mohammed Bejd lauschte schweigend. Er wußte nicht, wieviel er von der Geschichte des Ungläubigen als richtig annehmen durfte; aber da sie ihm eine Ausrede bot, um das Dorf zu verlassen und sich nach Norden davonzumachen, spürte er keine Neigung, den Belgier zu scharf ins Kreuzverhör zu nehmen.

Und falls ich mit dir nach Norden reite, fragte er, sind dann die Hälfte der Juwelen und der halbe Erlös für das Weib mein?

Ja, erwiderte Werper.

Abgemacht, sagte Mohammed Bejd. Ich gehe jetzt und gebe Befehl, morgen in aller Frühe das Lager abzubrechen. Er erhob sich und wollte das Zelt verlassen. Werper legte ihm die Hand auf den Arm und hielt ihn zurück.

Warte, sagte er, laß uns erst entscheiden, wie viele Leute uns begleiten sollen. Es wäre nicht klug, wenn wir uns mit Weibern und Kindern beschwerten, denn dann könnten uns die Abessinier in der Tat einholen. Es wäre geratener, eine kleine Begleitung aus deinen tapfersten Leuten auszusuchen und hinter uns die Angabe zu hinterlassen, daß wir nach *Westen* reiten. Wenn dann die Abessinier kommen und Lust haben sollten, uns zu verfolgen, werden sie auf die falsche Spur gebracht. Sollten sie aber keine Lust dazu haben, dann werden sie wenigstens ihren Ritt nach Norden mit geringerer Geschwindigkeit fortsetzen, als wenn sie glauben, uns vor sich zu haben.

Die Schlange besitzt weniger Weisheit als du, Werper, sagte Mohammed Bejd mit einem Lächeln. Wie du es sagst, so soll es geschehen. Zwanzig Mann sollen uns begleiten und wir werden nach *Westen* reiten – natürlich nur, wenn wir das Dorf verlassen.

Einverstanden, rief der Belgier, und die Sache war abgemacht.

Früh am nächsten Morgen wurde Jane nach einer fast schlaflos verbrachten Nacht vom Klang von Stimmen vor ihrem Gefängnis geweckt, und einen Augenblick später trat M. Frecoult mit zwei Arabern ein. Diese letzteren lösten ihre Fußfesseln und stellten sie auf die Füße. Dann wurden ihr die Hände losgemacht, sie bekam eine Handvoll trockenes Brot und wurde ins schwache Morgengrauen hinausgeführt.

Sie sah Frecoult fragend an, und in dem Augenblick, als des Arabers Aufmerksamkeit nach einer anderen Richtung gelenkt war, beugte sich der Mann zu ihr und flüsterte ihr zu, daß seine Pläne günstig verliefen. Bei dieser

Zusicherung fühlte die junge Frau ihre Hoffnung, die in der langen und elenden, in Fesseln verbrachten Nacht fast erloschen war, wieder neu erstarken.

Bald danach wurde sie auf ein Pferd gehoben, von Arabern umgeben durch die Tore des Dorfes geführt und nach Westen in die Dschungel hinein fortgebracht. Eine halbe Stunde später nahm die Abteilung die Richtung nach Norden, und diese wurde für den Rest der Reise beibehalten.

M. Frecoult sprach nur wenig mit ihr, und sie sah ein, daß er sich mehr den Anschein geben mußte, ihr Häscher als ihr Befreier zu sein, wenn er die Täuschung durchführen wollte. Deshalb schöpfte sie weiter keinen Argwohn, trotzdem sie sah, welch freundschaftliche Beziehungen zwischen dem Europäer und dem arabischen Bandenführer bestanden.

Aber so erfolgreich sich auch Werper von einer Unterhaltung mit der jungen Frau zurückhielt, sie aus seinen Gedanken zu vertreiben, mißlang ihm vollständig. Hundertmal am Tage fand er, daß seine Blicke zu ihr hinwanderten und sich an den Reizen ihres Gesichtes und ihrer Gestalt weideten. Seine Befangenheit wuchs von Stunde zu Stunde, bis der Wunsch, sie zu besitzen, bei ihm endlich die Ausmaße der Narrheit annahm.

Falls die junge Frau oder Mohammed Bejd eine Ahnung gehabt hätte, was im Kopfe des Mannes vor sich ging, den sie beide auf ihre Art für einen Freund und Genossen hielten, dann wäre das offenbare, gute Einvernehmen der kleinen Gesellschaft recht rauh gestört worden.

Es war Werper nicht gelungen, mit Mohammed Bejd zusammen in ein Zelt zu kommen. So entwarf er nun einen Plan nach dem anderen zur Ermordung des Arabers, die für ihn so einfach gewesen wäre, wenn ihm der andere gestattet hätte, sein Nachtquartier zu teilen. Am zweiten Tage nach dem Ausritt hielt Mohammed Bejd sein Pferd neben dem Tier, auf das die Gefangene gesetzt worden war. Es war offenbar das erstemal, daß der Araber von der jungen Frau Notiz nahm. Aber während dieser zwei Tage hatten seine schlauen Augen oftmals gierig unter der Kapuze seines Burnusses hervorgespäht, um die Schönheit der Gefangenen zu betrachten.

Diese heimliche Vernarrtheit des Arabers war aber nicht etwa neuen Ursprungs. Sie hatte ihn schon ergriffen, als das Weib des Engländers das erstemal in Achmed Zeks Hand gefallen war. Aber solange dieser strenge Vorgesetzte lebte, hatte Mohammed Bejd nicht ein einziges Mal an eine Verwirklichung seiner Träume zu hoffen gewagt.

Jetzt war die Sache aber anders – nur ein verachteter Christenhund stand zwischen ihm und dem Besitz der Europäerin. Wie leicht würde es sein, den Ungläubigen zu töten und das Weib und die Juwelen für sich zu nehmen. Wenn er die letzteren hatte, konnte der Erlös, den er für die Gefangene bekommen würde, ihn nicht dazu verleiten, sie aufzugeben. Jawohl, er wollte Werper töten, die ganzen Juwelen nehmen und das englische Weib für sich behalten.

Er ließ seine Augen auf ihr ruhen, während er an ihrer Seite ritt. Wie schön sie war! Seine Finger öffneten und schlossen sich erregt. Weißt du, fragte er, sich zu ihr neigend, wohin dich dieser Mann bringen will?

Jane nickte bejahend.

Und du willigst ein, das Spielzeug eines schwarzen Sultans zu werden?

Die junge Frau richtete sich stolz zu voller Höhe auf und wandte den Kopf nach der anderen Seite, aber sie gab keine Antwort. Sie fürchtete, ihr Wissen um die List, welche M. Frecoult gegen den Araber anwendete, könnte sie dazu bringen, sich selbst zu verraten, wenn sie nicht genügend Schrecken oder Abscheu zeigte.

Du kannst diesem Schicksal entgehen, fuhr der Araber fort. Mohammed Bejd will dich retten. Damit langte er mit seiner braunen Hand hinüber und faßte die Finger ihrer rechten Hand mit einem plötzlichen und feurigen Griff, daß seine brutale Leidenschaft durch diese Handlung so klar zum Ausdruck kam, wie sie seine Lippen in Worten zum Ausdruck gebracht hätten. Jane entriß sich seinem Griff.

Sie Bestie! schrie sie. Lassen Sie mich in Ruhe, sonst rufe ich Herrn Frecoult.

Mohammed Bejd wich stirnrunzelnd zurück. Seine dünne Oberlippe zog sich hoch und zeigte blanke, weiße Zähne.

Herr Frecoult? höhnte er. Hier gibt es keine solche Person. Der Name dieses Mannes ist Werper. Er ist ein Lügner, ein Dieb und ein Mörder. Er tötete im Kongostaat seinen Hauptmann und flüchtete sich unter Achmed Zeks Schutz. Er war es, der Achmed Zek zur Plünderung deines Heimes führte. Er folgte heimlich deinem Gatten und entwarf den Plan, ihm sein Gold zu stehlen. Er hat mir erzählt, daß du ihn für deinen Beschützer hältst, und daß er dir diesen Streich gespielt hat, um dein Vertrauen zu gewinnen und dich leichter nach Norden bringen und in den Harem irgendeines schwarzen Sultans verkaufen zu können. Mohammed Bejd ist deine einzige Hoffnung.

Nachdem der Araber der Gefangenen mit dieser Erklärung reichlich Stoff zum Nachdenken gegeben hatte, spornte er sein Pferd und ritt wieder an die Spitze der Abteilung.

Jane konnte nicht wissen, wie viele von Mohammed Bejds Anklagen wahr waren und was davon falsch war. Aber auf alle Fälle wurden ihre Hoffnungen dadurch gedämpft und sie fühlte sich veranlaßt, argwöhnisch über jede vergangene Handlung des Mannes nachzudenken, den sie als ihren einzigen Beschützer mitten in dieser Welt von Feinden und Gefahren angesehen hatte.

Auf diesem Marsche war für die Gefangene ein eigenes Zelt vorgesehen worden, das nachts zwischen denen Mohammed Bejds und Werpers aufgeschlagen wurde. Je eine Wache hielt davor und dahinter. Nach solchen Vorsichtsmaßregeln schien es nicht nötig, die Gefangene in Fesseln zu legen.

An dem ihrer Unterhaltung mit Mohammed Bejd folgenden Abend saß Jane einige Zeit in der Öffnung ihres Zeltes und sah auf das rauhe Leben im Lager. Sie hatte das Mahl zu sich genommen, das ihr Mohammed Bejds Negersklave gebracht hatte – ein Mahl, bestehend aus Kuchen und Maniokmehl und einem unbeschreiblichen Stew, in dem ein eben getöteter Affe, ein paar Eichhörnchen und die Reste eines am vorigen Tage erlegten Zebras unparteilich und ungewürzt vereinigt waren. Aber die einstige Baltimore-Schönheit hatte ihr Zartgefühl, das sich früher bei viel geringerer Herausforderung empörte, im grimmigen Kampfe um ihr Leben längst fallenlassen.

Als die Augen der jungen Frau über die zertrampelte Dschungellichtung wanderten, die durch die kurze Anwesenheit des Menschen schon schmutzig erschien, sah sie bald die nächsten Gegenstände des Vordergrundes nicht mehr. Die ungeschlachten lachenden oder miteinander streitenden Männer, die Dschungel drüben, die die äußerste Begrenzung ihres Gesichtsfeldes darstellte, alles verschwand. Ihr Blick ging, ohne zu sehen, durch alles hindurch, um sich auf einem fernen Bungalow und auf Bildern glücklicher Sicherheit zu sammeln, die ihr aus Freude und Kummer gemischte Tränen in die Augen treten ließen. Sie sah einen großen, breitschultrigen Mann aus den weiten Feldern heimreiten. Sie sah sich selbst wartend stehen, um ihn mit einem Arm voll frisch geschnittener Rosen – von den rechts und links des einfachen Gartentors stehenden Büschen geschnitten – zu begrüßen. Alles das war dahin, in Vergangenheit versunken und durch Brand, Kugeln und Haß dieser scheußlichen, entarteten Menschen ausgewischt. Mit einem erstickten

Schluchzen und einem gelinden Schauer wandte sich Jane in ihr Zelt zurück und suchte den Haufen schmutziger Decken auf, die ihr Bett darstellen sollten. Sie warf sich mit dem Gesicht darauf und schluchzte in ihrem Elend, bis gütiger Schlaf ihr endlich wenigstens für einige Zeit Erleichterung brachte.

Während sie schlief, stahl sich eine Gestalt aus dem Zelte rechts davon zu dem ihrigen. Sie näherte sich dem Posten vor dem Eingang und flüsterte dem Manne einige Worte ins Ohr. Dieser nickte und verschwand durch die Dunkelheit in der Richtung auf seine eigenen Decken. Nun ging die Gestalt auf die Rückseite von Janes Zelt und sprach mit dem dort stehenden Posten, worauf dieser Mann sich entfernte und der Spur des ersten folgte.

Jetzt stahl sich der, welcher sie weggeschickt hatte, lautlos zu den Lappen des Zelteingangs, löste die Stricke der Befestigung und trat mit der Geräuschlosigkeit eines körperlosen Gespenstes ein.

## Die Flucht in die Dschungel

Albert Werper wälzte sich auf seinen Decken herum, ohne Schlaf finden zu können. Er hatte Mohammed Bejds plötzliches Interesse an der jungen Frau wohl bemerkt und, von sich auf den anderen schließend, erriet er ohne weiteres den Grund für die plötzliche Änderung im Benehmen des Arabers der Gefangenen gegenüber.

Während er seine Einbildungskraft in dieser Richtung spielen ließ, erwachte in ihm eine rasende Eifersucht gegen Mohammed, verbunden mit der Hauptfurcht, der andere könne seinen niedrigen Absichten auf die schutzlose junge Frau freien Lauf lassen. Infolge einer eigenartigen Kette von Begründungen kam sich Werper, dessen eigene Absichten doch mit denen des Arabers auf gleicher Tiefe standen, als Beschützer der Engländerin vor.

Ihr Gatte war tot, und Werper bildete sich ein, daß er imstande sei, im Herz der jungen Frau den Platz zu erobern, der durch das Eingreifen des grausamen Schnitters Tod frei geworden war. Er würde sich erbieten, Jane zu heiraten – eine Sache, an die Mohammed Bejd auf keinen Fall dachte.

Es dauerte gar nicht lange, bis sich Werper erfolgreich einredete, daß die Gefangene nicht nur allen Grund habe, für ihn Regungen der Liebe zu empfinden, er war sogar schon davon überzeugt, daß sie ihre neuerdings für ihn entstandene Neigung gezeigt habe.

Dann ergriff plötzlich ein kurzer Entschluß Besitz von ihm. Er warf die Decken von sich und erhob sich. Dann zog er seine Stiefel an und schnallte sich Patronengürtel und Revolver um die Hüften, schlich sich an die Tür seines Zeltes und spähte hinaus. Vor dem Eingang zum Zelte der Gefangenen stand kein Wachtposten mehr! Was hatte das zu bedeuten? Das Glück schien ihm in der Tat in die Hände zu arbeiten.

Er trat heraus und ging auf die Rückseite des Zeltes. Auch da befand sich kein Posten. Jetzt ging er kühn zum Eingang und trat hinein.

Der Mondschein erleuchtete schwach das Innere. Auf der anderen Seite des Zeltes beugte sich eine Gestalt über die das Bett bildenden Decken. Man hörte ein Flüstern, und die andere Gestalt erhob sich aus den Decken in sitzende Stellung. Langsam wurden Werpers Augen an das Halbdunkel im Zelte gewöhnt. Er sah, daß es eine Männergestalt war, die sich über das Lager lehnte und erriet alsbald, wer der nächtliche Besucher war.

Eine finstere, eifersüchtige Wut packte ihn. Er trat einen Schritt auf die beiden zu, als er einen Schreckensruf über die Lippen der jungen Frau kommen hörte, die nun die Gesichtszüge des über ihr stehenden Mannes erkannte, und dann sah er, wie Mohammed Bejd sie packte und auf die Decken zurückwarf.

Dem Belgier trat ein roter Schleier vor die Augen. Nein! Niemals sollte dieser Mann sie besitzen! Ihm gehörte sie, ihm ganz allein. Er ließ sich nicht so einfach seines Rechtes berauben.

Er sprang flink durch das Zelt und warf sich auf Mohammed Bejds Rücken. Dieser war zwar durch den plötzlichen und unerwarteten Angriff überrascht, dachte aber gar nicht daran, seine Sache aufzugeben. Die Finger des Belgiers suchten nach seiner Kehle, aber der Araber riß sie los, erhob sich und trat dem Angreifer entgegen. Als sie Gesicht gegen Gesicht standen, gab Werper dem Araber einen Faustschlag ins Antlitz, daß dieser zurücktaumelte. Wenn er seinen Vorteil jetzt ausgenützt hätte, wäre ihm Mohammed Bejd alsbald auf Gnade oder Ungnade ausgeliefert gewesen. Statt dessen suchte er aber seinen Revolver aus der Tasche zu ziehen, und das Geschick wollte, daß die Waffe gerade in diesem Augenblick in ihrer Lederhülse festgeklemmt saß.

Bevor er ihn herausbekommen konnte, hatte Mohammed Bejd seine Fassung wiedergewonnen und stürzte sich auf ihn. Abermals schlug Werper dem anderen ins Gesicht, und der Araber gab den Hieb zurück. Aufeinander schlagend und unaufhörlich versuchend, einen Griff zu finden, kämpften die beiden im kleinen Raume des Zeltes, während die junge Frau mit vor Angst und Schrecken weit geöffneten Augen dem Zweikampf schweigend zusehen mußte.

Immer wieder suchte Werper seine Waffe zu ziehen. Mohammed Bejd, der nicht geglaubt hatte, solchen Widerstand im Frauenzelt zu finden, war bis auf ein langes Messer, das er nun zog, unbewaffnet gekommen und stand nun während der ersten kurzen Kampfpause keuchend beiseite.

Hund von einem Christen, flüsterte er, siehst du das Messer in Mohammed Bejds Hand? Sieh es dir genau an, Ungläubiger, denn es ist das letzte Ding, das du in deinem Leben sehen oder fühlen sollst. Mohammed Bejd wird dir damit dein falsches Herz herausschneiden. Wenn du einen Gott hast, dann bete jetzt zu ihm – in einer Minute wirst du tot sein. Mit diesen Worten warf er sich tückisch mit hoch über dem Kopf geschwungenem Messer auf den Belgier.

Werper riß immer noch nutzlos an seiner Waffe. Schon war der Araber fast auf ihm. In seiner Verzweiflung wartete der Europäer, bis Mohammed Bejd gerade vor ihm war, dann warf er sich seitwärts zu Boden und stellte dem Araber dabei ein Bein.

Der Streich glückte. Mohammed Bejd stolperte, von der Wucht seines Ansprunges fortgerissen über das vorgehaltene Hindernis und stürzte mit einem Krach zu Boden. Im Nu war er wieder auf und warf sich herum, um den Kampf zu erneuern. Aber Werper war vor ihm auf den Beinen, und nun blinkte der endlich aus der Tasche freigemachte Revolver in seiner Hand. Mit gesenktem Kopfe stürmte der Araber auf ihn, um mit ihm zu ringen, ein scharfer Knall, ein leuchtender Feuerstrahl in der Dunkelheit – Mohammed Bejd rollte über und über und blieb endlich still liegen.

Fast unmittelbar nach dem Schuß hörte man aus dem Lager das Gewirr erregter Stimmen. Von da und dort riefen sich die Leute an und fragten, was der Schuß bedeuten solle. Werper konnte hören, wie sie herumrannten und nach dem Grunde forschten.

Jane hatte sich erhoben, als der Araber zu ihren Füßen verschied und kam mit ausgestreckten Armen auf Werper zu.

Wie soll ich Ihnen je danken, mein Freund? rief sie. Wenn ich daran denke, daß ich heute beinahe an die schändliche Geschichte geglaubt habe, die mir dieses Tier über Ihre angebliche Treulosigkeit und Vergangenheit vorlog! Verzeihen Sie mir, Monsieur Frecoult. Ich hätte wissen müssen, daß ein Weißer und Ehrenmann in den Gefahren dieses wilden Landes nichts anderes als der Beschützer für eine Frau seiner eigenen Rasse sein kann.

Werpers Hände fielen kraftlos herunter. Er stand und sah die junge Frau an, aber er fand keine Worte zu einer Erwiderung. Auf die ahnungslos ausgesprochene Verdammung seiner wahren Absichten fehlte ihm die Antwort.

Draußen suchten die Araber immer noch nach dem Urheber des Schusses. Die zwei von Mohammed Bejd abgelösten und zur Ruhe geschickten Posten waren die ersten, welche vorschlugen, das Zelt der Gefangenen zu untersuchen. Es kam ihnen in den Sinn, daß sich möglicherweise das Weib erfolgreich gegen ihren Führer gewehrt haben könnte.

Werper hörte die Leute herankommen. Beim Totschlag Mohammed Bejds betroffen zu werden, war mit unmittelbar vollstrecktem Todesurteil gleichbedeutend. Die wilden, rohen Räuber würden einen Christen, der wagte, das Blut ihres Führers zu vergießen, in Stücke reißen. Er mußte eine Ausrede suchen, um die Auffindung von Mohammed Bejds Leiche hinauszuschieben. Er steckte den Revolver wieder in sein Futteral und trat rasch zum Eingang des Zeltes. Die Lappen auseinanderschlagend, stellte er sich davor und trat den rasch sich nähernden Leuten entgegen. Irgendwie brachte er die nötige Frechheit auf, ein Lächeln auf seine Lippen zu zwingen, als er mit erhobener Hand von weiterem Vordringen abhielt.

Das Weib leistete Widerstand, und Mohammed Bejd mußte auf sie schießen, sagte er. Sie ist nicht tot – nur leicht verwundet. Ihr könnt ruhig wieder zu euren Decken gehen. Mohammed Bejd und ich werden nach der Gefangenen sehen. Er drehte sich um und betrat wieder das Zelt, während die durch seine Erklärung völlig beruhigten Räuber wieder zufrieden zu ihrem unterbrochenen Schlafe zurückkehrten.

Als Werper Jane wieder gegenübertrat, fand er sich von ganz anderen Gefühlen beseelt, als die waren, die er noch vor wenigen Minuten gehegt hatte, als er sich zwischen seinen Decken herumwarf. Es war ganz natürlich, daß die Aufregung des Kampfes mit Mohammed Bejd so gut wie die Gefahren, die ihm nun von Händen der Räuber drohten, wenn am Morgen die Wahrheit über die nächtlichen Vorgänge im Zelt der Gefangenen ans Licht kam, die heiße Leidenschaft abkühlten, die ihn beherrscht hatte, als er das Zelt betrat. Aber noch ein anderer und stärkerer Einfluß machte sich zugunsten der jungen Frau geltend. So tief ein Mann auch sinken mag, Ehre und Ritterlichkeit, wenn er sie überhaupt je besessen hat, lassen sich nie völlig aus seinem Charakter beseitigen. Wenn auch Albert Werper schon längst nicht mehr Anspruch auf den Besitz der einen oder anderen erhob, so hatte doch die rückhaltlose Anerkennung durch die Worte der jungen Frau beide in seinem Herzen wieder erweckt.

Zum ersten Male ward er darüber klar, in welch hoffnungsloser und furchtbarer Lage sich die schöne Gefangene befand und in welchen Abgrund von Schande er selbst gesunken sein mußte, daß es für ihn, für einen wohlerzogenen Europäer, einen Mann von Ehre, auch nur einen Augenblick möglich gewesen war, zu einer Unternehmung die Hand zu bieten, die ihr die Heimat, ihr Glück und ihre Existenz zerstörte.

Er hatte schon zuviel Schlechtigkeiten auf dem Gewissen, als daß er hätte hoffen können, sich je wieder reinwaschen zu können. Aber im ersten plötzlichen Anfall von Reue faßte der Mann den ehrenhaften Entschluß, das Elend, welches seine verbrecherische Habsucht über diese liebliche und arglose Frau gebracht hatte, soweit es in seiner Macht lag, zu lindern.

Während er so anscheinend auf die Schritte der sich entfernenden Araber lauschte, in Wirklichkeit aber tief in Gedanken versunken war, trat Jane zu ihm.

Was sollen wir nun tun? fragte sie. Wenn der Morgen kommt, bringt er diese Sache ans Licht, damit deutete sie auf Mohammed Bejd. Wenn sie ihn finden werden, werden Sie sicher getötet.

Werper antwortete längere Zeit nicht, dann drehte er sich plötzlich nach der Frau um.

Ich habe einen Plan, rief er. Er verlangt von Ihnen viel Nerven und Mut, aber Sie haben schon bewiesen, daß Sie beides besitzen. Können Sie noch einmal bis morgen durchhalten?

Ich kann alles erdulden, erwiderte sie mit einem tapferen Lächeln, was uns nur die geringste Aussicht auf Entkommen bietet.

Sie müssen sich, während ich Sie durch das Lager trage, tot stellen, erklärte er. Den Wachtposten werde ich sagen, Mohammed Bejd habe mir befohlen, Ihre Leiche in die Dschungel zu bringen. Diese anscheinend unnötige Handlung werde ich damit begründen, daß Mohammed Bejd für Sie eine unwiderstehliche Leidenschaft gefaßt hatte, und daß ihm nun sein Vorgehen, das ihn zum Mörder an Ihnen werden ließ, solche Reue verursacht, daß er den schweigenden Vorwurf, der aus Ihrem leblosen Körper spricht, nicht ertragen kann.

Mit einem Lächeln auf den Lippen erhob die junge Frau die Hand und ließ ihn einhalten.

Sind Sie denn ganz von Sinnen? fragte sie. Bilden Sie sich etwa ein, daß Ihnen die Posten eine solch lächerliche Geschichte glauben werden?

Sie kennen diese Leute nicht, erwiderte er. Trotz ihrer abgebrühten und verbrecherischen Naturen verbirgt sich unter ihrem rauhen Äußeren ein überaus stark ausgeprägter Hang zum Romantischen – das werden Sie überall in der Welt unter ihresgleichen finden. Der Hang zur Romantik ist es, der die Menschen dazu bringt, das wilde Leben der Gesetzlosigkeit und des Verbrechens zu führen. Diese List wird Erfolg haben – seien Sie unbesorgt.

Tarzans Frau zuckte die Achseln. Wir können nicht mehr tun, als die Sache versuchen – und was dann?

Ich werde Sie in dem Dschungel verbergen, fuhr der Belgier fort, und morgen früh werde ich allein mit zwei Pferden zu Ihnen kommen.

Aber wie wollen Sie Mohammed Bejds Tod erklären, fragte sie. Ehe Sie morgen früh aus dem Lager entkommen können, wird er entdeckt sein.

Ich werde ihn gar nicht erklären, erwiderte Werper. Mohammed Bejd muß ihn selbst erklären – wir wollen das ihm überlassen. Sind Sie jetzt bereit, das Abenteuer zu wagen? Ja.

Dann gut, aber warten Sie, ich muß Ihnen erst noch eine Waffe und Munition verschaffen. Damit ging Werper aus dem Zelte.

Gleich darauf kam er mit einem zweiten Revolver und einem weiteren Patronengürtel um die Hüften zurück. Sind Sie nun bereit? fragte er.

Vollkommen bereit, antwortete die junge Frau.

Dann kommen Sie und legen Sie sich ganz schlaff über meine linke Schulter. Damit kniete Werper nieder, um sie aufzunehmen.

So, sagte er, als er sich erhob. Nun lassen Sie Arme und Füße und Ihren Kopf ganz schlaff hängen. Vergessen Sie nicht, daß Sie tot sind.

Einen Augenblick später schritt der Mann mit dem Körper der Frau auf der Schulter durch das Lager.

Um die kühneren unter den hungrigen Raubtieren abzuhalten, war rund um das Lager ein Boma aus Dorngestrüpp aufgebaut worden. Ein paar Wachtposten schritten im Scheine eines hellodernd gehaltenen Feuers auf und ab. Der nächste von ihnen schaute überrascht auf, als er Werper näherkommen sah.

Wer da? rief er. Was hast du da?

Werper lüftete die Kapuze seines Burnusses, damit der Bursche sein Gesicht sehen konnte.

Das ist der Leichnam des Weibes, erklärte er. Mohammed Bejd hat mich gebeten, ihn in die Dschungel zu schaffen, denn er kann es nicht mehr ertragen, das Antlitz der Frau zu sehen, die er liebte und die zu töten ihn die Notwendigkeit zwang. Er leidet furchtbar – er ist ganz untröstlich. Ich habe ihn nur mit Mühe davon abhalten können, sich selbst das Leben zu nehmen.

Steif über des Sprechers Schulter hängend, wartete die junge Frau voller Angst, welche Antwort der Araber geben würde. Er würde über diese alberne Geschichte einfach lachen, dessen war sie ganz sicher. Im nächsten Augenblick würde er die Täuschung aufdecken, die Monsieur Frecoult ihm aufhängen wollte, und sie würden beide verloren sein. Sie sann schon über die Art und Weise nach, in der sie dem Manne, der sie retten wollte, in dem Kampfe, der sich in ein oder zwei Augenblicken entspinnen mußte, am besten beistehen konnte.

Da hörte sie die Stimme des Arabers Monsieur Frecoult zur Antwort geben:

Willst du allein gehen, oder soll ich jemand wecken, der dich begleitet? In seinem Tone verriet sich nicht die geringste Überraschung, daß Mohammed Bejd plötzlich eine so bemerkenswert gefühlvolle Charakterveranlagung entwickelte.

Ich muß allein gehen, erwiderte Werper und schritt durch die schmale Öffnung der Boma, neben der der Wachtposten stand, hinaus ins Freie.

Einen Augenblick später befand er sich mit seiner Bürde zwischen den hohen Baumstämmen und ließ, sobald er außer Sicht des Postens war, die junge Frau mit einem leisen „Sst“, damit sie sich ruhig verhielt, auf die Füße gleiten.

Dann geleitete er sie ein wenig weiter in den Wald hinein, machte unter einem dicken Baume mit breitausladenden Ästen halt, gürtete ihr den Patronengurt mit dem Revolver um und half ihr auf die unteren Zweige hinauf.

Morgen, sobald ich die Kerle täuschen kann, flüsterte er, komme ich zu Ihnen zurück. Halten Sie sich brav, Lady Greystoke – wir können schon noch davonkommen.

Ich danke Ihnen, erwiderte sie leise. Sie sind sehr gütig gewesen und sehr tapfer.

Werper gab keine Antwort, und die Dunkelheit der Nacht verbarg die Welle der Schamröte, die ihm das Gesicht übergoß. Er drehte sich rasch um und kehrte nach dem Lager zurück. Die Wache sah von ihrem Posten aus, wie er sein eigenes Zelt betrat; daß er aber unter der Leinwand auf der Rückseite wieder herauskroch, sah sie nicht, ebensowenig, daß er sich vorsichtig zu dem bisher von der Gefangenen bewohnten Zelt schlich, in dem nun Mohammed Bejds Leiche lag.

Das untere Ende der Rückwand lüpfend, kroch Werper hinein und näherte sich dem toten Körper. Ohne einen Augenblick zu zögern, packte er die kalten Handgelenke und schleifte den Körper auf dem Rücken zu der Stelle, durch die er eben hereingekommen war. Auf Händen und Knien, wie er hereingekrochen war, ging er rückwärts wieder hinaus und zog die Leiche hinter sich her. Sobald der Belgier erst draußen war, kroch er an die Seite des Zeltes und spähte über das Lager, so weit es in seinem Gesichtsfelde lag – keiner wachte.

Er zog sich zu dem Körper zurück, hob ihn auf die Schulter und rannte, einen flinken Ausfall wagend, rasch über den schmalen Zwischenraum, der das Zelt der Gefangenen von dem des toten Mannes trennte. Hinter dem Seidenstoff hielt er an und ließ seine Last zu Boden sinken, dann blieb er lauschend einige Minuten lang regungslos stehen.

Als er endlich zu seiner Befriedigung davon überzeugt sein konnte, daß ihn keiner gesehen hatte, bückte er sich und hob den unteren Rand der Zeltbahn, kroch rückwärts hinein und schleppte den Gegenstand, der einst Mohammed Bejd gewesen war, hinter sich her. Er zog den Körper des toten Räubers auf dessen Schlafdecken. Dann tastete er in der Dunkelheit herum, bis er Mohammed Bejds Revolver fand. Mit der Waffe in der Hand kehrte er an die Seite des Toten zurück, kniete neben dem Bettzeug nieder, steckte die Rechte mit der Waffe unter die Decken und häufte eine große Anzahl dick zusammengelegter Lagen des dicht gewebten Stoffes mit der linken Hand über und um die Waffe. Dann berührte er den Abzug und hustete gleichzeitig stark.

Der abgedämpfte Knall konnte selbst von einem gerade vor dem Zelte Stehenden nicht aus dem Klang des Hustens herausgehört worden sein. Werper war befriedigt. Mit grimmigem Lächeln auf den Lippen zog er die Waffe aus den Decken hervor und legte sie dem toten Manne sorgfältig in die rechte Hand, so daß drei Finger um den Kolben lagen, während der Zeigefinger innen am Abzugsbügel lag.

Noch einen Augenblick verweilte er, um die verwühlten Decken wieder zurechtzulegen, dann zog er sich zurück, wie er eingedrungen war, und machte die Stricke an der Hinterwand wieder genau so fest, wie sie gewesen waren, ehe er das Tuch hob.

Darauf begab er sich nach dem Zelte der Gefangenen und beseitigte auch dort jede Spur, daß jemand unter der Hinterwand durchgekommen oder -gegangen war. Dann zog er sich in sein eigenes Zelt zurück, befestigte auch dort die Leinwand neu und kroch zwischen seine Decken.

Am nächsten Morgen weckte ihn die erregte Stimme von Mohammed Bejds schwarzem Sklaven, der ihn vom Zelteingang aus anrief.

Schnell! Schnell! schrie der Schwarze in angstvollem Tone. Komme! Mohammed Bejd liegt tot in seinem Zelte – von eigener Hand getötet!

Werper fuhr beim ersten Lärm mit gespanntem Ausdruck auf dem Gesicht in die Höhe, aber bei den letzten Worten des Schwarzen entfuhr seinen Lippen ein Seufzer der Erleichterung, und ein schwaches Lächeln löste die Anspannung seines Gesichtes ab.

Ich komme, rief er dem Sklaven zu, zog sich die Stiefel an, erhob sich und kam aus seinem Zelte.

Erregte Araber und Neger rannten von allen Seiten des Lagers nach Mohammed Bejds Seidenzelt, und als Werper dort eintraf, fand er bereits eine ganze Anzahl der Räuber um die nun starre und erkaltete Leiche gedrängt.

Der Belgier drängte sich mit den Schultern durch ihre Reihen und trat an die Seite des Toten. Schweigend sah er einen Augenblick auf das ruhige Gesicht nieder, dann fuhr er zu den Arabern herum.

Wer hat diese Tat verübt? schrie er. Sein Ton war beides, drohend und anklagend. Wer hat Mohammed Bejd ermordet? Ein plötzlicher Chor von Stimmen erhob sich zu empörtem Protest.

Mohammed Bejd ist nicht ermordet worden, schrien sie. Er starb durch eigene Hand. Dies hier und Allah seien unsere Zeugen. Dabei deuteten sie auf den Revolver in des toten Mannes Hand.

Eine Zeitlang stellte sich Werper, als ob er im Zweifel sei. Aber schließlich ließ er sich doch davon überzeugen, daß Mohammed Bejd wirklich aus Gewissensbissen über den Mord an der weißen Frau, die er ohne Wissen seiner Gefolgsleute so abgöttisch geliebt hatte, Selbstmord begangen hatte.

Werper wickelte selbst den Toten in dessen eigene Decken, wobei er wohl achtgab, die versengten und von der Kugel durchlöcherten Stellen des Stoffes, die den Knall der nachts abgefeuerten Waffe hatten dämpfen müssen, nach innen zu schlagen. Dann trugen sechs dunkelhäutige Neger die Leiche auf die Lichtung hinaus, auf der das Lager geschlagen war, und legten sie in ein flaches Grab. Als die lose Erde auf die stille Gestalt fiel, die in ihre Decken gehüllt war, die so viel hätte erzählen können, entfuhr Albert Werper abermals ein Seufzer der Erleichterung – sein Plan war besser geglückt, als er selbst im Traume gehofft hätte. Nun, nachdem beide, Achmed Zek wie Mohammed Bejd, tot waren, fehlte den Räubern der Führer, und nach kurzer Beratung beschlossen sie, nach Norden zu ziehen, um die verschiedenen Stämme aufzusuchen, denen sie angehörten. Sobald Werper vernommen hatte, welche Richtung sie einschlagen wollten, gab er zu verstehen, daß er sich für seinen Teil nach Osten zur Küste begeben wolle. Da er nach ihrer Kenntnis nichts besaß, wonach einer von ihnen gierig gewesen wäre, gaben sie ihm bereitwilligst ihr Einverständnis, seiner Wege zu gehen.

Bei ihrem Abzug saß er mitten auf der Lichtung auf seinem Pferde, sah sie aufmerksam einen nach dem anderen in der Dschungel verschwinden und dankte seinem Schöpfer, daß er endlich doch ihren Spitzbubenfingern entkommen war.

Als er nicht den geringsten Laut mehr von ihnen hören konnte, wandte er sich zur Rechten, ritt in den Wald nach dem Baume, auf dem er Lady Greystoke verborgen hatte und rief, sein Pferd gerade unter ihm zügelnd, mit hoffnungsvoller Stimme ein fröhliches, freundliches „Guten Morgen!“ hinauf.

Er bekam keine Antwort, suchte mit seinen Augen das dichte Blätterwerk oben ab, konnte aber kein Anzeichen von der jungen Frau entdecken. Er stieg vom Pferde und kletterte rasch auf den Baum so weit hinauf, bis er alle seine Zweige übersehen konnte. Aber der Baum war leer – Jane war während der stillen Nachtwache der Dschungel verschwunden.

## Tarzan findet sein Gedächtnis wieder

Während sich Tarzan die Kiesel aus seiner wiedergefundenen Tasche über die Finger rollen ließ, kehrten seine Gedanken zu dem Stapel gelber Barren zurück, um deren Besitz die Araber und Abessinier einen so erbarmungslosen Kampf gewagt hatten.

Was für ein gemeinsamer Zusammenhang bestand zwischen jenem Stapel schmutzigen Metalls und den schönen, funkelnden Kieseln, die sich zuvor in seiner Tasche befunden hatten? Was war das Metall? Wo stammte es her? Was für eine quälende halbe Überzeugung schien von seinem Gedächtnis die Erinnerung zu verlangen, daß der gelbe Stapel, um dessen Besitz jene Leute gefochten hatten und gefallen waren, eng mit seiner Vergangenheit verknüpft gewesen war – daß er sein Eigentum gewesen war?

Was war seine Vergangenheit gewesen? Er schüttelte den Kopf. Unklar und langsam passierte die Erinnerung seiner Kindheit unter den Affen Revue – dann kam eine merkwürdig verworrene Masse von Gesichtern, Gestalten und Ereignissen, die zu Affentarzan in gar keiner Beziehung zu stehen schienen und die ihm trotzdem, selbst an ihrer bruchstückweisen Form vertraut waren.

Langsam und peinvoll suchte sein Erinnerungsvermögen wieder Fuß zu fassen; das verletzte Gehirn war auf dem Wege der Besserung.

Die Leute, welche nun zum ersten Male seit Wochen vor seinem geistigen Auge vorbeizogen, trugen vertraute Gesichter. Aber er konnte sie weder an die Stellen bringen, die sie einst in seinem vergangenen Leben innegehabt hatten, noch konnte er ihre Namen nennen. Eine schöne Frau war darunter, deren Gesicht am häufigsten durch die verwirrten Erinnerungen seines genesenden Gehirns glitt. Wer war sie? Was war sie dem Affentarzan gewesen? Er glaubte sie auf der gleichen Stelle zu sehen, auf der der Stapel Gold von den Abessiniern ausgegraben worden war, aber die Umgebung war von dem Anblick, den die Stelle jetzt bot, weitaus verschieden.

Da war ein Gebäude – da waren viele Gebäude – dann waren da Hecken, Zäune und Blumen. Tarzan zog in verwirrtem Brüten über diesem wunderbaren Rätsel die Brauen zusammen. Einen Augenblick lang glaubte er die richtige Erklärung mit einem Male völlig zu fassen und dann, gerade als er den Erfolg fast in Fingern hielt, schwand das Bild und wurde zu einer Dschungelszene, auf der ein nackter weißer Jüngling in Gesellschaft einer Horde behaarter urweltlicher Affenwesen herumtanzte.

Tarzan schüttelte seinen Kopf und seufzte. Wie kam es nur, daß er sich nicht erinnern konnte? Dessen war er wenigstens sicher, daß in irgendeiner Weise der Haufen Gold, der Ort, wo es lag, der zarte Duft der Frau, der er gefolgt war, dann die ihm erinnerliche Gestalt jenes weißen Weibes und zuletzt er selbst unentwirrbar durch die Bande einer vergessenen Vergangenheit miteinander verknüpft waren.

Wenn dieses Weib an jenen Ort gehörte, war dort dann nicht der beste Platz, um ihn aufzusuchen und sie an eben dem Fleck zu erwarten, den ihr seine stückweise Erinnerung zuzuweisen schien? Es war eines Versuches wert. Tarzan warf sich den Riemen seiner leeren Tasche über die Schulter und machte sich durch die Bäume in der Richtung nach der Ebene auf den Weg. Draußen am Waldesrande traf er die auf der Suche nach Achmed Zek zurückkehrenden Araber. Er verbarg sich, ließ sie vorbei und nahm wieder seinen Weg nach den verkohlten Ruinen seiner Behausung auf, deren Erinnerung er um ein weniges seinem Gedächtnis wieder abgerungen hätte.

Die Entdeckung einer kleinen Antilopenherde in einer Senke, wo sich Deckung und Windrichtung vereinigten, um das Beschleichen leicht zu machen, unterbrach seinen Weg über die Ebene. Ein feistes einjähriges Tier belohnte ihn für die Mühe eines halbstündigen verstohlenen Ankriechens und den plötzlichen wilden Ansprung. Spät am Nachmittag hockte sich der Affenmensch neben seiner Beute auf die Schenkel, um den Gewinn seiner Geschicklichkeit, Klugheit und Tüchtigkeit zu genießen.

Nach Befriedigung des Hungers verlangte der Durst zunächst sein Recht. Der Fluß mit seinem erfrischenden Wasser zog ihn auf dem kürzesten Wege an. Als er getrunken hatte, war die Nacht ziemlich hereingebrochen und er befand sich noch etwa eine halbe Meile stromabwärts der Stelle, an der er den Haufen

Goldbarren gesehen hatte und an der er das Weib seiner Erinnerung oder irgendeinen Anhaltspunkt über ihren Aufenthalt oder ihre Persönlichkeit zu finden hoffte.

Für die in der Dschungel aufgewachsenen Geschöpfe hat der Zeitbegriff im allgemeinen wenig Bedeutung; und gar Hast, ausgenommen, wenn sie durch Schrecken, Grimm oder Hunger verursacht ist, gilt als geschmacklos. Der Tag war herum. Deshalb würde der nächste Tag, dessen es eine unendliche Reihenfolge gab, Tarzans weiterer Forschung vorzüglich passen. Außerdem war der Affenmensch auch müde und wollte schlafen. Ein Baum bot ihm die Sicherheit, Abgeschiedenheit und Behaglichkeit eines wohleingerichteten Schlafzimmers, und beim Chore der jagenden Raubtiere und des Wildes am grimmen Flußufer fiel er bald in tiefen Schlummer.

Am Morgen fand er sich wieder hungrig und durstig, sprang von seinem Baume herab und nahm seinen Weg zur Wasserstelle am Flußufer. Dort fand er Numa, den Löwen, gerade vor sich. Der gewaltige Geselle leckte gierig das Wasser, aber als er Tarzan in seinem Rücken auf der Wildspur näherkommen hörte, hob er den Kopf, wandte seine Blicke über die Schultermähne nach rückwärts und starrte auf den Störenfried. Ein leises Warnungsknurren rollte aus seiner Kehle. Tarzan erriet, daß das Raubtier eben von seiner Beute kam und ordentlich sattgefressen war, deshalb machte er nur einen kleinen Bogen und setzte seinen Weg zum Flusse fort; dann hielt er ein paar Schritte oberhalb der lohfarbenen Katze an, ließ sich auf Hände und Knie nieder und näherte seine Lippen dem kühlen Wasser. Der Löwe musterte den Menschen noch eine Weile, dann machte er sich wieder ans Saufen, Mensch und Tier löschten Seite an Seite ihren Durst und schienen beide die Anwesenheit ihres Nachbarn völlig vergessen zu haben.

Numa war zuerst fertig. Er hob den Kopf und starrte einige Minuten lang mit der steingewordenen Aufmerksamkeit, die eine Eigentümlichkeit seiner Gattung ist, über den Fluß hinüber. Hätte der Hauch der wehenden Dschungelbrise nicht seine schwarze Mähne gezaust, man hätte glauben können, er sei aus goldener Bronze gegossen, so regungslos gleich einer Bildsäule stand er da.

Ein tiefer Seufzer aus den geräumigen Lungen zerstörte die Illusion. Der mächtige Kopf drehte sich langsam um, bis die gelben Augen auf dem Affenmenschen ruhten. Die borstigen Lippen zogen sich hoch und entblößten die gelben Reißzähne. Ein neues warnendes Knurren ließ die schweren Lefzen erzittern, dann wandte sich der König der Tiere majestätisch um und schritt langsam den Wildpfad entlang in das dichte Riedgras.

Affentarzan trank ruhig weiter, aber aus den Ecken seiner grauen Augen bewachte er jede Bewegung des riesigen Tieres, bis es aus seinem Gesichtskreis verschwunden war und dann achteten immer noch seine scharfen Ohren auf die Tritte des Raubtieres.

Einem Bade im Flusse folgte ein etwas klägliches Frühstück aus Eiern, die ihn der Zufall finden ließ, dann machte er sich flußaufwärts nach den Ruinen des Bungalows auf den Weg, dahin, wo die goldenen Barren gestern den Mittelpunkt des Kampfes bedeutet hatten.

Aber wie groß war seine Überraschung und Bestürzung, als er bei seiner Ankunft auf jenem Fleck entdecken mußte, daß das gelbe Metall verschwunden war. Die durch Tritte von Pferden und Menschen zertrampelte Erde ließ keine Spur erkennen. Es war gerade, als wenn sich die Barren in dünne Luft verwandelt hätten.

Der Affenmensch wußte nicht mehr, wohin er sich wenden und was er zunächst beginnen sollte. Nicht die geringste Andeutung einer Spur gab an, daß das Weib da gewesen war. Das Metall war fort, und wenn ein Zusammenhang zwischen dem Weibe und dem Metall bestand, schien es zwecklos, hier auf sie zu warten, nun, da das letztere nach einer anderen Stelle gebracht worden war.

Alles schien ihm zu fliehen – die hübschen Kiesel, das gelbe Metall, das Weib, sein Gedächtnis. Tarzan war völlig verärgert. Er wollte wieder in die Dschungel zurückkehren und sich nach Chulk umsehen, darum lenkte er seine Schritte abermals nach dem Walde. Er drang rasch vorwärts, bewegte sich im langen, leichten Trabe über die Ebene und schwang sich dann vom Waldrande an so gewandt und flink wie ein kleiner Affe auf den Bäumen fort.

Er wanderte ohne bestimmtes Ziel – die Freude über sein ungebundenes Dasein ließ ihn als Hauptgrund weiter und weiter durch die Dschungel streifen. Die Hoffnung, auf irgendeine Spur von Chulk oder des Weibes zu stoßen, kam erst in zweiter Linie.

Zwei Tage trieb er sich so herum, jagte, aß, stillte seinen Durst oder schlief, wie es ihm Neigung oder eine sich bietende Gelegenheit gerade einfallen ließ. Am Morgen des dritten Tages gelangte schwach die Witterung eines Pferdes und eines Mannes zu seinen Nasenlöchern. Alsbald änderte er seine Richtung und huschte lautlos in der Richtung, aus der die Witterung kam, durch die Zweige.

Nach gar nicht langer Zeit erreichte er einen einsam nach Osten reitenden Reiter. Ohne Verzug bestätigten ihm seine Augen, was ihn seine Nase bereits hatte vermuten lassen – der Reiter war jener Bursche, der ihm seine hübschen Kiesel gestohlen hatte. Ein zorniges Licht leuchtete plötzlich in den grauen Augen, als sich der Affenmensch auf die unteren Zweige herabließ, bis er sich fast unmittelbar über dem ahnungslosen Werper dahinbewegte.

Ein rascher Sprung – und der Belgier fühlte, wie ein schwerer Körper auf den Rücken seines zu Tode erschrockenen Pferdes schlug. Das Roß schnaubte und machte einen Satz nach vorwärts. Riesige Arme schlangen sich um den Reiter. In einem Augenblick war er aus dem Sattel gezogen und fand sich auf dem schmalen Wildpfad liegen, während ein nackter, weißer Riese auf seiner Brust kniete.

Beim ersten Blick auf das Antlitz seines Bezwingers erkannte ihn Werper, und bleiche Angst überzog sein Gesicht. Starke Finger, Finger aus Stahl, packten seine Kehle. Er wollte schreien, um sein Leben bitten, aber die grausamen Finger hinderten ihn so sicher am Sprechen wie sie ihm fühlbar machten, daß sein Leben verwirkt sei.

Die hübschen Kiesel? rief der Mann, der ihm auf der Brust kniete. Was hast du mit den hübschen Kieseln – mit Tarzans hübschen Kieseln gemacht?

Die Finger ließen nach, um ihm eine Antwort zu ermöglichen. Einige Zeit lang konnte Werper vorerst nur würgen und husten – endlich fand er die Sprache wieder.

Achmed Zek, der Araber, stahl sie mir, kreischte er, er zwang mich, ihm die Tasche und die Steine zu geben. Das sah ich alles, erwiderte Tarzan, aber die Kiesel in der Tasche waren nicht Tarzans Kiesel – es waren nur solche Kiesel, wie sie den Boden des Flusses und die Sandbänke an seinen Ufern bedecken. Selbst der Araber wollte sie nicht haben, denn als er sie angesehen hatte, warf er sie voll Ärger weg. Ich will meine hübschen Kiesel wiederhaben – wo sind sie?

Ich weiß es nicht, ich weiß es nicht, schrie Werper. Ich mußte sie Achmed Zek geben, sonst hätte er mich getötet. Ein paar Minuten später folgte er mir auf der Wildspur nach, um mich umzubringen, obgleich er mir versprochen hatte, mich nicht weiter zu belästigen. Da schoß ich auf ihn und tötete ihn; aber er hatte die

Tasche nicht bei sich und obgleich ich einige Zeit lang die Dschungel absuchte, konnte ich sie nicht mehr finden.

Ich sage dir, ich fand sie, knurrte Tarzan, und ich fand auch die Kiesel, die Achmed Zek voll Verachtung weggeworfen hatte. Es waren nicht Tarzans Kiesel. Du hast sie versteckt! Sage mir, wo sie sind, oder ich töte dich. Damit schlossen sich die braunen Finger des Affenmenschen wieder enger um den Hals seines Opfers.

Werper rang, um sich freizumachen. Mein Gott, Lord Greystoke, gelang es ihm schließlich zu schreien, wollen Sie wegen einer Handvoll Steine einen Mord begehen?

Die Finger an seinem Halse ließen nach, ein verwirrter, träumerisch ferner Ausdruck ließ die grauen Augen sanfter blicken.

Lord Greystoke! wiederholte der Affenmensch. Lord Greystoke! Wer ist Lord Greystoke? Wo habe ich diesen Namen schon gehört?

Aber Mann, Sie sind doch Lord Greystoke! rief der Belgier. Als das Erdbeben den Stollen zu der unterirdischen Kammer zertrümmerte, zu der Sie mit Ihren schwarzen Waziri gekommen waren, um Goldbarren nach Ihrem Bungalow zu bringen, wurden Sie durch ein herunterfallendes Felsstück verletzt. Der Schlag störte Ihr Gedächtnis. Sie sind John Clayton, Lord Greystoke – können Sie sich nicht daran erinnern?

John Clayton, Lord Greystoke! wiederholte Tarzan. Dann schwieg er einen Augenblick. Er hob die Hand zitternd zur Stirne, ein Ausdruck von Verwunderung erfüllte seine Augen – von Verwunderung und plötzlichem Verständnis. Der vergessene Name hatte plötzlich das zurückkehrende Gedächtnis wiedererweckt, das schon seit einiger Zeit um Wiedergewinnung seiner Tätigkeit kämpfte. Der Affenmensch ließ den Griff um des anderen Hals fahren und sprang auf seine Füße.

Mein Gott! schrie er dann: Jane! Plötzlich wandte er sich zu Werper. Wo ist meine Frau? fragte er. Was ist aus ihr geworden? Die Farm liegt in Ruinen. Das wissen Sie. Sie hatten unbedingt etwas mit alledem zu tun. Sie folgten mir nach Opar und stahlen mir die Juwelen, die ich nur für hübsche Kiesel hielt. Sie sind ein Dieb. Suchen Sie nicht, es mir gegenüber abzuleugnen.

Er ist Schlimmeres als nur ein Dieb, sagte eine ruhige Stimme nahe hinter ihnen.

Überrascht drehte sich Tarzan um und sah einen hochgewachsenen Mann in Uniform einige Schritte hinter sich auf der Fährte stehen. Hinter dem Manne befand sich eine Anzahl schwarzer Soldaten in der Uniform des Kongo-Freistaates.

Er ist ein Mörder, Monsieur, fuhr der Offizier fort. Ich habe ihn lange Zeit verfolgt, um ihn zurückzuholen, damit er für die Ermordung seines vorgesetzten Offiziers zur Rechenschaft gezogen werden kann.

Werper hatte sich mittlerweile erhoben und starrte bleich und zitternd dem Geschick ins Antlitz, das ihn selbst hier im Labyrinth der Dschungel noch ereilt hatte. Instinktiv wollte er sich zur Flucht wenden. Aber Affentarzan streckte seine mächtige Hand aus und packte ihn bei der Schulter.

Warten Sie! sagte der Affenmensch zu seinem Gefangenen. Dieser Herr hier hat mit Ihnen noch zu tun, ebenso habe ich noch mit Ihnen zu sprechen. Wenn ich mit Ihnen zu Ende bin, mag er sich mit Ihnen befassen. Sagen Sie mir, was aus meiner Frau geworden ist. Der belgische Offizier betrachtete neugierig den fast nackten, weißen Riesen. Er stellte den merkwürdigen Gegensatz fest, den die primitiven Waffen und die Bekleidung zu dem eleganten, geläufigen Französisch bildeten, welches der Mann sprach. Die erstere bekundete die niedrigste, das letztere die höchste Stufe der Kultur. Er konnte die gesellschaftliche Stellung dieses merkwürdigen Geschöpfes nicht recht feststellen, aber darüber war er sich klar, daß ihm die leichte, selbstverständliche Sicherheit mißfiel, mit welcher dieser Bursche es sich herausnahm, ihm zu diktieren, wenn er sich seinen Gefangenen nehmen könne.

Entschuldigen Sie, sagte er, trat vor und legte gleichfalls eine Hand auf Werpers andere Schulter, aber dieser Mensch hier ist mein Gefangener. Er muß mir folgen.

Erst wenn ich mit ihm fertig bin, sagte Tarzan ruhig. Der Offizier drehte sich herum und winkte den hinter ihm stehenden Soldaten. Eine Kompanie schwarzer Soldaten rückte rasch über die drei hinaus vor und umringte den Affenmenschen und den Gefangenen.

Das Gesetz sowohl wie die Macht, es zu schützen, sind auf meiner Seite, erklärte der Offizier. Machen Sie mir keine Schwierigkeiten. Wenn Sie eine Klage gegen diesen Menschen haben, können Sie mich ja auf meinem Rückwege begleiten und Ihre Klage auf dem vorgeschriebenen Wege vor einem eingesetzten Gerichtshof betreiben.

Ihre gesetzlichen Rechte sind nicht über jeden Zweifel erhaben, mein Freund, erwiderte Tarzan, und was Ihre Macht zu deren Durchführung anbetrifft, so ist sie nur scheinbar – nicht wirklich. Sie haben sich herausgenommen, mit einer bewaffneten Macht britisches Gebiet zu betreten. Wo ist Ihre Berechtigung für diesen Einfall? Wo haben Sie die Auslieferungsdokumente, welche zur Verhaftung dieses Mannes berechtigen? Und welche Sicherheit haben Sie dafür, daß ich nicht in der Lage bin, eine bewaffnete Macht hier zusammenzuholen, die Ihnen die Rückkehr nach dem Kongo-Freistaat unmöglich macht?

Der Belgier verlor die Geduld. Ich habe keinen Anlaß, mich mit einem nackten Wilden herumzustreiten, rief er. Wenn Sie nicht verletzt werden wollen, rate ich Ihnen, mir nicht hinderlich zu sein. Sergeant, nehmen Sie den Gefangenen fest!

Werper hielt seine Lippen dicht an Tarzans Ohr. Retten Sie mich vor ihnen und ich kann Ihnen genau die Stelle zeigen, an der ich Ihre Frau gestern nacht sah, flüsterte er. Jetzt, in diesem Augenblick, kann sie noch nicht weit von hier sein.

Die Soldaten kamen auf das Zeichen ihres Sergeanten näher heran, um Werper zu packen. Tarzan faßte den Belgier um den Gürtel, nahm ihn unter den Arm, wie er einen Sack Mehl getragen hätte, und sprang vorwärts, um zu versuchen, den ihn einschließenden Ring zu durchbrechen. Seine rechte Hand fuhr dem nächsten Soldaten unter das Kinn und schleuderte ihn krachend auf seine Kameraden dahinter. Gewehre mit erhobenen Kolben wurden denen aus den Händen gerissen, die ihm den Weg versperrten und rechts und links taumelten die schwarzen Soldaten angesichts des wilden Durchbruchsversuches, den der Affenmensch im Interesse der Befreiung unternahm, zur Seite.

Die Schwarzen hatten die beiden so eng umzingelt, daß sie nicht schießen konnten, ohne dabei einen der ihren mitzutreffen, und Tarzan war bereits durch sie hindurchgebrochen und war drauf und dran, im bergenden Dickicht der Dschungel zu verschwinden, als einer von hinten an ihn heranschlich und ihm mit dem Gewehr von hinten einen heftigen Schlag auf den Kopf gab.

Der Affenmensch fiel im Augenblick nieder, während sich ein Dutzend schwarzer Soldaten auf seinen Rücken warf. Als er wieder zur Besinnung kam, fand er sich ebenso fest und sicher gebunden wie Werper. Der belgische Offizier, dessen Anstrengungen von Erfolg gekrönt worden waren, war guter Laune und fühlte sich geneigt, seine Gefangenen wegen der Leichtigkeit zu necken, mit der sie gefangengenommen worden waren. Aber aus Affentarzan konnte er kein

Wort herausholen. Werper indessen war überschwenglich in seinem Protest. Er erklärte, Tarzan sei ein englischer Lord, aber der Offizier lachte nur bei dieser Versicherung und empfahl ihm, seine Lunge für die Verteidigung vor Gericht zu schonen.

Sobald Tarzan das Bewußtsein wiedererlangt hatte und sich herausstellte, daß er nicht ernstlich verletzt war, wurden die Gefangenen rasch mitten in die Abteilung genommen und der Rückmarsch nach der Grenze des Kongo-Freistaates begann.

Gegen Abend hielt die Marschkolonne an einem Flusse, schlug das Lager auf und bereitete die Abendmahlzeit. Aus dem dichten Laub der nahen Dschungel spähten ein paar wilde Augen herüber und beobachteten mit stiller Aufmerksamkeit und Neugierde die Bewegungen der uniformierten Schwarzen. Unter den dicken Augenwülsten heraus sah das Geschöpf zu, wie die Boma errichtet wurde, wie die Feuer entfacht wurden und wie die Bereitung der Abendmahlzeit begann.

Seit dem Augenblick, in dem die Kompanie haltgemacht hatte, hatten Tarzan und Werper gebunden auf einem kleinen Stapel aus Tornistern gelegen. Aber als die Bereitung des Abendessens beendet war, befahl ihnen ihre Wache, sich zu erheben und an eines der Feuer zu kommen, wo ihnen die Hände losgebunden werden sollten, damit sie essen konnten.

Als sich der riesige Affenmensch erhob, trat ein erregter Ausdruck des Wiedererkennens in die Augen des im Dschungel hockenden Spähers und ein leiser Kehllaut drang über die wilden Lippen. Im Nu war Tarzan gespannt, aber das Antwortknurren erstarb auf seinen Lippen, weil er fürchtete, dadurch womöglich den Argwohn der Soldaten zu erregen.

Plötzlich kam ihm so etwas wie eine Eingebung. Er wandte sich zu Werper.

Ich werde jetzt mit lauter Stimme in einer Sprache, die Sie nicht verstehen, zu Ihnen sprechen. Tun Sie, als ob Sie aufmerksam auf das, was ich sage, lauschten und murmeln Sie gelegentlich etwas, als ob Sie mir in der gleichen Sprache antworteten – unser Entkommen kann vom Erfolg meines Versuches abhängen.

Werper nickte verständnisinnig und alsbald kam über die Lippen seines Gefährten eine merkwürdige Sprache, die sich ebensogut mit dem Knurren und Bellen eines Hundes wie mit dem Schnattern der kleinen Affen vergleichen ließ.

Die Soldaten in nächster Nähe sahen voll Überraschung nach dem Affenmenschen. Einige von ihnen lachten, während sich andere mit allen Anzeichen abergläubischer Furcht zurückzogen. Der Offizier näherte sich den Gefangenen, indes Tarzan immer noch schnatterte. Er blieb hinter ihm stehen, in grenzenlosem Erstaunen lauschend. Als nun gar Werper irgendein lächerliches Gewelsch zur Antwort murmelte, überstieg seine Neugierde alle Grenzen, er trat vor und verlangte zu wissen, welche Sprache sie da sprächen.

Tarzan hatte des Mannes Bildung nach der Art und dem Werte der Unterhaltung eingeschätzt, die dieser während des Marsches geführt hatte. Nun richtete er seine Antwort nach dieser Schätzung ein.

Es war Griechisch, erklärte er.

Oh! Ich dachte es mir, daß es Griechisch war, erwiderte der Offizier, aber es ist so viele Jahre her, seit ich es studierte, daß ich meiner Sache nicht ganz sicher war. Indessen möchte ich Sie doch ersuchen, in Zukunft eine Sprache zu sprechen, die mir geläufiger ist.

Werper drehte sich weg, um das Lachen zu verbeißen und flüsterte Tarzan zu: Für ihn war es eben wirklich „Griechisch" – und für mich ebenso.

Aber einer der schwarzen Soldaten raunte mit leiser Stimme einem Kameraden zu: Ich habe diese Laute schon früher gehört – ich hatte mich einmal nachts in der Dschungel verirrt, da hörte ich die behaarten Baummenschen miteinander reden, und ihr Geschnatter klang genau wie die Worte dieses weißen Mannes. Ich wünschte, wir hätten ihn nicht gefunden. Er ist überhaupt gar kein Mensch, er ist ein böser Geist, und wenn wir ihn nicht gehen lassen, steht uns Unglück bevor. Damit ließ der Bursche seine rollenden Augen ängstlich nach der Dschungel schweifen.

Sein Kamerad lachte nervös und schritt davon, um diese Unterhaltung mit Ausschmückungen und Übertreibungen den übrigen der schwarzen Soldateska zu erzählen. So dauerte es dann gar nicht lange, bis eine schauerliche Geschichte von Schwarzkunst und plötzlichem Tode den riesigen Gefangenen umwob und im Lager die Runde machte.

Derweil schwang sich in der düsteren Dschungel eine menschenähnliche Gestalt unter den dunkelnden Schatten der herniedersinkenden Nacht in südlicher Richtung dahin, um rasch einen besonderen, geheimnisvollen Auftrag auszuführen.

## Der Löwenangriff

Während Jane auf dem Baum wartete, auf dem Werper sie untergebracht hatte, kam es ihr vor, als ob die Nacht nie zu Ende gehen wollte. Aber schließlich kam doch das Ende, und eine Stunde nach Anbruch der Dämmerung belebte neue Hoffnung ihre Lebensgeister, als sie sah, daß sich ein einzelner Reiter auf dem Wildpfade näherte.

Der flatternde Burnus mit der weiten Kapuze verhüllte sowohl Gestalt wie Gesicht des Reiters, aber die junge Frau war sicher, daß es kein anderer als Frecoult sein konnte, da er ja doch wie ein Araber gekleidet war und sie ihn allein auf der Suche nach ihrem Versteck erwarten konnte.

Was sie sah, entlastete sie von der Spannung ihrer langen Nachtwache, aber es kam noch mehr, das sie nicht sah. Sie sah weder das schwarze Gesicht unter der weißen Kapuze noch die Reihe ebenholzfarbiger Reiter, die noch jenseits der Biegung der Fährte langsam hinter ihrem Führer herritten. Diese Dinge sah sie anfänglich nicht, und so lehnte sie sich mit einem Willkommensruf hinaus und dem herankommenden Reiter entgegen.

Bei ihrem ersten Ruf sah der Mann auf und zog überrascht die Zügel an. Als die junge Frau das schwarze Gesicht Abed Moraks, des Abessiniers, erblickte, fuhr sie voll Schrecken in die Zweige zurück, aber es war schon zu spät. Der Mann hatte sie gesehen und befahl ihr herunterzusteigen. Sie weigerte sich erst. Aber als ein Dutzend schwarzer Berittener hinter dem Führer erschien und einer sich auf Abed Moraks Befehl anschickte, hinter ihr her auf den Baum zu klimmen, sah sie ein, daß Widerstand nutzlos war und kam langsam auf den Boden herab, bis sie vor ihrem neuen Häscher stand und im Namen der Gerechtigkeit und Menschlichkeit um Schonung bat.

Abed Morak war durch seine jüngste Niederlage, den Verlust des Goldes und seiner Gefangenen, nicht in der besten Laune und hatte keine Neigung, sich durch einen Appell an weichere Gefühle bestimmen zu lassen, die ihm übrigens in der Tat auch unter den günstigsten Verhältnissen wesensfremd gewesen wären.

Wenn er nach seinem Heimatlande zurückkam und Menelik Bericht erstattet hatte, könnte er zur Strafe für seine Mißerfolge und sein Unglück nur Absetzung und möglicherweise sogar den Tod erwarten. Allerdings würde ein annehmbares Geschenk den Zorn des Kaisers besänftigen, und sicherlich würde diese blonde

Blüte einer fremden Rasse von dem schwarzen Herrscher mit Vergnügen als Geschenk angenommen werden! Als Jane ihre Bitte ausgesprochen hatte, antwortete ihr Abed Morak kurz, daß er ihr seinen Schutz zusage, daß er sie aber zu seinem Herrscher bringen müsse. Die junge Frau brauchte nicht erst zu fragen, warum, und wieder erstarb die Hoffnung in ihrer Brust. In alles ergeben ließ sie sich hinter einem der Soldaten auf den Sattel heben und trat wieder unter neuen Herren die Reise nach einem Schicksal an, das ihr nun schon allmählich als unausweichlich zu erscheinen begann.

Abed Morak war durch den Kampf, den er gegen die Räuber hatte bestehen müssen, seiner Führer beraubt worden. Selbst mit dem Lande nicht vertraut, war er von der Fährte, der er hätte folgen müssen, weit abgekommen und hatte infolgedessen seit Beginn seiner Flucht nur wenige Fortschritte nach Norden gemacht. Heute schlug er die Richtung nach Westen ein in der Hoffnung, auf irgendein Dorf zu stoßen, in dem er Wegweiser bekommen konnte. Aber bei Sonnenuntergang war er von der Erfüllung dieser Hoffnung noch ebensoweit wie am Morgen.

Reichlich mutlos, ohne Wasser und hungrig, schlug der Trupp in der dichten Dschungel das Lager auf. Von den Pferden angelockte Löwen brüllten rings um die Boma, und in ihre schauerlichen Laute mischte sich das schrille Wiehern der ängstlichen Tiere, welche sie jagen wollten. Es gab wenig Schlaf für Mann und Roß. Die Wachtposten wurden verdoppelt, um zahlreich genug zu sein, falls ein überkühner oder allzu hungriger Löwe einen plötzlichen Angriff wagen sollte, und um das Feuer ständig im Lodern zu erhalten, das vielleicht einen noch wirksameren Schutz gegen die Raubtiere darstellte als die Boma aus Dornen.

Es war schon spät nach Mitternacht und dennoch war Jane, trotzdem sie die Nacht zuvor schlaflos verbracht hatte, noch ruhelos. Das Gefühl bevorstehender Gefahr schien wie eine schwarze Gewitterwolke über dem Lager zu hängen. Sogar die kampferprobten Soldaten des schwarzen Kaisers waren nervös und unruhig. Abed Morak erhob sich wohl ein dutzendmal von seinen Decken, um zwischen den angepflockten Pferden und dem knisternden Feuer ruhelos hin- und herzuwandern. Die junge Frau sah, wie sich seine große Gestalt als schwarzer Schatten gegen den leuchtenden Glanz der Flammen abzeichnete, und ahnte aus den raschen, nervösen Bewegungen des Mannes, daß er Furcht hatte.

Plötzlich erhob sich das Brüllen der Löwen zu solcher Gewalt, daß die Erde unter dem schauerlichen Chor erzitterte. Die erschreckten Pferde wieherten schrill, warfen sich an ihren Fesseln zurück und versuchten wie toll, sich loszureißen. Einer der Soldaten, der mehr Mut besaß als seine Gefährten, sprang im nutzlosen Versuch, sie zu beruhigen, zwischen die keilenden, steigenden und angstvollen Tiere. Ein riesiger, wilder und kühner Löwe sprang fast bis an die Boma und stand dort im hellen Feuerschein. Ein Wachtposten hob seine Flinte, schoß nach ihm und – das kleine Stückchen Blei entfesselte alle Teufel der Hölle gegen das vom Entsetzen geschüttelte Lager.

Der Schuß pflügte dem Löwen eine tiefe und schmerzvolle Wunde in die Flanke, entfesselte die ganze tierische Wut des kleinen Gehirns, beeinträchtigte aber nicht im mindesten die Kraft und Gewandtheit des mächtigen Leibes.

Ohne Verwundung hätten ihn die Boma und die Flammen wohl zurückgehalten, aber nun tilgten Schmerz und Grimm die Vorsicht aus seinem Gehirn; mit einem lauten, grimmigen Brüllen nahm er im leichten Satze das Hindernis und war unter den Pferden. Was vorher schon ein Durcheinander gewesen war, wurde nun zu einem unbeschreiblichen Tumult. Das Pferd, auf welches sich der Löwe gestürzt hatte, schrie verzweifelt in seiner Angst und Todesnot. Einige andere in seiner Nähe zerrissen ihre Halfter und galoppierten über das Lager hin. Die Soldaten sprangen von ihren Decken auf und rannten mit gespannten Gewehren nach den angepflockten Pferden. Aber nunmehr griff ein Dutzend Löwen, durch das Beispiel ihres Gefährten kühn geworden, furchtlos von der Dschungel aus das Lager über die Boma hin an.

Einzeln, auch zu zweien und dreien, setzten sie über die Boma, bis der kleine umfriedigte Platz mit fluchenden Männern und wiehernden Pferden erfüllt war, die mit den grünäugigen Teufeln der Dschungel um ihr Leben kämpften.

Beim Angriff des ersten Löwen hatte sich Jane aufgerafft und stand nun schreckensbang inmitten dieser Szene des Entsetzens, die um sie herum tobte und wogte. Einmal wurde sie von einem vorbeijagenden Pferd zu Boden geschleudert, und im nächsten Augenblick streifte das Fell eines Löwen, der in wilden Sprüngen ein anderes Tier verfolgte, sie so eng, daß sie abermals das Gleichgewicht verlor und hinstürzte. Das Krachen der Gewehre und das Knurren der Raubtiere wurde von den Todesschreien der betroffenen Menschen und Pferde übertönt, wenn die vor Blutgier wahnsinnigen Katzen wieder ein Opfer zu Boden rissen. Die Sprünge der Raubtiere und das Durcheinanderlaufen der

Pferde machten jede gemeinsame Abwehr der Abessinier unmöglich – jeder war auf sich selbst angewiesen – die waffenlose, zur Verteidigung unfähige Frau wurde im Durcheinander von ihren schwarzen Häschern entweder vergessen oder nicht mehr beachtet. Ein dutzendmal war ihr Leben durch den Angriff von Löwen, durch darüber hinstürmende Pferde oder durch die blindlings ins Blaue gejagten Kugeln der vor Schreck sinnlosen Soldaten bedroht, aber eine Gelegenheit zum Entkommen bot sich ihr nicht. Die lohfarbigen Jäger begannen nämlich mit der teuflischen Schlauheit ihrer Gattung um ihre Beute einen Kreis zu bilden und sie durch einen Ring mächtiger gelber Fänge und gewaltiger Pranken einzuschließen. Wieder und wieder warf sich dann ein einzelner Löwe plötzlich auf die geängstigten Menschen und Pferde. Ab und zu gelang es wohl auch einem durch Angst und Schmerz zur Verzweiflung getriebenen Pferde in wütendem Rasen durch den Ring der Löwen durchzubrechen und sich in Sicherheit zu bringen, indem es die Boma übersprang und in die Dschungel entkam. Aber die Männer konnten so wenig wie die Frau an diese Art Rettung denken.

Ein von einer verirrten Kugel getroffenes Pferd fiel neben Jane nieder, und ein Löwe sprang über den Körper des verendenden Tieres hinweg einem schwarzen Soldaten auf der anderen Seite mitten auf die Brust. Der Mann hob den Gewehrkolben und schlug damit zwecklos nach dem breiten Schädel, dann war er auch schon zu Boden geschleudert und das Raubtier stand über ihm.

Mit einem Entsetzensschrei packte der Soldat mit seinen schwachen Fingern die zottige Brust und machte den eitlen Versuch, den gähnenden Rachen zurückzustoßen. Der Löwe senkte den Kopf, die fürchterlichen Reißzähne fuhren mit einem einzigen Krachen über dem angstverzerrten Gesicht zusammen, dann drehte er sich um und schritt, seine schlaff und blutig hängende Bürde mit sich schleppend, über den Körper des toten Pferdes zurück.

Mit weitgeöffneten Augen starrte die junge Frau auf ihn. Sie sah, wie das Raubtier stolpernd, durch seine Beute gehindert, über das tote Pferd stieg und ihre Augen blieben wie magnetisch darauf geheftet, während die Bestie in einigen Schritt Entfernung an ihr vorbeizog.

Dann ließ er sein Opfer fallen und hob den Kopf, um sich nach irgendeinem lebenden Opfer umzusehen, an dem er seine üble Laune auslassen konnte. Boshaft richteten sich seine gelben Lichter auf die Gestalt der jungen Frau, die borstige Lippe zog sich hoch und entblößte die bleckenden Fangzähne. Ein schreckenerregendes Brüllen drang aus dem grimmigen Rachen, dann kauerte sich das riesige Tier, zum Sprung auf das neue, hilflose Opfer bereit, nieder.

*

Frühzeitig herrschte Ruhe in dem kleinen Lager, in dem Tarzan und Werper festgebunden lagen. Zwei nervös gewordene Wachtposten gingen ihren Postengang und spähten oftmals mit rollenden Augen in die undurchdringlichen Schatten der düsteren Dschungel. Alle anderen schliefen oder suchten zu schlafen – alle, außer dem Affenmenschen. Lautlos aber kräftig spannte er die Fesseln, welche seine Hände hielten. Unter der glatten Haut türmten sich seine Arm- und Schultermuskeln zu Bergen, von der gewaltsamen Anstrengung traten die Adern an den Schläfen hervor wie Stricke – jetzt riß eine Faser, dann noch eine und noch eine, nun war eine Hand frei. Von draußen aus der Dschungel kam ein dumpfer Kehllaut. Lautlos lag plötzlich der Affenmensch, steif wie ein Steinbild, Ohren und Nasenflügel anstrengend, um die finstere Kluft zu überbrücken, über die sein Blick nicht reichen konnte. Wieder drang der unheimliche Laut aus dem dichten Laubwerk jenseits des Lagers. Der eine Posten blieb plötzlich unvermittelt stehen und suchte mit seinen Augen das Düster zu durchdringen. Das krause Haar auf seinem Wollkopf sträubte sich. Heiser flüsternd rief er seinen Kameraden an.

Hörst du es? fragte er.

Der andere kam zitternd näher.

Hören? Was denn?

Abermals wiederholte sich der geheimnisvolle Laut, aber fast unmittelbar folgte ihm ein ähnlicher Ton mitten aus dem Lager als Antwort. Die beiden Wachtposten drückten sich eng aneinander und spähten nach dem dunklen Fleck, von dem die Stimme zu kommen schien.

An dem ihnen gegenüberliegenden Teil des Lagers ragten gerade an dieser Stelle Bäume über die Boma. Aber sie wagten nicht, sich diesem Punkte zu nähern. Ihre Angst hielt sie sogar davon ab, ihre Gefährten zu wecken – sie konnten nur noch in kaltem Gruseln wie am Boden festgewurzelt stehen und auf die gräuliche Erscheinung warten, die jeden Augenblick aus der Dschungel stürzen mußte.

Sie brauchten nicht lange zu warten. Eine verschwommen sichtbare, riesige Gestalt ließ sich gewandt vom Zweige eines Baumes in das Lager hinab. Bei diesem Anblick fand wenigstens einer der zwei Posten den Gebrauch seiner Muskeln und seiner Stimme wieder. Mit einem lauten Schrei rief er das schlafende Lager wach, sprang zu dem flackernden Wachtfeuer und warf ein Bündel Zweige auf.

Der weiße Offizier und die schwarzen Soldaten sprangen von ihren Decken auf. Die Flammen des neubelebten Feuers züngelten in die Höhe, und die erwachten Leute wichen in abergläubischem Schauder vor dem Anblick zurück, der sich ihren erschreckten und fassungslosen Augen bot.

Ein Dutzend ungeheurer, behaarter Gestalten wurde auf der entfernten Seite der Umfriedigung unter den Bäumen in breiter Front sichtbar. Der weiße Riese hatte eine Hand frei, hatte sich auf die Knie aufgerichtet und rief diesen fürchterlichen, nächtlichen Besuchern in einem unheimlichen Gemisch tierischer Kehllaute bellend und knurrend etwas zu.

Werper hatte es fertiggebracht, sich in sitzende Stellung aufzurichten. Auch er erkannte die grimmigen Gesichter der herankommenden Menschenaffen und wußte nicht recht, ob er Angst oder Freude empfinden sollte.

Knurrend sprangen die Riesenaffen auf Tarzan und Werper zu. Chulk führte sie. Der belgische Offizier schrie seinen Leuten zu, auf die Eindringlinge zu feuern. Aber die Neger zauderten; eine abergläubische Furcht vor den behaarten Baummenschen hielt sie zurück. Sie waren überzeugt, daß der weiße Riese, der einfach die wilden Tiere der Dschungel zu seiner Hilfe rufen konnte, etwas Übermenschliches sein mußte.

Nun zog der Offizier seine eigene Waffe und schoß. Tarzan, der die Wirkung des Geräusches auf seine in Wirklichkeit so furchtsamen Freunde fürchtete, rief ihnen zu, sich zu beeilen und seine Befehle auszuführen. Einige der Affen wandten sich bei dem Krachen der Feuerwaffe zur Flucht, aber Chulk und ein halbes Dutzend anderer wackelten eilends vorwärts und packten den Weisungen des Affenmenschen folgend ihn sowohl wie Werper und trugen sie in die Dschungel.

Mit fortgesetztem Drohen, Schelten und Fluchen bekam der belgische Offizier seine zitternden Leute endlich so weit, daß sie den abziehenden Affen eine Salve nachschickten. Wohl war es eine recht unordentliche, zerstreute Salve, aber wenigstens eines der Geschosse fand ihr Ziel, denn als die Dschungel sich hinter der zottigen Entsatztruppe schloß, taumelte Chulk, der Werper auf einer seiner breiten Schultern trug, und fiel. Er war zwar im Augenblick wieder auf den

Beinen, aber der Belgier konnte aus seinen unsicheren Schritten entnehmen, daß er schwer getroffen war. Er blieb weit hinter den anderen zurück, und erst einige Minuten, nachdem die anderen auf Tarzans Anordnung haltgemacht hatten, erreichte er sie langsam, während er von einer Seite zur anderen schwankte, bis er endlich abermals unter dem Gewichte seiner Last und der Wirkung seiner Wunde zusammenbrach.

Als Chulk zu Boden sank, ließ er Werper so fallen, daß dieser mit dem Gesichte nach unten lag, während der Körper des Affen halb über ihn hingestreckt war. In dieser Lage fühlte der Belgier, wie irgend etwas ihm in seine immer noch auf den Rücken gebundenen Hände kam – irgend etwas, das keinen Körperteil eines behaarten Affen bildete.

Mechanisch fühlten die Finger des Mannes nach dem beinahe in seiner Hand ruhenden Gegenstand – es war eine weiche Tasche, mit kleinen, harten Körperchen gefüllt. Werper fuhr verwundert zusammen, als in seinem Gehirn eine Erinnerung durchsickerte, die sein Verstand erst gar nicht glauben wollte. Es war unmöglich, und dennoch – es war Tatsache!

Fiebernd suchte er die Tasche von dem Affen wegzubekommen und sie in seinen eigenen Besitz zu bringen. Aber die mangelnde Bewegungsfreiheit seiner gebundenen Hände hinderte ihn, obgleich er es fertigbekam, die Tasche mit ihrem wertvollen Inhalt hinter seinen Hosenbund zu schieben.

Tarzan, der nicht weit davon saß, befaßte sich noch damit, die übrigen Knoten seiner Fesseln zu beseitigen. Jetzt warf er die letzten davon beiseite, erhob sich, trat zu Werper und kniete bei ihm nieder. Erst untersuchte er einen Augenblick den Affen.

Mausetot, erklärte er. Es ist ein rechter Jammer! Er war ein prachtvolles Geschöpf.

Dann erst machte er sich daran, den Belgier zu befreien. Er machte ihm erst die Hände los und fing dann bei den Knoten der Fußgelenkfesseln an.

Das Weitere kann ich selbst machen, sagte der Belgier. Ich habe noch ein kleines Taschenmesser, das sie bei der Durchsuchung übersehen hatten. Auf diese Weise lenkte er erfolgreich die Aufmerksamkeit des Affenmenschen von sich ab, um ungestört sein kleines Messer suchen und öffnen zu können. Er durchschnitt damit den Riemen, der die Tasche an Chulks Schulter hielt, worauf er diese vom Hosenbund nach der Brusttasche seines Hemdes verlegte. Dann erhob er sich und trat zu Tarzan.

Abermals hatte ihn die Habsucht in Bann. Vergessen waren die guten Vorsätze, die ihn Janes Vertrauen in seine Ehre hatte fassen lassen. Was jene geweckt hatte, die kleine Tasche hatte es wieder vernichtet. Wie die Tasche an den Körper des Riesenaffen kam, konnte sich Werper nicht denken, es mußte denn sein, daß der Menschenaffe Zeuge seines Kampfes mit Achmed Zek gewesen war, den Araber mit der Tasche gesehen und sie ihm weggenommen hatte. Aber daß diese Tasche die Edelsteine von Opar enthielt, das war für Werper durchaus sicher und war alles, was ihn an der Sache weiter interessierte.

So, sagte der Affenmensch, nun halten Sie mir Ihr Versprechen und führen Sie mich an die Stelle, an der sie meine Frau das letztemal sahen.

Es war eine langweilige Arbeit, sich mitten in der Nacht hinter dem langsam vorgehenden Belgier durch die Dschungel zu kämpfen. Der Affenmensch schalt über den Aufenthalt, aber der Kulturmensch konnte sich eben nicht wie sein gewandterer und muskulöserer Gefährte auf den Bäumen dahinschwingen, und so mußte sich die Geschwindigkeit der beiden nach dem Langsamsten richten.

Ein paar Meilen weit folgten die Affen der Fährte der zwei Weißen. Aber ihr Eifer ließ bald nach. Der vorderste von ihnen hielt auf einer kleinen Lichtung an, und die übrigen traten an seine Seite. Dort hockten sie und spähten unter ihren zottigen Brauen den Gestalten der zwei Männer nach, die stetig ihren Weg vorwärtsbahnten, bis sie ihnen auf der laubverwachsenen Fährte jenseits der Lichtung aus dem Gesicht schwanden. Dann suchte sich einer der Affen einen behaglichen Ruheplatz auf einem Baume, und einer nach dem anderen folgten die übrigen Affen seinem Beispiel, so daß Werper und Tarzan ihren Weg bald allein fortsetzten. Aber darüber war der letztere keineswegs überrascht oder gekränkt.

Die beiden waren erst eine kurze Strecke über die Lichtung, auf der sie die Affen im Stiche gelassen hatten, vorgedrungen, als von fernher Löwengebrüll ihr Ohr traf. Der Affenmensch schenkte den ihm vertrauten Tönen weiter keine Aufmerksamkeit, bis der Knall eines Gewehres schwach aus der gleichen Richtung zu hören war. Aber als diesem das schrille Wiehern eines Pferdes und ein fast ununterbrochenes Gewehrfeuer folgte, in das sich das stärkere und wildere Gebrüll eines großen Löwentrupps mischte, fühlte er sich betroffen.

Irgend jemand hat da Unannehmlichkeiten, sagte er, sich zu Werper wendend. Ich muß mich danach umsehen – es könnten Freunde sein.

Vielleicht ist Ihre Frau bei ihnen, pflichtete der Belgier bei. Seit er die Tasche wieder in seinen Besitz bekommen hatte, war er dem Affenmenschen gegenüber wieder furchtsam und mißtrauisch geworden und machte unaufhörlich im Geiste Pläne, wie er diesem riesigen Manne entgehen könne, der gleichzeitig sein Befreier und sein Häscher war.

Bei des Belgiers Bemerkung fuhr Tarzan auf, als ob er einen Peitschenhieb erhalten hätte.

Mein Gott! rief er, sie kann freilich dort sein. Und die Löwen greifen sie an, sie sind schon im Lager. Ich höre es am Schreien der Pferde – da! Das war der Schrei eines Menschen im Todeskampf. Bleiben Sie hier, Mann – ich werde Sie nachher holen. Erst muß ich zu jenen. Mit diesen Worten sprang seine geschmeidige Gestalt hinauf auf einen Baum und schwang sich mit der Geschwindigkeit und Stille eines körperlosen Gespenstes durch die Nacht davon.

Werper blieb einen Augenblick da stehen, wo ihn der Affenmensch gelassen hatte. Dann huschte ein schlaues Lächeln über seine Lippen. Hier bleiben? fragte er sich selbst. Hier bleiben und warten, bis du wiederkommst und womöglich die Edelsteine bei mir findest und sie mir abnimmst? Nein, Freundchen, das tue ich nicht. Ich nicht!

Damit wendete sich Albert Werper rasch ostwärts und schlug sich durch den Blättervorhang herabhängender Weinranken in die Büsche, um aus dem Gesichtskreise seiner Mitmenschen zu verschwinden – für immer.

## Daheim

Als sich Tarzan durch die Zweige dahinschnellte, drang der Lärm des zwischen den Abessiniern und den Löwen tobenden Kampfes immer deutlicher an sein scharfes Ohr und bewies ihm, daß es um die Sache der menschlichen Partei in diesem Kampfe bereits recht kritisch stand.

Endlich leuchtete der Feuerschein des Lagers hell durch die noch vor ihm befindlichen Bäume. Einen Augenblick später hielt des Affenmenschen riesige Gestalt auf einem überhängenden Zweige an und sah auf das Bild des ungleichen Kampfes zwischen Mensch und Raubtier unten hinab.

Sein rasches Auge erfaßte mit einem Blick die ganze Szene unten und blieb auf der Gestalt einer Frau haften, die sich einem großen, auf dem Körper eines toten Pferdes stehenden Löwen gegenüber befand.

Das Raubtier kauerte sich eben zum Sprung nieder als Tarzan das Drama entdeckte. Numa befand sich fast gerade unter dem Zweige, auf dem der Affenmensch nackt und waffenlos stand. Aber im Vorgehen des letzteren zeigte sich nicht das geringste Zögern – es war gerade, als ob er in seinem raschen Vordringen durch die Bäume gar nicht erst angehalten hätte, so blitzartig rasch gewann er einen Überblick und ein Urteil über die unter ihm vor sich gehenden Geschehnisse – so unmittelbar folgten seine sich danach richtenden Bewegungen.

Für so völlig hoffnungslos sah Jane ihre Lage an, daß sie in todesmüder Gleichgültigkeit den Ansprung des ungeheuren Körpers erwartete, dessen Wucht sie zu Boden schleudern würde – sie wartete nur noch auf den kurzen Todesschmerz, den ihr grausame Pranken und scharfe Fänge zufügen würden, ehe mit dem Eintreten einer mitleidigen Bewußtlosigkeit alle Sorgen und alles Leid für sie zu Ende gehen würden.

Wozu einen Fluchtversuch machen? Es war ebensogut, dem furchtbaren Ende entgegenzusehen wie sich auf nutzloser Flucht von hinten niederreißen zu lassen. Sie schloß nicht einmal die Augen, um den entsetzlichen Anblick des fauchenden Gesichtes zu vermeiden. So sah sie denn auch, wie sich der Löwe zum Sprunge anschickte, und dann, wie eine bronzefarbige riesige Gestalt in gleichem Augenblick von einem überhängenden Zweige herniedersprang – gerade als der Löwe im Sprunge anstieg.

Weit auf riß sie ihre Augen vor Verwunderung und Ungläubigkeit, als sie diese anscheinend von den Toten auferstandene Erscheinung erblickte. Der Löwe, ihre eigene Gefahr – alles war vergessen – alles, außer dem unfaßlichen Wunder dieser merkwürdigen Wiederkehr. Mit offenen Lippen, die Hände an die schweratmende Brust gepreßt, weitgeöffneten Auges lehnte sich die junge Frau verzaubert der Vision ihres toten Gatten entgegen.

Sie sah die sehnige Gestalt auf die eine Schulter des Löwen stürzen und wie ein riesiger Rammblock gegen die anspringende Bestie rennen. Sie sah, wie das fast auf sie stürzende Raubtier zur Seite gedrückt wurde und nun wußte sie im Nu, daß es kein körperloses Gespenst sein konnte, das so leibhaftig mit noch mehr roher Kraft, als selbst der Bestie innewohnte, den Angriff des tobenden Löwen abwendete.

Tarzan, ihr Tarzan, lebte! Ein Schrei unaussprechlichen Glückes brach über ihre Lippen und erstarb alsbald in Entsetzen, als sie sah, wie völlig waffenlos ihr Gatte war, als sie bemerkte, wie sich der Löwe wieder faßte und sich in wilder Rachsucht gegen Tarzan kehrte.

Zu des Affenmenschen Füßen lag das abgeschossene Gewehr des toten Abessiniers, dessen verstümmelter Leichnam sich noch in der gleichen Stellung befand, in der ihn Numa gelassen hatte. Der rasche Blick, der den Boden nach einer Verteidigungswaffe abgesucht hatte, entdeckte das Gewehr. Als der Löwe sich auf der Hinterhand aufrichtete, um das unvorsichtige Menschenwesen zu packen, das gewagt hatte, mit seinen armseligen Kräften sich zwischen Numa und seine Beute zu werfen, pfiff der schwere Kolben durch die Luft und zersplitterte auf der breiten Stirne.

Wenn Tarzan zuschlug, war es nicht so, wie wenn ein gewöhnlicher Sterblicher einen Schlag austeilt. Bei ihm standen hinter der rasenden Leidenschaftlichkeit eines wilden Tieres auch noch die stahlharten Sehnen, die ihm seine wilde Kindheit im Urwald verliehen hatte. Als der Schlag traf, drang der splitternde Kolben durch den splitternden Schädel in das wilde Gehirn und der schwere stählerne Gewehrlauf bog sich zu einem flachen Bogen.

Einen Augenblick noch und der Löwe sank leblos zu Boden. Jane warf sich in die offenen Arme ihres Gatten. Einen Atemzug lang preßte er ihre geliebte Gestalt an die Brust, dann ließ ein Blick in die Runde in dem Affenmenschen sofort das Gefühl für die sie auch weiter noch umgebenden Gefahren erstehen.

Die anderen Löwen warfen sich auf immer neue Opfer. Vor Furcht wahnsinnige Pferde bedrohten sie, indem sie sinnlos von einer Seite der Umfriedigung zur andern jagten. Die Schüsse der noch am Leben gebliebenen Verteidiger vermehrten noch die Gefahren ihrer Lage.

Weiteres Verbleiben bedeutete sicheren Tod. Tarzan ergriff seine Jane und hob sie auf die breite Schulter. Die Neger, welche sein Herzukommen bemerkt hatten, blickten erstaunt drein, als sie sahen, wie der weiße Riese federleicht auf die Zweige des Baumes sprang, aus dem er in so unheimlicher Weise auf der Szene erschienen war, wie er mit ihrer Gefangenen so spurlos verschwand, wie er gekommen war.

Aber sie hatten zuviel mit ihrer eigenen Verteidigung zu tun, als daß sie einen Versuch gemacht hätten, ihn anzuhalten. Sie hätten es auch höchstens dadurch erreichen können, daß sie einen kostbaren Schuß an ihn verschwendeten, den sie vielleicht im nächsten Augenblick bitter nötig hatten, um den Angriff eines grimmigen Tieres abzuwehren.

Auf diese Art entkam Tarzan unbelästigt aus dem Lager der Abessinier, aus dem ihm das Getöse des Kampfes noch bis weit in die Dschungel hinein nachscholl, bis es die sich vergrößernde Entfernung allmählich gänzlich verschlang.

Der Affenmensch kehrte zu der Stelle zurück, an der er Werper verlassen hatte. Freude herrschte nun in seinem Herzen, das Furcht und Trauer eben noch gequält hatten, und er beschloß in seinem Innern, dem Belgier zu vergeben und ihm bei seiner Flucht behilflich zu sein. Aber als er an die Stelle kam, war Werper verschwunden. Obgleich Tarzan mehrere Male laut nach ihm rief, erhielt er keine Antwort. Er mußte sich sagen, daß ihm der Mann aus nur diesem selbst bekannten Gründen aus dem Wege gegangen war. Daher fühlte Tarzan sich nicht weiter verpflichtet, seine Gattin weiterer Gefahr und Mühsal auszusetzen.

Der Mann hat durch seine Flucht seine Schuld zugegeben, Jane, sagte er. Lassen wir ihn in dem Bette ruhen, das er sich selbst bereitet hat.

Schnurstracks, wie zwei heimziehende Tauben, nahmen die beiden ihren Weg nach der Stätte der Ruinen und der Verwüstung, die einst der Mittelpunkt ihres so glücklichen Lebens gewesen war, der Stätte, die bald durch die arbeitsfrohen schwarzen Hände ihrer lachlustigen Arbeiter wieder aufgebaut sein sollte, jener treuen Gefolgsleute, die die Wiederkehr ihres als tot betrauerten Herren und seiner Frau wieder froh machen würde.

An Achmed Zeks Dorf führte sie ihr Weg vorbei, aber sie fanden dort nur die noch rauchenden verkohlten Überreste der Palisaden und der Negerhütten als stumme Zeugen, daß ein empörter und mächtiger Feind hier Vergeltung geübt hatte.

Die Waziri! erklärte Tarzan mit einem grimmigen Lächeln.

Gott segne sie! rief Jane.

Sie können noch nicht weit vor uns sein, bemerkte Tarzan. Es muß Basuli mit den andern sein. Das Gold und die Edelsteine von Opar sind verloren, Jane, aber wir haben einander noch und wir haben die Waziri – Liebe, Treue und

Freundschaft sind uns geblieben. Welchen Wert besitzt Gold im Vergleich zu diesen?

Wenn nur der arme Mugambi noch lebte, erwiderte sie, und die anderen armen Menschen, die ihr Leben bei dem vergeblichen Versuch, mich zu retten, opferten!

In einem aus Glück und Trauer gemischten Schweigen zogen sie durch die vertraute Dschungel, und als der Nachmittag zu Ende ging, drang schwach an des Affenmenschen Ohren das gedämpfte Gemurmel entfernter Stimmen.

Wir sind den Waziri nahe, Jane, sagte er. Ich kann sie schon vor uns hören. Vermutlich sind sie beim Aufschlagen des Nachtlagers.

Eine halbe Stunde später trafen die beiden auf eine Schar ebenholzfarbiger Krieger, die Basuli zu seinem Rachezug gegen die Räuber gesammelt hatte. Bei ihnen befanden sich die geraubten Weiber des Stammes, die sie in Achmed Zeks Dorf wiedergefunden hatten, und groß, selbst unter den riesigen Waziri, ragte eine wohlbekannte schwarze Gestalt an Basulis Seite hervor. Es war Mugambi, den Jane als Leiche unter den verkohlten Ruinen ihres Bungalows begraben glaubte.

Das war ein Wiedersehen! Bis tief in die Nacht hinein dauerte das Tanzen und Singen, und fröhliches Lachen weckte das Echo des düsteren Waldes. Wieder und wieder wurden die Geschichten ihrer verschiedenen Erlebnisse erzählt. Immer noch einmal fochten sie ihre Kämpfe mit wilden Tieren durch, und der Tag graute schon, als Basuli zum vierzigsten Male erzählte, wie er mit einer Handvoll seiner Krieger dem Kampf um die Goldbarren gefolgt war, den Abed Moraks Abessinier gegen die arabischen Räuber Achmed Zeks bestanden hatten, wie die Sieger davongeritten waren und wie sie dann verstohlen aus dem Riedgrase am Flußufer hervorgeschlichen waren und sich mit den kostbaren Barren davongemacht hatten, um sie da zu verbergen, wo sie kein Räuberauge wiederfinden konnte.

Wenn man die Bruchstücke ihrer verschiedenen mit dem Belgier gemachten Erfahrungen zusammensetzte, dann wurde die Wahrheit über Albert Werpers gewissenlose Handlungsweise ganz augenscheinlich.

*

Monate waren vergangen. Die Arbeitsfreudigkeit der Waziri und das Gold von Opar hatten die verwüstete Heimat der Greystokes wiederaufgebaut und neu ausgestattet. Das einfache Leben auf der afrikanischen Farm verlief wieder so gleichmäßig, wie es vor dem Auftauchen des Belgiers und der Araber gewesen war. Die Kümmernisse und Gefahren der kürzlichen Vergangenheit waren vergessen.

Zum ersten Male seit Monaten hatte Lord Greystoke das Gefühl, einen Feiertag genießen zu können. So wurde denn ein großer Jagdzug angesetzt, um die treuen Arbeiter durch ein Fest für die Fertigstellung ihres Werkes zu belohnen.

Schon die Jagd an und für sich war ein Erfolg, und zehn Tage nach ihrem Beginn machte sich die mit vieler Beute beladene Jagdkarawane auf den Rückweg nach der Waziriebene. Lord und Lady Greystoke ritten zusammen mit Basuli und Mugambi an der Spitze des Zuges und lachten und plauderten miteinander in jener freimütigen Vertrautheit, die gemeinsame Interessen und gegenseitige Achtung zwischen ehrenhaften und intelligenten Menschen jeder Rasse schaffen.

Janes Roß scheute plötzlich vor einem an einer offenen Stelle der Dschungel halb im hohen Grase verborgenen Gegenstand. Tarzans scharfe Augen suchten alsbald nach der Erklärung.

Was haben wir denn hier, rief er und schwang sich aus dem Sattel. Einen Augenblick später umstanden die vier einen Menschenschädel und ein Häufchen gebleichter menschlicher Gebeine.

Tarzan bückte sich und zog eine lederne Tasche neben den Überbleibseln eines Menschen hervor. Die hart anzufühlenden Körper des Inhalts brachten einen Ausruf der Überraschung auf seine Lippen.

Die Edelsteine von Opar! rief er, die Tasche hochhaltend, und – er deutete auf die Gebeine zu seinen Füßen: alles, was von dem Belgier Werper übrig ist.

Mugambi lachte nur. Sieh einmal hinein, Bwana, rief er, dann wirst du finden, was diese Edelsteine von Opar sind – da kannst du sehen, wofür der Belgier sein Leben gelassen hat. Damit lachte der Schwarze wieder laut.

Weshalb lachst du? fragte Tarzan.

Weil ich des Belgiers Tasche mit Flußkieseln füllte, erwiderte Mugambi, ehe ich aus dem Abessinierlager, wo wir Gefangene waren, entwischte. Ich ließ dem Belgier nur wertlose Steine, während ich die Edelsteine, die er dir gestohlen hatte, mit fortnahm. Ich muß zu meiner Schande und zu meinem Kummer gestehen, daß ich sie mir später, als ich in der Dschungel schlief, stehlen ließ.

Aber wenigstens waren sie für den Belgier auch verloren – öffne die Tasche, dann wirst du es sehen.

Tarzan zog die Schlinge auf, die die Öffnung des Ledersäckchens zusammenhielt, und ließ sich den Inhalt langsam in die hohle Hand rollen. Bei dem sich bietenden Anblick bekam Mugambi große Augen und die anderen stießen Rufe der Überraschung und des ungläubigen Staunens aus, denn aus der verschimmelten, verwitterten Tasche rann ein Strom leuchtender, funkelnder Steine.

Die Edelsteine von Opar! rief Tarzan. Aber wie kam denn Werper wieder in ihren Besitz?

Niemand konnte darauf Antwort geben, denn Chulk sowohl wie Werper waren tot, und keiner weiter wußte darüber Bescheid.

Armer Teufel! sagte der Affenmensch, als er sich wieder in den Sattel schwang. Wenigstens im Tode hat er sie noch zurückerstattet – mögen seine Missetaten mit seinen Gebeinen bestattet sein.

*